金 學 叢 書
第二輯 7

吳 敢
胡衍南 霍現俊
主編

張遠芬《金瓶梅》研究精選集

張遠芬 著

臺灣 學生書局 印行

金學叢書第二輯序

　　2013 年 5 月第九屆（五蓮）國際《金瓶梅》學術討論會期間，胡衍南、霍現俊忙裏偷閒，時而小聚，漢書下酒，就中便有本叢書編輯出版一事。當時即擬與吳敢商談，以期盡快成議。只是吳敢當時會務繁多，此議終未提及。2013 年 7 月 3 日，胡衍南到徐州公幹，當晚至吳敢舍下小酌，此事即進入操作程序。此後電郵往來，徐州、臺北、石家莊三方輾轉，叢書編撰框架日漸明朗。2013 年 11 月 23 日，胡衍南再度到徐州公幹，代表臺灣學生書局與吳敢詳盡商談編輯出版事宜，本叢書遂成定案。

　　此「金學叢書」之由來也。

　　中國古代小說研究，重大課題眾多。近代以降，紅學捷足先登。20 世紀 80 年代，金學亦成顯學。明代長篇白話小說《金瓶梅》是中國文學史上一部里程碑式的重要作品，其橫空出世，破天荒打破以帝王將相、英雄豪傑、妖魔神怪為主體的敘事內容，以家庭為社會單元，以百姓為描摹對象，極盡渲染之能事，從平常中見真奇，被譽為明代社會的眾生相、世情圖與百科全書。幾乎在其出現同時，即被馮夢龍連同《三國演義》《水滸傳》《西遊記》一起稱為「四大奇書」。不久，又被張竹坡譽為「第一奇書」。《紅樓夢》庚辰本第十三回脂評：「深得《金瓶》壺奧」。魯迅《中國小說史略》認為「同時說部，無以上之」。

　　自有《金瓶梅》小說，便有《金瓶梅》研究。明清兩代的筆記叢談，便已帶有研究《金瓶梅》的意味。如明代關於《金瓶梅》抄本的記載，雖然大多是隻言片語的傳聞、實錄或點評，但已經涉及到《金瓶梅》研究課題的思想、藝術、成書、版本、作者、傳播等諸多方向，並頗有真知灼見。在《金瓶梅》古代評點史上，繡像本評點者、張竹坡、文龍，前後紹繼，彼此觀照，相互依連，貫穿有清一朝，形成筆架式三座高峰。繡像本評點拈出世情，規理路數，為《金瓶梅》評點高格立標；文龍評點引申發揚，撥亂反正，為《金瓶梅》評點補訂收結；而尤其是張竹坡評點，躋武金聖歎、毛宗崗，承前啟後，成為中國古代小說評點最具成效的代表，開啟了近代小說理論的先聲。明清時期的《金瓶梅》研究，具有發凡起例、啟導引進之功。

　　20 世紀是人類歷史上可足稱道的一個百年。對中國人來說，世紀伊始，產生了驚天動地的兩件大事：1911 年封建王朝的終結，1919 年「五四」新文化運動的興起。中國人

心裏承接有豐富的傳統，中國人肩上也負荷著厚重的擔當。揚棄傳統文化，呼喚當代文明，這一除舊佈新的文化使命，在中國用了大半個世紀的時間。觀念形態的更新、研究方法的轉變、思維體式的超越、科學格局的營設一旦萌發生成，便產生無量的影響，具有劃時代的意義。《金瓶梅》研究即為其中一例。

以 1924 年魯迅《中國小說史略》出版，標誌著《金瓶梅》研究古典階段的結束和現代階段的開始；以 1933 年北京古佚小說刊行會影印發行《金瓶梅詞話》，預示著《金瓶梅》研究現代階段的全面推進；以 30 年代鄭振鐸、吳晗等系列論文的發表，開拓著《金瓶梅》研究的學術層面；以中國大陸、臺港、日韓、歐美（美蘇法英）四大研究圈的形成，顯現著《金瓶梅》研究的強大陣容；以版本、寫作年代、成書過程、作者、思想內容、藝術特色、人物形象、語言風格、文學地位、理論批評、資料彙編、翻譯出版、藝術製作、文化傳播等課題的形成與展開，揭示著《金瓶梅》的研究方向。一門新的顯學——金學，已經赫然出現在世界文壇。

20 世紀 70 年代以來的當代金學，中國的吳曉鈴、王利器、魏子雲、朱星、徐朔方、梅節、孫述宇、蔡國梁、甯宗一、陳詔、盧興基、傅憎享、杜維沫、葉朗、陳遼、劉輝、黃霖、王汝梅、周中明、王啟忠、張遠芬、周鈞韜、孫遜、吳敢、石昌渝、白維國、陳昌恆、葉桂桐、張鴻魁、鮑延毅、馮子禮、田秉鍔、羅德榮、李申、魯歌、馬征、鄭慶山、鄭培凱、卜鍵、李時人、陳東有、徐志平、陳益源、趙興勤、王平、石鐘揚、孟昭連、何香久、許建平、張進德、霍現俊、陳維昭、孫秋克、曾慶雨、胡衍南、李志宏、潘承玉、洪濤、楊國玉、譚楚子等老中青三代，辨章學術，考鏡源流，營造了一座輝煌的金學寶塔。其考證、新證、考論、新探、探索、揭秘、解讀、探秘、溯源、解析、解說、評析、評注、匯釋、新解、索引、發微、解詁、論要、話說、新論等，蘊含宏富，立論精深，使得金學園林花團錦簇，美不勝收，可謂源淵流長，方興未艾。中國的《金瓶梅》研究，經過 80 年漫長的歷程，終於在 20 世紀的最後 20 年登堂入室，當仁不讓也當之無愧地走在了國際金學的前列。

此「金學叢書」之要義也。

本叢書暫分兩輯，第一輯為臺灣學人的金學著述，由魏子雲領銜，包括胡衍南、李志宏、李梁淑、鄭媛元、林偉淑、傅想容、林玉惠、曾鈺婷、李欣倫、李曉萍、張金蘭、沈心潔、鄭淑梅，可說是以老帶青；第二輯為中國大陸 20 世紀 80 年代以來學人的《金瓶梅》研究精選集，計由徐朔方、甯宗一、傅憎享、周中明、王汝梅、劉輝、張遠芬、周鈞韜、魯歌、馮子禮、黃霖、吳敢、葉桂桐、張鴻魁、陳昌恆、石鐘揚、王平、李時人、趙興勤、孟昭連、陳東有、孫秋克、卜鍵、何香久、許建平、張進德、霍現俊、曾慶雨、楊國玉、潘承玉、洪濤諸位先生的大作組成，凡 31 人 30 冊（其中徐朔方、孫秋克，

傅憎享、楊國玉，王平、趙興勤，因字數兩人合裝一冊），每冊 25 萬字左右。

　　天津師範學院（今天津師範大學）朱星是中國大陸金學新時期名符其實的一顆啟明星，他在 1979 年、1980 年連續發表多篇論文，並於 1980 年 10 月由百花文藝出版社結集出版了中國大陸新時期《金瓶梅》研究的第一部專著《金瓶梅考證》。朱星的研究結論不一定都能經得住學術的檢驗，但朱星繼魯迅、吳晗、鄭振鐸、李長之等人之後，重新點燃並高舉起這一支學術火炬，結束了沉寂 15 年之久的局面，這一歷史功績，應載入金學史冊。遺憾的是，朱星先生 1982 年逝世，後人查訪困難，只能闕如。

　　香港夢梅館主梅節可謂《金瓶梅》校注出版的大家，1988 年由香港星海文化出版有限公司出版《全校本金瓶梅詞話》；1993 年由梅節校訂，陳詔、黃霖注釋，香港夢梅館出版《重校本金瓶梅詞話》（該本後由臺灣里仁書局 2007 年 11 月初版，2009 年 2 月修訂一版，2013 年 2 月修訂一版八刷）；1998 年梅節再為校訂，陳少卿抄寫，香港夢梅館出版《夢梅館校定本金瓶梅詞話》。前後三次合共校正詞話原本訛錯衍奪七千多處，成為可讀性較好的一個本子。梅節由校書而研究，關於《金瓶梅》作者、傳播、成書、故事發生地等問題的認識，亦時有新見。可惜的是，梅節先生的論文集《瓶梅閒筆硯——梅節金學文存》2008 年 2 月由北京圖書館出版社出版，版權協商匪易，未能入選。

　　上海音樂學院蔡國梁 20 世紀 50 年代末即開始研習《金瓶梅》，寫下不少筆記，1980 年前後即依據筆記整理成文，1981 年開始發表金學論文，1984 年出版第一部專著[1]，累計出版金學專著 3 部[2]、編著 1 部[3]，發表論文多篇，內容涉及《金瓶梅》的思想、源流、人物、作者、評點、文化等諸多研究方向，是早期《金瓶梅》研究的主力成員。無奈聯繫不上，不得已而割愛。

　　國人研究《金瓶梅》的論著，最早是闞鐸的《紅樓夢抉微》[4]，但其只是一個讀書筆記。天津書局 1940 年 8 月出版之姚靈犀《瓶外卮言》，嚴格說也只是一個資料彙編。香港大源書局 1961 年出版之南宮生著《金瓶梅》簡說，算得上是一個原著導讀。臺北時報文化出版公司 1978 年 2 月出版之孫述宇著《金瓶梅的藝術》，可說是第一部文本研究的學術著作。該書全文收入石昌渝、尹恭弘編選的《臺港金瓶梅研究論文選》[5]。2011 年 3 月上海古籍出版社再版，增加了一篇作者自序，更名為《金瓶梅：平凡人的宗教劇》。

1　《金瓶梅考證與研究》，西安：陝西人民出版社，1984 年。
2　另兩部為：《明清小說探幽——明人、清人、今人評金瓶梅》，杭州：浙江文藝出版社，1985 年；
　　《金瓶梅社會風俗》，天津：百花文藝出版社，2002 年。
3　《金瓶梅評注》，桂林：灕江出版社，1986 年。
4　天津大公報館 1925 年 4 月鉛印。
5　南京：江蘇古籍出版社，1986 年。

孫述宇先生本已與上海古籍出版社洽商同意編入金學叢書，並授權主編代理，忽中途撤稿，原因還是版權問題。

還有其他一些因故未能入選的師友：或已作仙遊[6]，或礙於本輯叢書的體例[7]，或因為版權期限，或失去聯繫等。凡此種種，均為缺憾。

儘管如此，第二輯連同第一輯 14 人 16 冊總計所入選的此 45 人 46 冊，已經是中國當代金學隊伍的主力陣容，反映著當代金學的全面風貌，涵蓋了金學的所有課題方向，代表了當代金學的最高水準。

此「金學叢書」之大略也。

臺灣學生書局高瞻遠矚，運籌帷幄，以戰略家的大眼光，以謀略家的大手筆，決計編撰出版「金學叢書」，實金學之幸，學術之福。主編同仁視本叢書為金學史長編，精心策劃，傾心編審。各位入選師友打造精品，共襄盛舉。《金瓶梅》研究關聯到中國小說批評史、中國小說史、中國文學史、中國文學評點史、中國文學批評史等諸多學科，是一個應該也已經做出大學問的領域。為彌補本叢書因為容量所限有很多師友未能入選的不足，特附設一冊《金學索引》[8]，廣輯金學專著、編著、單篇論文與博碩士論文，臚列學會、學刊與所舉辦之金學會議，立此存照，用供備覽。本叢書的編選，既是對過往的總結，也是對未來的期盼。本叢書諸體皆備，雅俗共賞，可以預測，將為金學做出新的貢獻。

此「金學叢書」之宗旨也。

金學已經不是一座象牙塔，而是一處公眾遊樂的園林。三百多部論著，四千多篇學術論文，二百多篇博碩士論文，既有挺拔的大樹，也有似錦的繁花，吸引著越來越多的研究者與愛好者探幽尋奇。不容置疑，傳統的金學，加上以文化與傳播為標誌的、以經典現代解讀為旗幟的新金學，必然展示著甯宗一先生的經典命題：說不盡的《金瓶梅》。

此「金學叢書」之感言也。

吳敢、胡衍南、霍現俊（吳敢執筆）

2014 年元旦

6　如王啟忠、鮑延毅、孔繁華、許志強諸先生等，駕鶴西去的徐朔方先生的精選集由其高足孫秋克代為編選，劉輝先生的精選集由其摯友吳敢代為編選。

7　本輯叢書乃論文精選集，字典、詞典與小塊文章結集便未能入選，《金瓶梅》語言研究的幾位專家如白維國、李申、張惠英、許仰民等因此失選。

8　吳敢編著，分上下兩編。

張遠芬《金瓶梅》研究精選集

目　次

方言研究

外　編

附　錄

作者研究

《金瓶梅》概說

在《金瓶梅》面世之前，我國的長篇小說由出現到繁榮，已有了二百多年的歷史。其傳統題材，以「講史」和「神魔」為主。主人公多是重大歷史事件中的傳奇英雄，或人民傳說中的神仙鬼怪。創作過程，也大部分先是在群眾中長期流傳，最後由作家整理加工而成。其語言基本上是北方官話。

而《金瓶梅》則別開生面，完全擺脫了上述的四點束縛，成為第一部由作家個人創作，以描寫家庭日常生活為題材，並大膽運用方言寫作的長篇小說。它上承《三國》《水滸》，下啟《紅樓夢》《醒世姻緣傳》，使我國長篇小說的創作發生了轉折性的變化，從而開拓了一個新局面。可以毫不誇大地說，《金瓶梅》是我國文學史上的一部里程碑式的著作，它的重要地位和深遠影響，是不容置疑的。

一、主要內容和認識價值

《金瓶梅》寫成於隆慶二年至萬曆二十年（1568-1592）之間。它的版本有兩個系統：一是明萬曆四十五年（1617）的《金瓶梅詞話》系統，一是明天啟年間（1621-1627）的《原本金瓶梅》系統。《詞話》本，一百回。《原本》和其他各種版本，回數相同，而文字有所刪改。

《金瓶梅》的命名，是從書中的人物潘金蓮、李瓶兒、春梅三人的姓名中各取一個字湊成的。而全書的內容，則是在《水滸傳》二十三回至二十六回的基礎上，增添了許多人物，鋪排了大量情節，充實演化出來的。概括地講，《金瓶梅》主要是寫西門慶的罪惡生活歷史和他的污穢家庭情況。同時，作者還通過西門慶這樣一個典型人物在社會上活動的脈絡，描寫了上自宮廷間皇帝身邊的為非作歹的宦官和擅權專政的太師，下至在

市井間招搖撞騙、蠻橫狡詐的幫閒篾片和地痞流氓等形形色色的人物的精神狀態。從而無情地撕去了蒙在那個社會表面的偽善的面紗，廣闊地展示了晚明時代的生活與風俗，深刻而全面地暴露了那個社會的罪惡與黑暗。這一切，都無可辯駁地證明了，明代的封建統治已經腐朽到了無可救藥的地步，在客觀上也就預言了它的必然滅亡的命運。所以，《金瓶梅》確是一部具有深刻思想內容的偉大的批判現實主義著作。

　　《金瓶梅》的情節極為複雜，要想簡單地敘述出來，殊非易事。其主要梗概是講，西門慶，號四泉，山東清河人。父母早亡，他在清河縣前大街上繼承父業，開個生藥鋪子，「不甚讀書，終日閑遊浪蕩」。他初娶陳氏，已死，遺下一女西門大姐，後來招贅陳經濟為婿。繼娶吳月娘為正室，並收妓女李嬌兒、卓二姐為妾。卓二姐死後，再收富商寡婦孟玉樓、陳氏丫鬟孫雪娥、武大老婆潘金蓮、朋友花子虛之妻李瓶兒為三、四、五、六房。除去這一妻五妾之外，他還姦污了包括春梅在內的各房丫鬟。同時，又姦占宋惠蓮，強霸賁四嫂，通姦林太太，包占妓女李桂姐、鄭愛月等等。又好男色，糟塌了書童、王經。在社會上，他又結交了一批「幫閒抹嘴不守本分的人」，結為十兄弟。後來，武松為兄報仇，要殺西門慶，非但未能如願，卻誤殺了李外傳，被刺配孟州。西門慶安然無恙，於是日益放恣，「又得兩三場橫財，家道營盛」。已而李瓶兒生子，西門慶因賄賂蔡京又當上了山東提刑官。由此更加肆行無忌，求藥縱欲，貪贓枉法，無所不為。潘金蓮嫉妒李瓶兒有子，訓練凶貓「雪獅子」，終於把李瓶兒之子嚇死，李瓶兒也傷心死去。此後，潘金蓮便力媚西門慶。一夕，西門慶在醉中吃了潘金蓮給他的過量的春藥，縱欲暴亡。於是，所餘妻妾便陷入了混亂不堪之中。先是，金蓮、春梅私通女婿陳經濟，事發，金蓮出居王婆家待嫁，被遇赦歸來的武松殺死。春梅則賣給周守備作妾，得寵生子，竟冊為夫人。陳經濟被逐出，流落為乞丐，春梅偵知，偽稱表弟，招至守備府，繼續私通。為報過去仇隙，春梅又把孫雪娥買進守備府，百般羞辱，最後賣與酒家為娼。周守備因征宋江有功，擢為濟南兵馬制置。陳經濟亦名列軍門，升為參謀。後金人入寇，周守備陣亡。而陳經濟在與春梅淫樂時，被衛卒張勝撞見，陳被張殺死。春梅又與守備前妻之子暗通，亦以淫縱暴亡。待金兵攻至清河，吳月娘攜遺腹子孝哥欲奔濟南，途中遇普淨和尚，引至永福寺，以因果現夢化之，孝哥遂出家，法名明悟。全書至此收束。

　　有人說，《金瓶梅》是「誨淫之作」。這是絕大的誤會。從《金瓶梅》中，我們所看到的是：

> 那時……天下失政，奸臣當道，讒佞盈朝。高、楊、童、蔡四個奸黨在朝中，賣官鬻爵，賄賂公行，懸秤升官，指方補價，夤緣鑽刺者驟升美任，賢能廉直者經歲不除。以致風俗頹敗，贓官汙吏，遍滿天下。（三十回）

這正是對全書的概括，也是對晚明社會黑暗現實的總結。《金瓶梅》產生於隆慶萬曆之際，這正值明王朝急劇走向衰落，社會風氣日益腐敗的時期。而充滿於這個社會的各種矛盾，都被《金瓶梅》充分地展示了出來。諸如：土地兼併，宦官專權，吏治腐敗，世風毒化，皆被一無遺漏地作出了切實的反映。清河縣的皇莊，正是兼併農村土地而建成的。地方上的太監加官進爵，聲勢煊赫，則是宦官專權的寫照。西門慶僅僅因為給蔡京送去大量金銀財寶，認蔡為乾爹，便由「一介鄉民」當上了掌刑正千戶。無能而又無恥的吳大舅，卻被山東巡按宋喬年吹噓為「一方之保障」「國家之屏藩」，於是「特加超擢」。西門慶為貪一千兩銀子，私放殺人犯苗青。禮部尚書李邦彥受賄五百兩金銀，將西門慶改為賈慶。西門慶給京都大官送去金銀和女子，便霸佔了花子虛的全部家產。如此等等，舉不勝舉。而大小官吏，又用非法獲取的錢財，去過驕奢無度、荒淫無恥的生活。《金瓶梅》中，這些無所顧忌和毫不隱晦的記錄，都集中地暴露了那個特定時代的封建制度和統治階級的罪惡。所以，首先應該說，《金瓶梅》是一部明末的社會政治史。

再者，《金瓶梅》還以大量的篇幅描寫了西門慶一家的家庭生活，這也顯示出了不平常的社會意義。作者以極其細膩的筆法，淋漓盡致地描寫了妻妾的爭寵鬥強，恣情淫樂。潘金蓮幾句話就使西門慶把孫雪娥拳打腳踢一頓。西門慶和李瓶兒親熱一些，潘金蓮就設計害死了李瓶兒母子兩個。吳月娘罵潘金蓮「專一霸攔漢子」，潘金蓮便鬧得沸反盈天。妻妾紛爭，奴僕跟著受害。西門慶寵李瓶兒，潘金蓮就拿丫鬟秋菊洩憤，把她打的「殺豬也似叫」。當主子對奴才稍不滿意的時候，就立即賣了出去。一個丫頭只值幾兩銀子，而西門慶的一席酒宴就要花上千兩銀子。從這裏，我們又看到了那個社會的不合理的婚姻制度、家庭制度、奴婢制度以及財產制度所造成的深重的罪惡和不幸。

還有，魯迅先生說：「作者之於世情，蓋誠極洞達，凡所形容，或條暢，或曲折，或刻露而盡相，或幽伏而含譏，或一時並寫兩面，使之相形，變幻之情，隨在顯現，同時說部，無以上之。」舉例而言，西門慶生子加官之時，「誰人不來趨附？送禮慶賀，人來人去，一日不斷頭。」但，西門慶一死，妻妾們「嫁人的嫁人，拐帶的拐帶，養漢的養漢，做賊的做賊，都野雞毛零撏了。」而那些幫閒子弟，原來「見他家豪富，希圖衣食，便竭力奉承，稱功頌德，……脅肩諂笑，獻妻出子，無所不至。一旦那門庭冷落，便唇譏腹非，說他外務……就是平日恩深，亦視為陌路。當初西門慶待應伯爵如膠似漆賽過兄弟同胞，那一日不吃他的，穿他的，受用他的，身死未幾，骨肉尚熱，便做出許多不義之事」。夥計們如吳典恩從西門慶身上得到許多好處，後來卻反誣吳月娘與玳安有姦，「反恩將仇報起來」。這一切，又無情地向我們展示了封建社會的又一個側面：人心的虛偽和自私，以及由此而造成的世態炎涼，人情冷暖。正如清初徐州人張竹坡在

評點《金瓶梅》時所說：「一部《金瓶梅》，總是冷熱二字，而厭說韶華，無奈窮愁。」

當然，也必須指出，《金瓶梅》在取得高度現實主義成就的同時，由於後人的妄改，也存在著大量的淫穢色情的描寫，許多糟粕侵入了書中，以至掩蓋了它的批判現實主義的鋒芒，影響了它在群眾中的廣泛流傳。墨子說：「甘瓜苦蒂，天下物無全美。」《淮南子》的作者劉安說：「至寶必有瑕穢，其小惡不足妨大美也。」無論是閱讀者，還是評論者，都不應斤斤於《金瓶梅》的小惡，而忘記了它的偉大的現實主義成就。

此外，在《金瓶梅》中，還保存了大量的關於當時社會的經濟（手工業、農業、紡織業、貨幣、物價、運輸、關稅、奉祿等）、文化（建築藝術、服裝設計、醫藥、衛生、戲曲表演、口頭說唱、群眾遊戲）以及風俗習慣、宗教傳播方面的詳實資料。如果從這個角度去認識，可以說《金瓶梅》又是一部明末社會的百科全書。因此，它不但具有偉大的文學價值，而且具有重要的歷史價值。

二、藝術成就和世界影響

《金瓶梅》中的人物，一概不是像《三國》《水滸》中的那樣的半神或超人，而是為我們所熟悉和理解的，普通平凡而又真實可信的，現實生活中的真正的人。無論是西門慶，還是他的六個妻妾，以及大小官吏、各類親友、男奴女婢、軍人、商人、算命人、幫閒、妓女、和尚、尼姑、道士、戲子……形形色色，應有盡有，個個都和生活中的一樣。這就是說，《金瓶梅》的作者成功地塑造出了一大批有血有肉的典型人物。尤其可貴的是，在對人物思想性格的複雜性的表現上，《金瓶梅》取得了世界第一流的成就。西門慶既貪得無厭又慷慨好施，既凶殘橫暴又溫文爾雅，既無情無義又情濃意切，既偏狹冷酷又寬懷大度。這就是作為一個集商人、惡霸、狡吏於一身的封建土豪的典型形象。初看起來，這似乎是矛盾的。事實上，他在不同的場合擺出不同的面目，對不同的人流露不同的感情，處理不同的事採用不同的手段，這都是由他的醜惡本質所支配的，所以這正是形象塑造的高度的統一。對潘金蓮的刻劃，《金瓶梅》遠遠超過了《水滸傳》。這個人物的性格更加錯綜複雜，她從極端的利己主義和享樂主義的角度出發，時而心狠手毒，時而諂媚恭順，時而尖酸刻薄，時而心直口快，時而凶險駭人，時而天性流露，這也是罪惡的封建社會中各種特殊的因素造就而成的一個畸型形象。其餘的人物，也大多是形象鮮明，性格突出，給讀者留下了相當深刻的印象。

《金瓶梅》在藝術上的另一個突出成就，是對人類日常生活的細膩而逼真的描寫。在《三國》《水滸》和《西遊記》中，我們看到的是，鐵馬金戈，南征北戰，呼風喚雨，騰雲駕霧……，這雖然是允許的，也是可讚美的，但畢竟和現實生活相距何止千里。而《金

瓶梅》寫的是：

> 每回無過結交朋黨，鑽營勾串，流連會飲，淫黷通姦，貪婪索取，強橫欺凌，巧計誆騙，忿怒行凶，作樂無休，訛賴誣害，挑唆離間而已。（《金瓶梅》滿文譯本序）

這全是貫串於整個封建社會，時時都在發生著的平常而又平常的生活事件。作者發隱掘微，運用一支天才的筆，燭照了明季社會的每一個骯髒黑暗的細微角落。這種真實細膩、深刻生動的再現生活的創作方法的出現，正是我國現實主義文學進一步深化和成熟的標誌。中外的《金》學家們，眾口一詞地肯定，沒有《金瓶梅》，便沒有《紅樓夢》，確是恰如其分地說明了《金瓶梅》在我國文學發展史上的重要地位和價值。

在運用人民生活語言和方言詞彙方面，作者的筆力是極為健旺而強悍的。而這裏所說的方言，多數是魯南方言，或者叫嶧縣方言。據我調查來看，凡屬於嶧縣地區所獨有的方言詞彙，幾乎全部被用到《金瓶梅》裏去了。反過來說，《金瓶梅》是魯南方言的集大成之作。除此之外，作者對北京方言，華北方言，以至於北方官話，也極為熟悉，而且表現了高度的駕馭才能。全書的語言風格，潑辣爽朗，汪洋恣肆，妙語如珠，意趣橫生，比《紅樓夢》更加一無掛礙。自「五四」運動以來，新文學家們時時高倡語言的生活化和群眾化，歷時已近百年，那結果卻並不令人滿意。但是，凡讀過《金瓶梅》的人，都會強烈地感覺到，這部書是真正做到了生活化和群眾化。不僅如此，《金瓶梅》的作者還做到了語言的性格化，書中的對話，不但能夠突出地表現人物的個性，而且能使不同人物性格的區別程度非常顯著。

總之，《金瓶梅》無論是從思想內容，還是從藝術形式上去分析，都不愧為一部偉大的批判現實主義的巨著。也正因為如此，才決定了《金瓶梅》不但成了我們中國文學的寶貴財富，而且也成了世界文學的寶貴財富。

國外研究《金瓶梅》已有很長的歷史。日本從十八世紀末，歐洲從十九世紀中，就開始介紹和翻譯這部書了。到目前為止，《金瓶梅》的外文譯本有英、法、德、拉丁、瑞典、荷蘭、俄、匈牙利、日、朝、越、蒙等文種，計十幾個國家。王麗娜先生在《金瓶梅在國外》一書中，介紹了國外學者對《金瓶梅》的評價，現抄錄幾段如下。

美國學者海托華在〈中國文學在世界文學中的地位〉一文中認為：

> 中國的《金瓶梅》與《紅樓夢》二書，描寫範圍之廣，情節之複雜，人物刻劃之細緻入微，均可與西方的小說相媲美。

美國《大百科全書》說：

《金瓶梅》是中國第一部偉大的現實主義小說，它雖然寫的是中國十二世紀早期的故事，實際反映了中國十六世紀末期整個社會各個等級人物的心理狀態，宣揚了懲惡揚善的佛教觀點，對中世紀的社會生活和風俗作了生動而逼真的描繪。

法國《大百科全書》說：

它塑造人物很成功，在描寫婦女的特點方面可謂獨樹一幟。全書將西門慶的好色行為與整個社會歷史聯繫在一起，它在中國通俗小說的發展史上是一個偉大的創新。

日本《大百科事典》說：

《金瓶梅》的作者不明，但從全書結構的嚴密性，文氣與構思的連貫性來看，是出於一人之手。

國外研究《金瓶梅》的著作極多，像上面引述的這些高度評價性的文字，當然是不勝枚舉。但，僅只這幾段話，也足可以讓我們看出《金瓶梅》在世界文學中居於何等地位了。

論蘭陵笑笑生

蘭陵笑笑生是個什麼樣的人？四百年來已有許多論述，我亦想步前人後塵，談一些個人的認識，以就教於大方之家。

因為人們對於誰是蘭陵笑笑生，尚無統一意見，所以我們不能以任何一個假想的作者，去分析他。我們只能從《金瓶梅》中，去體察他的天賦，他的性格，他的信仰，他的學問以及他的文學觀念等一系列的問題。

笑笑生是一個天才。他目光如電，透視了明末的那個社會，那群人物，那段歷史。尤其是，他深入地挖掘了千百年不變的人性的缺陷，並把它具體而微的準確地表現出來。《金瓶梅》中的人物，在明代以前是這樣，在明代以後也是這樣。西門慶、潘金蓮、應伯爵之類的人，至今還活在我們身邊，而且還會永遠活下去。試看當今的貪官們，情婦們，幫閒們，和笑笑生筆下的人物，有什麼兩樣？在中國長篇小說的歷史上，沒有哪一部作品能和《金瓶梅》比肩，包括《紅樓夢》，更不必說其他。曹雪芹把人物和生活一概藝術化了，高於生活，也就和現實拉開了距離。《紅樓夢》的弱點是炫耀，炫耀智慧才情，吃穿住用，以來溫暖一個落魄讀書人的悲涼的心。笑笑生寫的全是社會生活的原生態，不掩飾，不美化，是怎樣就寫成怎樣。只有這樣，才最真實，最典型，最生動。他給我們留下了一塊明末社會生活的活化石。所以，笑笑生不單是天才，而且是偉大的天才。

笑笑生的靈魂是獨立而自由的，勇敢而堅定的，寬廣而善良的。他尊重儒、道、釋，但絲毫不受他們的約束。他淋漓盡致地描寫那個社會，指出那些人的那些行為，絕沒有好下場，以來勸世救人，這是菩薩心腸。在社會生活中，他絕對會直言正行，無所畏懼，無所阿曲，敢鬥敢爭，敢說敢寫。人類的生活有兩部分，一是公開的部分，一是私密的部分。傳統的作家，多寫公開的部分。笑笑生卻將筆觸，深入家庭、屋裏、被下、衣內、體中。此所謂，「閨房中有甚於畫眉者」，或「顛鸞倒鳳百事有」。這是冒天下之大不韙，但他除了擔心自己在當時的名譽之外，心中沒有絲毫恐懼。無恐懼，是產生偉大作品的最根本的前提。

笑笑生知識淵博，胸羅萬卷，人生經驗極為豐富。他經史子集無所不窺，三教九流無所不知，風俗禮儀無所不通，飲食服飾無所不精。尤其是，〈金瓶梅詞話序〉說，他還讀了當時的各種小說，如《剪燈新話》《鶯鶯傳》《水滸傳》《鍾情麗集》《懷春雅

集》《如意君傳》《于湖記》等等。他是真正的大知識分子，所以才鄙薄和嘲笑溫秀才、水秀才、倪秀才之類的「半瓶子醋」。他長期生活在普通民眾之中，使他深深體味到了百姓生活的酸甜苦辣，熟悉他們的音容笑貌，瞭解他們的內心世界。而中國獨有的科舉制度，又使他「朝為田舍郎，暮登天子堂」，終於躋身於高官顯爵之列。無數的官場接觸，讓他看清了大小官僚的醜惡嘴臉，摸透了他們的狠毒心腸。官場的黑暗，使他清醒的作出了急流勇退的抉擇，從而隱居下來，把當官前後的兩段生活積累，取捨揉合，統一構思，嘔心瀝血地寫出一部《金瓶梅》來。

笑笑生厭惡當時的社會，但他熱切地希望這個社會能夠變好。辦法是，人人信佛崇儒，相信善惡有報，修為自省，拋卻惡念，一心向善，從罪惡污濁中解放出來。依我們看來，笑笑生未免天真。他不知道，人的善惡是由先天的基因決定的，善者自善，惡者自惡，兩者都是難以改變的。人類社會，永遠是善惡並存，只有用合理的制度法律，科學的道德教化，抑惡揚善，才會慢慢變好，但絕不會出現「理想的天國」。

《金瓶梅》最令人糾結的問題，是關於「性」的描寫。許多人都把這部書看成「誨淫」之作，這是錯誤的。笑笑生在書中，主要不是寫「淫」，而是寫「淫」對人造成的惡果，主旨是戒淫和懲淫。西門慶、潘金蓮們的不得好死，就是證明。當然，我們也得承認，笑笑生肯定是一個性崇拜者。人們一致認為，欣欣子就是笑笑生。欣欣子在〈金瓶梅詞話序〉中說：「房中之事，人皆好之，人皆惡之。」也就是，暗裏人皆好之，明裏人皆惡之，心裏人皆好之，嘴上人皆惡之。〈詞話序〉說：「雲窗霧閣何深沉也，金屏繡褥何美麗也，鬢雲斜軃春滿酥胸何嬋娟也，雄鳳雌鳳迭舞何殷勤也，……雞舌含香唾圓流玉何溢度也，兩只金蓮顛倒顛何猛浪也。」如此等等，當然人皆好之，笑笑生也不例外。古人云：「食色，性也。」孔老夫子，見到南子，也動了情，但他能「止乎禮」。看來，性的欲望，是人的天性，一切正常的人概莫能外。但笑笑生要表達的是，越「禮」的性行為，一定會造成悲慘的結果。正如〈詞話序〉所說，那會「經凶禍」，「蒙恥辱」，甚至「陷命於刀劍」。人之處事，逆天時者，身名罹喪，禍不旋踵。只有合天時者，才能安享終身，子孫悠久。人們常常把性和道德混為一體，似乎並不妥帖。看看歷代的偉人，有幾個是情專於一的？一個人，如果能追求真理，堅持正義，不損人利己，不傷天害理，哪怕對女性心猿意馬，仍不失為一個好人。設若，有人反對我這個觀點，那就先問問你自己的心。況且，笑笑生寫的是西門慶，並且痛加批判，笑笑生不是西門慶，而是一個有道德的人。我們必須承認，作為反映社會生活的文學家，對於正當的和非正當的性行為，都有權去描寫，笑笑生寫性沒有什麼錯。那些咒罵笑笑生宣淫、導淫的衛道者，絕對是虛偽的，他們愛讀《金瓶梅》，而且尤好黃段子。

在笑笑生之前的作家，往往把視線投向帝王將相，英雄豪傑，貞女烈婦，才子佳人，

神仙鬼怪等等。他們的特點,是追求不平常的人與事,以人物和事件本身的傳奇性去吸引讀者。他們還沒有意識到自己周圍的凡人小事,才是真正具有藝術魅力的文學素材。所以,笑笑生在《金瓶梅》中著力描寫芸芸眾生的日常生活,這在中國文學史上,是一次具有劃時代意義的文學意識的偉大覺醒,文學觀念的偉大轉變。

笑笑生筆下的人物和他們的生活,已經衝破了歷史和地域的局限,鑒照了整個社會歷史的人情世態。在這個世界上,惡人們從不正視自己的缺點和缺陷,總認為自己好自己對。同時,他們也從不想去認識和理解他人,總認為他人錯他人壞。於是,在物欲和肉欲以及精神平衡欲望的支配下,他們不斷地掙扎著,突破外部的禮法限制和內心的道德約束,使用損人利己的辦法,以達占有的目的,但又永遠得不到滿足。這就生發出了各種各樣的衝突和矛盾,痛苦和災難。笑笑生懷著極大的熱情和興趣,勇敢的直面這慘澹的人生,精確地描繪這複雜的社會,為後世留下了一面永恆的鏡子,同時也確立了他自己的不朽的文學地位。

《金瓶梅》又是一部表現婦女命運的書。全書囊括了各個階層各種類型的婦女形象,每一個都塑造的有血有肉,活靈活現。他們是一群被侮辱被損害的人,同時又是污辱和損害他人的人,而且不管是誰都被籠罩在惡運的陰影之下。窮人的女兒,常被賣給富人做丫鬟。若有姿色就一定被主人姦污,如李嬌兒。若無姿色就要受苦受累挨打挨罵,如迎兒。如果嫁給無權無勢的丈夫,生兒育女,就要日夜操勞,挑起沉重的生活擔子,如薛嫂。此外,他們還有兩條路可走:一是遁入空門做尼姑,如薛姑子。二是進入煙花巷裡做妓女,如李家姐妹。個別人有幸進入富家作妻作妾,要麼被冷落形同僕婦,如孫雪娥。要麼由於年齡懸殊,生理欲望得不到滿足,就亂來,如春梅。富家女兒嫁給富家子弟,丈夫往往是好色之徒,如吳月娘和西門大姐,因為沒有勇氣衝破禮教的約束,只好積年累月守活寡,錦衣玉食絲毫也不能使他們感到幸福。貴族婦女如林太太,深門大戶全無行動自由,身世和名分決定她不能像孟玉樓那樣改嫁,終日空虛寂寞,一旦遇到西門慶之流,就恣意妄為,以求短暫的安慰。總之,《金瓶梅》中的婦女,人人都在追求,但誰也沒有得到過幸福圓滿的愛。有節制的反抗,也許會使他們終老天年,如吳月娘。無節制的瘋狂占有,則必然死於非命,如潘金蓮、李瓶兒、龐春梅。天網恢恢,疏而不漏,女人們個個在劫難逃。笑笑生以博大的胸懷,對他們悲慘的命運,寄予深深的憐憫和同情,不時在他們被扭曲的形象上,著上一些亮色。而且,總要交代清楚,她們原本是純潔無辜的,哪怕潘金蓮也是如此。

笑笑生對原始素材,也取捨,也剪裁,也虛構,但他力求保持生活的原貌,不隱惡,不溢美,只想忠於生活,不想高於生活。這才使《金瓶梅》成了一部真實記錄生活的書。從整體結構來看,三個人的死是全書的大關節,把整部書分成了四個部分:蟬蛻、聚合、

裂變和虛化。李外傳之死，使情節由《水滸傳》轉入《金瓶梅》，這是蟬蛻。《水滸傳》讓西門慶死了，笑笑生卻讓他活了下來，再以他為核心，調動各種人物向他輻湊過來，這是聚合。西門慶一死，所有聚合過來的人物，死的死，嫁的嫁，逃的逃，紛紛跳槽，這是裂變。春梅死後，全書簡單交待完韓愛姐的下落，便以最後半回書的篇幅，薦拔由西門慶轉生的孝哥，這是虛化。過去的一切煩惱歡樂，你爭我鬥，得失利害，皆化成了過眼雲煙，萬事成空，這究竟是所為何來？！

《金瓶梅》的原稿傳抄出去後，立刻引起了巨大的反響。《金瓶梅》，原名《金瓶梅傳》，說書藝人想把它在書場講說，於是添加了一些低俗的詩文，尤其是大大渲染了對性行為的描繪，使不少段落變得很俗很黃。終因日常生活瑣事不具有傳奇性，吸引不了聽眾，結果失敗了，但卻留下了一部經過改造的稿子，再經人傳抄出版，這就是《詞話》本。在刻板過程中，手民們遇到不懂的方言俚語往往要換成官話，還有許多的錯刻漏刻，造成了情節矛盾，年月錯亂等等缺陷。後人又把這種責任，推給了笑笑生，豈不冤枉！總之，現存的各種版本，均與原作不同，我們研究者不能不倍加小心。

人類永遠生活在過去和將來的臨界線上，只有過去和將來，而沒有現在。一切的一切，轉瞬之間就冷卻成了歷史。但文學能使歷史起死回生。我們後人應當感謝蘭陵笑笑生，他給我們留下了一段活的歷史，讓一代又一代人去認識和思考。

蘭陵笑笑生是山東嶧縣人

關於《金瓶梅》的作者問題，是中國文學史上的一大懸案，歷代學者聚訟紛紜近四百年之久，迄今仍無定論。

從現有的材料記載來看，各家推論的《金瓶梅》作者，已有數十個。在本世紀三十年代以前，共有兩類說法。一類是不確指的，如「紹興老儒」「嘉靖間金吾戚里門客」、「嘉靖間大名士」「某孝廉」「王世貞門人」「浮浪子弟」等。一類是確指的，如李卓吾、薛方山、趙南星、馮惟敏、李開先、徐渭、盧柟、李笠翁、王世貞等。近年，又有戴不凡提出的作者（或修改潤飾者）為浙江「金華人」說，黃霖的「屠隆」說等。

儘管如此，但一般人都認為《金瓶梅》的作者是王世貞。應該指出的是，這一觀點立論的根據，多為陋儒們荒誕不經的傳說。其中，主要的故事是說，嚴嵩當國之時，王氏父子曾對其惡謔，並用《清明上河圖》的贗品欺騙了嚴家，以致被禍。王世貞（元美）為了報殺父之仇，寫成此書，塗上毒藥，送給嚴嵩的兒子嚴世蕃（東樓）閱讀，一來暗譏嚴家閨門淫放，二來企圖將他毒死。如：

> 《金瓶梅》一書，相傳明王元美所撰。元美父忬，以灤河失事，為奸嵩構死，其子
> 東樓實贊成之。東樓喜觀小說，元美撰此，以毒藥傳紙，冀使傳染入口而斃。東
> 樓燭其計，令家人洗去其藥，而後翻閱，此書隨以外傳。（王曇《金瓶梅考證》）

除此之外，《寒花盦隨筆》《缺名筆記》《銷夏閑記》等書，雖然記載的傳說互不相同，但都一致認為：《金瓶梅》是影射嚴氏的復仇之作。這就是在三百多年間占統治地位的「王世貞說」。

1932 年，山西發現了一部萬曆丁巳（1617）年的木刻大本《金瓶梅詞話》。人們看到，這部書和當時流行的各種本子有三點不同：1、內容完備，是各種同書的祖本。2、書中用了大量的山東方言。3、書首還附有一篇欣欣子寫的序文，明確指出《金瓶梅》作者的筆名叫蘭陵笑笑生。

據此，魯迅先生在《中國小說史略》日文譯本序中指出，《詞話》及其序文「確切地證明了這絕非江蘇人王世貞所作的書」。鄭振鐸先生在〈談金瓶梅詞話〉中又指出：「蘭陵即今嶧縣，正是山東的地方。笑笑生之非王世貞，殆不必再加辯論。」而吳晗先生

在〈金瓶梅的著作時代及其社會背景〉一文中，則用大量確鑿詳實的資料，向《金瓶梅考證》《寒花盦隨筆》等書，作了「一個總攻擊，把一切荒謬無理的傳說，一起踢開，送還《金瓶梅》以一個原來的面目」。

由於三位先生的努力，《金瓶梅》作者是王世貞的觀點，便被徹底推翻。復仇之類的故事也隨之銷聲匿跡。三位先生的貢獻在於，使中國文學史界對《金瓶梅》作者的研究，突破了陳說，向前邁進了一大步：《金瓶梅》的作者，是一位尚未查明的山東嶧縣人。

而且，這個結論，幾十年來已得到我國學術界的普遍認可。它不但被寫進了解放之後大陸出版的各家文學史，就是 1976 年臺灣開明書店出版的華仲麐的《中國文學史論》也接受了這個觀點：「在我們無法得到結論之前，只好說這是嘉靖、萬曆間山東嶧縣的一位大文學家作的罷了。」

可是上述的十數個「作者」，都不是嶧縣人。因此，在文學史上關於《金瓶梅》的作者問題，仍然是一個空白。

再者，鄭振鐸先生雖然提出了蘭陵笑笑生是嶧縣人的觀點，但是自那之後，人們搜遍古書，誰也沒有為「蘭陵」（嶧縣）二字尋到一條旁證。也就是說，鄭先生的觀點至今還沒有被證明過。而要想解決《金瓶梅》的作者問題，又必須首先弄清笑笑生到底是不是蘭陵（嶧縣）人，所以，我們應該由此入手，逐步向前突破。

一、「蘭陵」考

萬曆丁巳本《金瓶梅詞話》中，有一篇欣欣子寫的序，言道：「竊謂蘭陵笑笑生作《金瓶梅傳》，寄意於時俗，蓋有謂也。」這告訴我們《金瓶梅》作者的化名叫笑笑生，而他的籍貫是蘭陵。

蘭陵稱縣，始於於戰國，治所在今山東蒼山縣西南蘭陵鎮。楚春申君以荀卿為蘭陵令，即此。隋大業初，改承縣置，治所仍在原址。唐初繼稱承縣。金明昌六年（1195）又改為蘭陵，貞祐末移治今棗莊市嶧縣南。元代移今嶧縣城。

蘭陵稱郡，始於西晉元康元年（291），分東海郡置，治所在今棗莊市嶧縣城。轄境相當今山東棗莊市及滕縣東部、東南部。隋開皇三年（583）廢。

1947 年，魯南解放區又成立蘭陵縣，由臨沂縣、嶧縣及江蘇省邳縣析置。1953 年撤銷，重劃歸嶧縣、蒼山縣和邳縣。嶧縣於 1960 年與周圍地區合併為棗莊市。

上述歷史沿革說明，自古以來，蘭陵和嶧縣就在一個轄區之內，而且兩者都曾作過蘭陵縣的治所，嶧縣則又曾是蘭陵郡的治所。明萬曆辛巳（1581）年，賈三近寫的〈嶧縣

誌序〉說：「勒成一邑全書，使天下後世曉然，知嶧為鄫丞蘭陵之舊疆。」所以，在明代文人的筆下，嶧縣就是蘭陵，蘭陵就是嶧縣。許多資料證明，當時嶧縣的文人學者，往往在自己的名號之前冠以「蘭陵」二字。如嘉靖、萬曆間的嶧縣大文學家，他的《滑耀編》被收入《四庫全書》之中，他在這部書裏就自署「蘭陵散客」。似乎賈三近已經預感到，將來人們可能要在「蘭陵」二字上發生爭論，所以就在《嶧縣誌》中特別點出一筆：「使天下後世曉然，知嶧為鄫丞蘭陵之舊疆」。

有的學著為了證明王世貞是《金瓶梅》的作者，提出了這樣一個論據：「蘭陵不止是山東嶧縣也是江蘇武進的古名。」這是錯誤的。武進是春秋時吳季扎的封地延陵邑，西漢置毗陵縣。西晉永嘉五年（311），因避東海王越世子毗諱，改稱晉陵。東晉初，蘭陵也曾僑置武進，但不久到了南朝梁時就廢掉了。賈三近在《嶧縣誌》中寫道：「蕭氏系出望之，本蘭陵人，即今之嶧縣也。其後寓居江左者，皆僑置本土加以南名，故有南蘭陵之別。」這說明，武進的古名是延陵、毗陵、晉陵或南蘭陵，而不是蘭陵。這和歷史上的徐州和南徐州一樣，是不容混淆的。因此，蘭陵只能是指嶧縣，絕不是指武進。在清代以前，武進的文人學者，在自己的名號之前也沒有冠以「蘭陵」二字的。唐代詩人杜審言有一首詩題為〈和晉陵陸丞相〉，這裏的晉陵就是指武進。明代《長安客話》的作者蔣一葵，是萬曆時的武進人，和笑笑生生活於同一個時期。他在《長安客話》中，也是自署「晉陵蔣一葵」，而不是「蘭陵蔣一葵」。此外，他還把武進先賢的重要著作編成一集，書名就叫《晉陵文獻》。清代女畫家惲冰，是惲壽平的曾孫女，確曾在她的畫上署過「蘭陵女史」，但後來也改成了「南蘭女子」。所以，「蘭陵笑笑生」只能是嶧縣的笑笑生，而不是武進的笑笑生。

還應該指出的是，雖然武進也稱過南蘭陵，但對於證明王世貞是《金瓶梅》的作者，也毫無作用。王世貞是太倉人，他與武進沒有關係，無論如何也不會給自己起一個「蘭陵笑笑生」的筆名。王世貞在〈歷朝綱鑑會纂自序〉中，曾自署「琅琊鳳洲王世貞」。查其原因，在於他的祖籍是山東琅琊，因此，他與嶧縣也沒有關係，也不會給自己起一個「蘭陵笑笑生」的筆名。根據以上考證，我們得出的結論是：「蘭陵笑笑生」一定是山東嶧縣人，而不是武進人，更不是王世貞。

二、「明賢里」考

在《金瓶梅詞話》欣欣子序的末尾，還有一句話，那就是：「欣欣子書於明賢里之軒」。關於欣欣子，各家學者都認為他就是笑笑生，這已成了定論。因此，我們可以把上面這句話理解為：「笑笑生書於明賢里之軒」。假如我們能夠考出「明賢里」指的是

什麼地方,那麼,我們就可以斷定《金瓶梅》是在什麼地方寫的,並且還可以為考證出笑笑生的籍貫,提供一個新的證據。所以,我以為弄清「明賢里」的涵義,對於研究《金瓶梅》的作者,是有重要意義的。遺憾的是,關於這三個字,目前還沒有見到有誰加以考證過。或者說,也許曾經有人考證而最後沒有得出結果來。

在過去研究《金瓶梅》的眾多文章中,正式對「明賢里」發表見解的是朱星先生。朱先生在〈金瓶梅的版本〉一文中寫道:「……因為欣欣子序不記歲次和地點(只寫『書於明賢里之軒』,不明說在吳中)。」括弧內的文字是朱先生的原話。意思十分明白:朱先生認為,「明賢里」就是暗指「吳中」。對於朱先生的這個觀點,我是不敢同意的。原因有兩個:一是朱先生沒有說出他下這個斷語的根據是什麼,二是我認為「明賢里」不是暗指「吳中」,而是暗指「蘭陵」。

現將我的觀點證明如下:

1. 在唐代李延壽編的《南史·齊高帝本紀》中,有這樣一句話:「齊太祖高皇帝諱道成,字紹伯,小字鬥將,姓蕭氏。其先本居東海蘭陵縣中都鄉中都里,晉元康元年,惠帝分東海郡為蘭陵,故復為蘭陵郡人。」這裏是說,南齊高帝蕭道成,他祖上的籍貫是山東蘭陵,也就是今天的嶧縣。

2. 蕭道成建立南齊,傳了三代。西元 494 年蕭道成的侄子蕭鸞奪取了帝位,這就是南齊明帝。明帝死後,他的二兒子蕭寶卷繼位。

3. 再看《南史·齊廢帝東昏侯本紀》:「廢帝東昏侯諱寶卷,字智藏,明帝第二子也。本名明賢,明帝輔政改焉。」從這裏,我們找到了「明賢里」中的前兩個字。原來,東昏侯的本名叫蕭明賢。他是蕭鸞的兒子,當然也就是蕭道成的侄孫。

4. 而蕭道成的籍貫是山東蘭陵。那麼,蘭陵自然也是蕭明賢的籍貫。簡言之,蘭陵就是明賢故里,即「明賢里」也。反言之,「明賢里」就是「蘭陵」。

5. 由此,我們就可以把「欣欣子書於明賢里之軒」這句話進一步譯成:「笑笑生書於蘭陵之軒」。然後,再把這句話和序文的第一句話「竊謂蘭陵笑笑生作《金瓶梅傳》」相聯繫,明顯地可以看出,《金瓶梅》的作者,正是在序文的首尾照應中,告訴了我們他是山東蘭陵(嶧縣)人。

我這樣解釋,似乎有穿鑿附會的嫌疑。為了排除這種嫌疑,我還想從《南史·齊廢帝東昏侯本紀》中,再摘出幾句話來與讀者共析:

「拜潘氏為貴妃」,「鑿金為蓮花以帖地,令潘妃行其上,曰:此步步生蓮花也。」

「城中閣道,西掖門內,相聚為市」。「潘妃放恣,威行遠近。父寶慶與諸小共逞奸毒,富人悉誣為罪,田宅資財,莫不啟乞。」

「又偏信蔣侯神，迎來入宮，晝夜祈禱。」

「聞外鼓吹叫聲，被大紅袍，登景陽樓望，弩幾中之。」

讀了這些話，無須再加任何解釋，我們就可以看得出來，《水滸傳》中的潘金蓮、西門慶、蔣門神和景陽崗等人名地名，都是從這篇〈本紀〉中擷取來的。而這一點，又被《金瓶梅》的作者發現了，所以，他也從這裏找出了「明賢」兩個字，再加一個「里」字，用以表明自己的籍貫。至於他為什麼會發現這一點，也不難理解，因為《金瓶梅》就是由《水滸傳》第二十三回到第二十六回演化而來的。

此外，明代嶧縣人賈三近在其所撰〈重修淨土禪寺記〉中，開頭一句就是：「佛剎盛行蕭梁時，蘭陵為蕭梁故墟。」這後半句話，和我前面所說的「蘭陵就是（蕭）明賢故里，即明賢里」的意思幾乎完全一樣。

這樣，我們就有了絕對把握認定：「明賢里」就是暗指「蘭陵」，而不是暗指「吳中」。從而也就為「蘭陵笑笑生是山東嶧縣人」的觀點，加了一個極其重要的新證據。

三、「金華酒」考

1980 年 2 月，浙江人民出版社出版了戴不凡先生的《小說見聞錄》。其中，對《金瓶梅》作者的籍貫問題，又提出了更新的見解：

> 小說中凡飲酒幾乎不離金華酒，如二十回「將昨日剩的金華酒篩來」，二十一回「玳安又提了一罐金華酒」，二十三回「咱賭五錢銀子東道，三錢買金華酒兒」……；西門一家婦女幾無不嗜金華酒者。筆者雖讀書不多，然就所讀古今書籍而言，寫及金華酒者，僅《金瓶梅》一書耳，且其頻繁如此。……此若非金華、蘭溪一帶人，殆難有可能反復筆之於小說之中的。（《小說見聞錄》第 139 頁）

戴不凡先生的言下之意十分明顯，即《金瓶梅》的作者（或如戴不凡先生所說的修改潤飾者）是浙江金華、蘭溪一帶人。既然如此，那麼，冠於笑笑生之前的「蘭陵」二字，又當如何解釋呢？戴先生繼續寫道：

> 大阜為陵，蘭溪除縣城附近外，亦多山，固亦不妨稱為「蘭陵」，猶之嚴州稱為「嚴陵」。（同上）

戴先生的這兩段話，看上去似乎有些道理，但究其實，只能算是揣測性的假說，而且論證推導得十分牽強。因而，對於戴先生提出的這個「金華說」有重新加以考辨的必

要。我圍繞著「金華酒」三個字，查閱了一系列的資料，終於弄清了「金華酒」的真相，從而推倒了戴不凡先生的假說。

明人汪穎在《食物本草》中寫道：「入藥用東陽酒最佳，其酒自古擅名。」與此同時的另一本書《事林廣記》，不但對東陽酒推崇備至，而且還詳細地記載了這種酒的釀法。那麼，什麼是東陽酒呢？李時珍在《本草綱目》中解釋說：「東陽酒即金華酒，古蘭陵也。」這樣一句話，就解開了存在於《金瓶梅》中的金華酒之謎。原來，金華酒就是東陽酒，也就是古時候為李白所讚美過的蘭陵酒。

為了把問題辨得更加明白，我還想從以下幾個方面作進一步的考證。

第一、《本草綱目》和《金瓶梅》兩書中所說的金華酒，是否指的是一種酒？查《本草綱目》最早刊於 1590 年，而魯迅先生在《中國小說史略》中指出《金瓶梅》最早刊行於萬曆庚戌年，也就是 1610 年。因此，我們可以說這兩部書寫成於同一時期。而且，其他史料還告訴我們，自唐以降，蘭陵美酒就暢銷於北京、南京、杭州等各大名城。全國許多城鎮的酒店，為了裝潢門面，招徠顧客，常常在店前掛起「蘭陵佳釀」的招牌。這樣，從兩書的寫作時間和蘭陵酒銷售的範圍來看，我們可以斷定兩書中的金華酒都是指的一種酒。

第二、蘭陵酒為什麼又叫東陽酒呢？《左傳・哀公八年》記載：「吳伐魯，克東陽而進」。前代學者注釋說，東陽，古邑名，春秋魯地，在今山東費縣西南。我們翻開地圖一望便知，那正是指的嶧縣（蘭陵）一帶。在今天，蘭陵鎮和費縣仍屬於一個地區。這就使我們很容易理解，蘭陵酒為什麼又叫東陽酒了。

第三、蘭陵酒為什麼又叫金華酒呢？一千三百多年前，唐代大詩人李白漫遊齊魯時，寫下了著名的〈客中作〉，曰：「蘭陵美酒鬱金香，玉碗盛來琥珀光。但使主人能醉客，不知何處是他鄉！」從「鬱金香」和「琥珀光」六個字，我們可以推知李白所說的「蘭陵美酒」是一種有顏色的甜酒。《金瓶梅》第五十二回中也說：「一錢銀子下飯，一罈金華酒，一瓶白酒。」這是色酒的又一佐證。再看明人楊孚的《南州異物志》：「鬱金出罽賓，國人種之，先以供佛，數日萎，然後取之。色正黃，與芙蓉花裏嫩蓮者相似，可以香酒。」由此兩端，我們就知道了蘭陵酒是以鬱金花為配料釀造而成的色酒，也就是「金花酒」。「花」與「華」通，所以名之曰「金華酒」。故而，這和浙江的金華地方毫無關係。

第四、據賈三近所修的《嶧縣誌》記載，當地的「十里泉」又叫「許池泉」，是嶧縣的八大景之一。戰國時楚春申君任荀子為蘭陵令，後人為了紀念荀子，在十里泉邊修了一座荀卿祠。就在荀卿祠的南面，正有一個「金花泉」，《志》謂又名「金華泉」。這和我前面對「金華酒」的分析，完全相同。我想，這個泉的命名不能說和金華酒的命

名毫無關係。同時，還說明不能因為這個泉的名字叫金華，就認定這個泉是在浙江金華。對於酒名的理解，也同樣是這個道理。

通過以上考證，我們可以得出這樣幾點結論：

一、戴不凡先生說：「筆者雖讀書不多，然就所讀古今書籍而言，寫及金華酒者，僅《金瓶梅》一書耳。」然而就全部古今書籍而言，就不能這麼說，因為還有《本草綱目》在。

二、《金瓶梅》中所寫的金華酒，根本不是浙江金華地方所產的酒，而是蘭陵酒。有人說，李時珍「可能是搞錯了」。但，「可能」二字，不足以證明任何問題，在沒有確鑿證據之前，最好不要自認比李時珍還高明。

三、《金瓶梅》的作者署名蘭陵笑笑生，而書中所寫又幾乎人人都喝蘭陵酒，這絕不是偶然地巧合。這個事實，有力地說明作者之所以給自己起一個「蘭陵笑笑生的」筆名，是和蘭陵這個地方，也就是作者的家鄉，有直接的關係。有的學者又認為「蘭陵笑笑生根本是捏造的」，未免過於武斷。

至此，我們又為蘭陵笑笑生是山東嶧縣人的觀點找出了一個切實的旁證。

四、「方言」考

魯迅、鄭振鐸、吳晗三位先生，之所以認為《金瓶梅》的作者不是王世貞，主要是根據萬曆丁巳《詞話》本運用了大量的「山東方言」作出判斷的。

魯迅先生說：

> 還有一件是《金瓶梅詞話》被發見於北平（實是山西——芬注），為通行至今的同書的祖本。文章雖比現行本粗率，對話卻全用山東的方言所寫，確切地證明了這絕非江蘇人王世貞所作的書。

鄭振鐸先生說：

> 我們只要讀《金瓶梅》一過，便知其必出於山東人之手；那麼許多的山東土白，絕不是江南人所得措手於其間的。其作風的橫恣、潑辣，正和山東人所作的《醒世姻緣傳》《綠野仙蹤》同出一科。

吳晗先生說：

> 《金瓶梅》用的是山東方言，他（王世貞）雖曾在山東做過三年官（1557-1559），但

是我們能有證據說他在這三年中，並且是在「身總繁劇，盜警時聞」的情況中，他曾學會了甚至和土著一樣地使用他們的方言嗎？假使不能，我們又有什麼權力使他變成《金瓶梅》的作者呢！

我認為，三位先生的話雖不全面，但基本觀點卻是極為正確的。他們一致地用「山東方言」這一千古難移的鐵證，確鑿地證明了《金瓶梅》的作者絕對不是王世貞。

朱星先生今天重拾舊說，一口咬定《金瓶梅》的作者「非王世貞莫屬」，自然無法避開這個「山東方言」問題。朱先生在〈金瓶梅的作者究竟是誰〉一文中，首先說道：

> 魯迅先生、鄭振鐸先生、吳晗先生都被（山東方言）蒙過了，真是智者千慮，也有一失。

接著朱先生提出了九條理由，但這些理由是無法使人信服的。在朱先生的九條理由之中：第一、二、三條，朱先生無憑無據地認為，王世貞會說北京話和山東話，會使用青州婢僕，會記錄他們的髒話，而且連用三個「一定」，這是主觀想像的理由。第四條和第八條，朱先生說「方言和人不是永不會變化的」，「現代人往往有寫陝北的，東北的，河北省的革命故事」，這些話基本與論題無關，因而是生拼硬湊的理由。第五條，朱先生不顧前面已經說過的三個「一定」，又說王世貞「由於他的大官僚子弟身分，他也未必能熟諳那一套方言俗俚諺語」，這是自相矛盾的理由。第六條，朱先生說「金瓶梅」只有潘金蓮等人在口角時才多用山方言」，「至於一般敘事，都是用一般的北方官話」。這又是不符合事實的理由。因此，對以上諸條，都無須加以反駁。剩下的，還有七、九兩條，下面我要用事實來證明，這也是錯誤的。

為了證明三位先生觀點的正確和朱星先生立論的錯誤，我一方面查閱了一系列的資料，另一方面我又從《金瓶梅》中找出八百個詞語，分別於 1980 年 8 月和 1981 年 2 月，兩次專程到山東嶧縣，作了方言調查。在這裏，我想針對朱先生的第七條理由，擺出一些事實來，就教於朱先生。

朱先生在第七條中說：

> 山東方言也很複雜，膠東、濟南就有顯著差別，因此籠統說山東方言，實是外行話，應該說《金瓶梅》中寫婦女對罵用的是清河方言。這樣一來，嘉靖間一些非清河縣人的山東名人都寫不了《金瓶梅》，那個托名蘭陵笑笑生的即使是嶧縣人，也無此資格了。

朱先生第一句話頗有些道理，魯迅等三位先生只說是山東方言，卻沒有說是山東哪

個地區的方言，確實是籠統的。但，與此同時，朱先生自己也說了「外行話」。因為，三位先生的話還有一點不足之處，朱先生卻沒有發現；那就是《金瓶梅》並不全是用山東方言寫成的，其中還有北京方言、元明戲曲的詞語、封建時代的官場用語等等。

例如：

第一回：勾引的這夥人，日逐在門前彈胡博詞。

第二十四回：出來跟人走百病兒，月光之下，恍若仙娥。

第二十一回：我摋你去，倒把我一只腳踩在雪裏，把人的鞋也踩泥了。

第五十八回：沒腳蟹行貨子，藏在那大人家，你那裏尋他去？

第六十八回：今日忽喇八又冷鍋中豆兒爆。我猜見你六娘沒了，已定教我去替他打聽親事。

以上幾句話中的「胡博詞」「走百病」「摋」「沒腳蟹」「忽喇八」這些詞，我到嶧縣調查時，發現當地群眾沒有一個人能夠懂得。後來，我查閱了明代三部記述北京情況的書，才找到準確的答案。《長安客話》說：「渾不似制如琵琶，……相傳王昭君琵琶壞，使胡人重造，造而其形小。昭君笑曰：『渾不似！』遂以名。《元史》以為火不思，今以為胡撥思，皆相傳之訛。」《帝京景物略》說：在北京，「元宵夜，婦女相率宵行，以消疾病，曰走百病。」《宛署雜記》說：「扶曰摋」，「無歸著曰沒腳海（蟹）」，「倉卒曰忽喇叭」。這確切地證明了，這些詞不是嶧縣方言，而是北京方言。像這樣的北京方言詞語，我在《金瓶梅》中找到將近一百個。這個事實說明了，笑笑生還在北京生活過很長時間。文學研究所編的《中國文學史》說：「作者異常熟悉北京的風物人情，許多描敘很像是以北京做為背景。」這話是很有道理的。再如：

第五十一回：李瓶兒背地好不說姐姐哩，說姐姐會那等虔婆勢，喬作衙。
附：《勘金環》一折（油葫蘆）曲：「他每日在家喬做衙，將人來欺負殺。」

第七十五回：不管好歹就罵人，倒說著你嘴頭子，不伏個燒埋。
附：《虎頭牌》四折（伴讀書）曲：「便死也只吃杯兒淡酒何傷，倒底個不伏燒埋。」

第七十六回：那春梅從酪子裏伸腰，一個鯉魚打挺，險些兒沒把西門慶掃了一交。
附：《西廂記》一之四（鴛鴦煞）曲：「酪子裏各歸家，葫蘆提鬧到曉。」

第八十二回：人情裏包藏鬼胡油，明講做兒女禮，暗結下燕鶯儔。

附：《黑旋風》四折（滿庭芳）曲：「未等待來追究，便將他牢監固守，只落得盡場兒都做了鬼胡油。」

以上句子中的喬作衙、不伏燒埋、鬼胡油等詞，嶧縣人也不懂，單看《金瓶梅》又很難說清它們的真正涵義。但只要和元明戲曲中的句子一對照，那意思就立即顯現出來了。這個事實則說明，笑笑生非常精通元明戲曲。對此，馮沅君先生曾作過深入的研究，我就不多說了。這一類的詞，我也找出七十多個。這既不是嶧縣方言，也不是北京方言，而應該說是元明時代的華北方言。這說明笑笑生還在華北一帶生活過。

朱先生的第七條理由中二、三兩句話則是完全錯誤的。首先，我們不能說《金瓶梅》寫的是清河，小說的故事就一定是在清河發生的事情。實際上《金瓶梅》的取材，多來自於嶧縣和北京。這正和《西遊記》寫的是天宮，其實是取材於人間一樣。所謂「清河」，只是笑笑生從《水滸傳》中借來的名字。其次，也不能說《金瓶梅》寫的是清河人，就一定說的是清河話。這也正像《紅樓夢》中的林黛玉一樣，她雖生於南方，但滿口說的是北京話。問題的關鍵是，決定一部書使用哪裏的方言主要應該看作者是哪裏人，或者是他曾在哪裏長期生活過。周立波的《山鄉巨變》和《暴風驟雨》，就是最好的例子。

而更主要的是，在我調查過的八百個方言詞語中，除去上面說過的北京方言和元明戲曲中的詞語（華北方言）之外，剩下的六百多個，全是嶧縣方言。而且，我在兩次調查之後，所得出的結論是：

1. 《金瓶梅》中的方言，凡外地人看不懂的，幾乎全部是嶧縣一帶所獨有的語彙。

2. 其餘的部分，雖然外地人也懂，但調查證明，它們也都是嶧縣人民的日常用語。

3. 在《金瓶梅》中，嶧縣方言不是偶爾的點綴，而是從頭至尾遍佈全書，並且運用得極為準確、自然。

4. 此外，無論是人物對話，還是作者敘述，在表達方法、句子結構，口吻語氣等方面，也都符合嶧縣人民的語言習慣，明顯地表現出這一地區人民的獨特的語言風格。

在這裏，我想先舉出嶧縣人婦孺皆知的十個方言詞語，來證明我的結論的正確性：

大滑答子貨　咭溜搭刺兒　涎纏
戳無路兒　　迷留摸亂　　嘗嘗磕磕
繭兒　　　　摑混　　　　格地地　　　獵古調

這些詞，我也拿來請教了與嶧縣相鄰的銅山、蒼山、滕縣、費縣的同志，他們都不懂，又何況是遠在江南的王世貞呢？

至於朱先生的第九條理由，是說施耐庵不是山東人，但在《水滸傳》中，也用了大

量山東方言，因此王世貞也能寫出《金瓶梅》。其實，這是不能類比的，《水滸傳》是在長期流傳和集體創作的基礎上加工的，而《金瓶梅》卻是個人獨立創作出來灼。因此，《水滸傳》裏的山東方言，是前人寫進去的，這不能算在施耐庵的帳上。但《金瓶梅》中的大量的嶧方言被運用的出神入化，卻是笑笑生的功勞。所以，朱星先生的這條理由，也是不對的。

通過以上對方言問題的討論，總的結論是一句話：《金瓶梅》只有曾經在北京和華北生活過的嶧縣人才能寫的出來。

本文結語

在過去將近半個世紀的時間裏，我國對於《金瓶梅》作者的研究，是以魯、鄭、吳三位先生的「山東說」占主導地位的。而且鄭先生還明確指出笑笑生是嶧縣人。吳先生還證明了他是嘉靖、萬曆之間的人。這個功績是巨大的。然而，由於〈金瓶梅詞話序〉中的「蘭陵」二字，畢竟是個孤證，所以幾十年來時有反對意見出現。

但是，現在的情況不同了。我們說笑笑生是嶧縣人，已經有了四條確鑿的證據：

1. 蘭陵就是嶧縣，而不是指其他任何地方。

2. 欣欣子序文中的「明賢里」，也是指嶧縣。

3. 《金瓶梅》中的「金華酒」，是蘭陵酒。

4. 《金瓶梅》中的方言，大部分來自嶧縣。

因此，我認為，而今已經完成了證明「笑笑生是嶧縣人」的任務。下一步，我們可以具體研究「笑笑生究竟是嘉靖、萬曆間的哪一個嶧縣人」這個問題了。

《金瓶梅》的作者是賈三近

在前文中，我用具體事實證明了，笑笑生就是山東嶧縣人，已屬無疑。那麼，他究竟又是嶧縣的哪一個人呢？我認為，笑笑生就是明代嶧縣的大文學家賈三近。

一、賈三近的家世生平

據《嶧縣誌》和〈賈三近墓誌銘〉記載，賈三近的遠祖賈德真，為避戰亂，由山東博平縣南徙嶧縣蘭城店居住。再傳至賈銘，以貢為河南葉縣丞。賈銘有三個兒子，最小的就是賈三近的曾祖父賈訪，以成化丁酉（1477）鄉貢為建昌府推官。當時，曾有一宦官跑到建昌大張威勢，眾官員個個摧眉折腰，獨賈訪「強有執持」，不去阿諛逢迎。因此，在建昌府就流傳一首讚揚他的民謠：「知府是堆泥，同知是塊土。若無賈推官，壞了建昌府。」這件事對賈三近性格的形成，發生過巨大的影響。賈訪也有三個兒子，最大的就是賈三近的祖父賈宗魯，以貢為河南南陽府教授。賈宗魯有子二，長子就是賈三近的父親賈夢龍。賈夢龍年輕時隨賈宗魯在南陽讀書。因此，賈三近是在南陽誕生的。賈宗魯在南陽病逝後，賈夢龍便攜婦將雛回到了故鄉山東嶧縣。自此，賈三近直到 1568 年三十四歲中了進士，才離開嶧縣進京做官。在這之前，他的父親賈夢龍以貢為河北內丘訓導。1571 年，賈三近第一次請告家居，出京到達內丘，賈夢龍也當即辭職，父子一同返回故鄉，正好路過《金瓶梅》中所寫的臨清、清河。賈三近的叔父賈夢鯉，曾任碭山訓導。賈三近的弟弟賈三恕，曾做定府教授。賈三近自己有三個兒子：賈梧、賈樾和賈梴。

關於賈三近其人，《明史》卷二百二十七，列傳第一百一十五，有〈賈三近傳〉。此外，焦竑的《國朝獻徵錄》，曹溶的《明人小傳》，過廷訓的《本朝分省人物考》，朱彝尊的《明詩綜》，陳田的《明詩紀事》等，也都有關於賈三近生平傳略的記載。更加可靠的資料，是山東省棗莊市文物管理站在 1980 年從嶧縣地下發掘出來的，由明代著名文學家、禮部尚書于慎行撰寫的〈賈三近墓誌銘〉。讓我把這些資料綜合起來，對賈三近的生平作一個簡略的介紹。

賈三近（1534-1592），字德修，號石葵，生於嘉靖十三年正月十三日，山東嶧縣人。嘉靖三十七年（1558），二十四歲，舉山東鄉試省魁，文聲大起。隆慶二年（1568），三

十四歲，赴京會試中進士。以博學宏詞選翰林庶吉士，「館師殷趙二相公，亟稱公韞藉器識，目為豪俊」。

1570 年，授吏科給事中。就任後，連續兩次向隆慶帝上疏。先是要求派遣精明幹練大臣，巡查各地官吏的不法行為，後是建議革除官場中講究論資排輩而忽視真才實學的時弊。均獲准。在第一道疏中，賈三近寫道：

> 今廟堂之令不信於郡縣，郡縣之令不信於小民。蠲租矣而催科愈急，賑濟矣而追逋自如，恤刑矣而冤死相望。正額之輸，上供之需，邊疆之費，雖欲損毫釐不可得。形格勢制，莫可如何。且監司考課，多取振作集事之人，而輕寬平和易之士。守令雖賢，安養之心漸移於苛察，撫字之念日奪於徵輸，民安得不困？

這段話，極為深刻而含蓄地分析了明朝統治的崩潰之勢，地方官吏的苛奪之心，勞動人民的困頓之由。賈三近的分析是切中要害的。

1571 年，再遷左給事中。不久，貴陽土司安氏因內部矛盾而舉兵仇殺，隆慶帝欽差賈三近前往查處。後因安氏事件平定，中道罷遣。其時，正當宰相高拱擅政，「諸言官多所附離」，而賈三近「不能從也」。於是，便借此機會上疏辭官，請告家居。

兩年後，萬曆帝繼位，遣使者家拜賈三近為戶科都給事中。這時，高拱已經罷官，張居正操攬大權，言官們更加趨炎附勢。獨賈三近作為諫院之長，節高不屈，歎曰：「安有天子耳目臣，而趨走相門如白事吏？吾不忍為！」而且，「數有建白，……侃侃指畫，相君無以難也」。賈三近雖然不願對張居正卑躬屈節，張居正也拿他毫無辦法。

賈三近在諫垣期間，不但「所議吏治民生皆匡濟大略」，而且不畏權貴，仗義執言，幹了一系列的大事。《明史》記載：

1. 「萬曆元年，平江伯陳王謨以太后家姻，夤緣得鎮湖廣。三近劾其垢穢，乃不遣。」
2. 「給事中雒遵、御史景嵩、韓必顯劾譚綸被謫，三近率同列救之。詔增供用庫黃蠟兩萬五千，三近等又諫。皆不從。」
3. 「時方行海運，多覆舟，以三近言罷其役。」
4. 「肅王縉爌，隆慶間用賄以輔國將軍襲封，至是又請復莊田。三近再疏爭，遂弗予。」
5. 「初，有令徵賦以八分為率，不及者議罰。三近請地凋散者減一分，詔從之。」
6. 「中官溫泰，請盡輸關稅、鹽課於內庫。三近言課稅本餉邊，今屯田半蕪，開中法壞，塞下所資惟此，苟歸內帑，必誤邊計。議乃寢。」

對賈三近的這些行為，當時群臣的公論是：「多與政府相左」，而且是「皆人所不敢言」。

1574 年，賈三近擢太常少卿。這年秋天，萬曆皇帝「初祀南郊」，賈三近「以禮官侍祠」，上賜「白金緋幣」，再遷大理左右少卿。不久，江西巡撫缺員，眾官公推賈三近出任。由於張居正一夥，在皇帝面前對其明褒暗貶，言道：「賈廷尉如泰山喬岳，不為私用。」因而未能獲准。直至 1580 年，方被任命為南京光祿寺卿。賈三近因為認清了張居正對自己的兩面派態度，便上疏第二次辭官，回嶧縣過了五年。

張居正死後，廷臣又一致要求為賈三近復官，於是在 1584 年再起為光祿寺卿，繼而轉拜都察院右僉都御史，巡撫保定等府。同年，萬曆皇帝舉行秋祀山陵大典，命賈三近提兵保護。事後，賈三近回到保定，「延見吏民」，「宣佈科條」，「以次興革」，使「二千石長吏咸受約束，毋敢惰弛。」1585 年，因賈三近「備禦有狀」，萬曆帝又再一次「賜白金文幣勞焉」。

1586 年，山西、河北大饑，「民多死徙」。賈三近「日夜憂勞，累疏請賑」。因詞旨痛切，「上心為動，亟命司農條復蠲賑，如中丞（三近）請。」賈三近接到詔書，便曉喻貧民，「各安田里，以待豐年，毋得漂流客土，為人蹂踐」。「一切停罷徭租，大發倉庾，量口賑貸。設廠千餘區，賦吏煮粥，日食男婦二十二萬餘口」。「是歲也，晉代關河方數千里，同時大祲，惟西輔之民，賴公全活，往往以室屋為位，每食必祝」。「臺諫言公救荒有效，宜久填畿南，撫巡百姓」。但因賈三近三年任滿，1587 年便轉拜大理寺卿，並準備以欽差大臣身分北上閱邊。就在這時，忽接父母染病的家書，於是具疏請告。賈三近又第三次回到了山東嶧縣。

歸家後，父母的病當即痊癒。從此，賈三近就專心奉養父母，「日進醴醑珍異，多置園亭花竹，征樂佐酒，以娛侍其意。或御太公安車，遊名山水間，詩歌相和，……自顧天倫之樂，不知有人間事矣！」

1592 年，寧夏副總兵哱拜據城反叛。朝廷用兵，廷臣爭言賈三近堪負重任，萬曆皇帝派使臣至嶧縣，家拜賈三近為兵部右侍郎。而賈三近因背疽突發，未能成行。於萬曆二十年（1592）七月二十九日去世於故鄉，享年五十九歲。

賈三近死後，賜金塋葬在嶧縣東南五里處，即今棗莊市嶧城區楊莊。陵園原來規模較大，有龍碑二，石羊二，石虎二，石獅二，石桌二，墓碑一，香爐一。1956 年，山東省人民委員會，把賈三近墓列為第一批省級文物保護單位。十年浩劫中，被夷為平地。但我們今天仍然可以在嶧縣周圍的高山峭壁和幽谷碑碣中，尋到歷四百年而不滅的賈三近石刻手澤。比如，在嶧城區棠陰鎮賈家泉，就保存下來一篇摩崖題刻。中間是「石屋山泉」四個遒勁的尺方大字，兩邊配以「雨餘雪浪噴千尺，旱後春流濟萬家」的聯語，

後署「萬曆二十年春三月石屋主人賈三近題」。這是賈三近在去世之前四個月留下的鑴文。

以上是賈三近家世生平的大致情況。從中，我們可以找到十條理由，初步推斷賈三近就是《金瓶梅》的作者。

1. 我在前面已經證明，《金瓶梅》的作者肯定是嶧縣人。賈三近符合這一最重要的條件。賈家從遠祖賈德真開始至賈三近，在嶧縣定居已整整六代，所以各種史書皆言賈三近是嶧縣人，那是絕對可靠的。

2. 沈德符在《萬曆野獲編》中說：「聞此（《金瓶梅》）為嘉靖間大名士手筆。」嘉靖歷時四十五年，賈三近在其間生活了三十二年，而且在後八年中是「文聲大起」的山東省第一名舉人。因此，他是完全有資格被稱為「嘉靖間大名士」的。

3. 吳晗先生認為，《金瓶梅》成書於隆慶二年至萬曆三十四年之間。徐朔方先生根據袁中郎給董其昌的信，對吳說加以補證，把成書時間的下限向上提了十年，認為是萬曆二十四年。我認為，照常理來看，《金瓶梅》寫成之後不一定被立即傳抄，在傳抄過程中董其昌也不一定是第一人，再加抄一部百回大書亦殊非易事，因之，這下限還可以再向上提幾年。也即是說，把《金瓶梅》的成書期限，定在隆慶二年至萬曆二十年間比較合適。賈三近恰是隆慶二年中進士，並於萬曆二十年去世。這正處在賈三近三十四歲至五十九歲的當口。事實上，也只有這樣年齡的人，才能寫出《金瓶梅》這樣的書來。

4. 朱星先生認為，《金瓶梅》的作者「不單是大名士，還是大官僚，所以能寫出許多官場大場面，如蔡太師做壽，西門慶朝見皇帝，六黃太尉到西門慶家接見大小官員，西門慶接待蔡狀元、宋巡按等的一套禮節、隨從、陳設等等，非大官僚不能有此閱歷、見識和經驗。」這個見解完全正確。賈三近，是皇帝近臣，官至兵部右侍郎，為正三品，他的「閱歷、見識和經驗」，無疑是足夠寫一部《金瓶梅》的。而在當時的嶧縣，再也找不出第二個人有如此經歷。

5. 沈德符又說，《金瓶梅》是「指斥時事」之作。而賈三近身為諫官，幾乎是以「指斥時事」為業。有人說，《金瓶梅》一書是影射嚴嵩的，這雖然不能說明全書的本質意義，但也並不是全無道理。不過，那影射的對象，我倒以為不是嚴嵩，而是高拱和張居正。《明史》編者對他們二人的評價是：「高拱才略自許，負氣凌人」，張居正「威柄之操，幾於震主，卒致禍發身後。」〈賈三近墓誌銘〉又明確記載。賈三近與高拱和張居正都有極為尖銳的矛盾。賈三近前兩次請告家居，正是這種矛盾激化的結果。景王曾手書「懷賢忠貞」四字，賜與高拱。高拱擅權時，賈三近堅決退隱，並把「忠貞」二字倒過來，給自己定了個「貞忠居士」的名號，以示譏刺和反抗。張居正當國之時，曾經「錄子錦衣千戶為指揮僉事」，而《金瓶梅》中的西門慶，因為成了蔡太師的義子，也被

提拔為理刑副千戶，這不是偶然的巧合。

　　6.《金瓶梅》中運用了大量的嶧縣方言、北京方言和華北方言。吳晗先生還說，作者異常熟悉北京的風土人情，很多描敘都是以北京做背景的。賈三近活了五十九年，其間在北京和華北生活了十五年，其餘的時間都是在嶧縣度過的。因此，他必然是既能運用上述三種方言，又能對北京的風土人情「異常熟悉」。更加有趣的是，在後人續修的《嶧縣誌》中，還特別為賈三近做出了「言不雅馴」的四字評價。

　　7. 在《金瓶梅》中，我們可以讀到幾篇文字水準極高的奏章。這說明笑笑生是精於此道的大手筆。而賈三近不但自己寫過許多奏章，最後合成一集，名為《東掖奏草》刊行於世。而且，還編印過一部《皇明兩朝疏鈔》。根據我們已經讀到的賈三近的部分奏摺來看，他對明代上層官場的腐朽，地方官吏的貪酷，不但認識極為深刻，而且和《金瓶梅》用具體形象所描繪出的明代社會是完全一致的。《明史》編者，特別讚美他說：「賈三近陳時政，……深中積弊。」

　　8. 在《金瓶梅》一整部書中，只有兩個正面官僚形象，一是第十七回「宇給事劾倒楊提督」裏的宇文虛中，二是第四十八回「曾御史參劾提刑官」裏的曾孝序。而賈三近既做過吏科給事中和戶科都給事中，又做過都察院右僉都御史。更值得我們注意的是，在賈三近編的《滑耀傳》中，也正好收錄了一篇〈石虛中傳〉。兩相參照，我們有理由認為，宇文虛中和曾孝序就是賈三近的自我形象。還有，《金瓶梅》第四十八回曾御史駁斥蔡京條陳的，關於更鹽鈔法等七件事的情節，又和賈三近駁中官溫泰請盡輸關稅、鹽課於內庫的事件，十分相似。這就更值得我們深長思之了。

　　9. 馮沅君先生認為，《金瓶梅》一書保存了大量的戲曲史料，證明笑笑生十分熟悉元明戲曲。第一回，張媽媽對張大戶說：「我叫媒人替你買兩個使女，早晚習學彈唱，服侍你便了。」第二十四回，西門慶「叫李瓶兒兄弟樂工李銘來家教演習學彈唱。」這就是所謂「家樂」，留作大小筵宴，節日應景和迎賓酬友，彈唱助興用的。賈三近有沒有這方面的生活積累呢？有的。〈賈三近墓誌銘〉中記載，1586 年賈三近請告家居之後，向父母「日進醴酏珍異，多置園亭花竹，征樂佐酒，以娛侍其意。」

　　10. 吳晗先生之所以認為王世貞不是《金瓶梅》的作者，除去山東方言這條重要理由之外，還指出他「身總繁劇」，因而無暇集中精力來完成這部一百回的大書。但賈三近卻不同，從他入京做官到他死去，前後三次共十年的時間在家中閒居，物質生活和時間條件，都有充分的保證，讓他寫出《金瓶梅》來。

　　以上，是我們說賈三近是《金瓶梅》作者的十點理由。然而，單有這些是不足以取信於人的。因為，根據上面引述的這些正史中的資料，賈三近給我們的印象是道地的政治家。那麼，他是不是個文學家呢？尤其是，他會不會寫像《金瓶梅》這種被人目為「淫

書」的小說呢？這就需要再作進一步的證明。

二、賈三近的文學素養

我們可以毫不含糊地說，賈三近是一個文學家，他具備寫作《金瓶梅》所應有的文學素養。

于慎行在〈賈三近墓誌銘〉中是這樣描述他的形象的：

> 公為人白皙修長，鶴姿鵠立，器宇軒豁，風神雋朗，魁然偉丈夫也。持己當官，端方磊落無所阿曲，而溫厚坦夷不為峭岸深機以自崖異。其談說世故，上下古今，口若懸河，風生四座，即一笑一謔，皆有指趣，令人思慕。自為諸生，淹貫群籍，博綜眾藝。作為詩歌，清爽疏宕，咳吐立成。同遊諸君，皆服其神敏，自謂不如也。

這段話有力地說明了，賈三近不但是個勇敢果斷、棱角鮮明的政治家，而且是個風流倜儻、學富才高的文學家。

第二，于慎行在其《穀城山館詩集》中，有懷寄賈三近的詩共十首。這些詩在讚美賈三近的政績以及他們之間深厚友誼的同時，又進一步高度評價了賈三近的文學成就。

> 與君追逐競高蹤，翩翩矯若雙飛龍。
> 春風共載承明筆，曉月同趨長樂鐘。
> 嗟君風度何磊落，夙昔大名滿東海。
> 千言倚馬疾如飛，賦成四座騰光彩。（〈夜郎歌送賈諫議德修奉使黔中臨問屬夷酋長〉）

> 幾日哀音發嶧州，傷心千緒淚雙流。
> 那知渭水熊飛地，正是遼城鶴化秋。
> 幕府勳名留趙魏，詞垣文賦擬枚鄒。
> 可憐一片長安月，猶照當年舊酒樓。（〈哭德修司馬二首〉其一）

「與君追逐競高蹤」和「猶照當年舊酒樓」兩句，可以使我們想像出賈三近在北京的生活情況，並進而聯想到《金瓶梅》何以能把天子腳下的官場和市井，寫得那麼真切和生動。「千言倚馬疾如飛」和「詞垣文賦擬枚鄒」兩句，既告訴了我們賈三近特出的文學稟賦，又讓我們知道了在于慎行的心目中，賈三近的文學創作是步了枚乘和鄒陽的後塵。不久之後，《金瓶梅》在社會上被人傳抄，袁中郎在〈與董思白（其昌）書〉中說：

「《金瓶梅》從何得來？伏枕略觀，雲霞滿紙，勝於枚生〈七發〉多矣。」事情實在是巧得很，袁中郎一讀到《金瓶梅》，馬上就和于慎行一樣，想到了枚乘和他的〈七發〉。這豈止是智者所見略同，簡直就是不期然地反證了賈三近作為《金瓶梅》作者的資格。

第三，賈三近的文學家的頭銜，不是我們現在硬加給他的。在明代文壇上，他本來就有確定不移的地位。在《嶧縣誌》，以及朱彝尊的《明詩綜》和陳田的《明詩紀事》中，都收錄了賈三近的詩作，並附有生平傳略。於此，我抄錄幾首，以資證明。

《嶧縣誌·藝文》：

> **青檀山**
>
> 秋風古木前朝寺，僧屋如巢自在棲。
> 黃葉拍天丹灶冷，青檀繞殿碧雲齊。
> 幽人到處鳥鳴谷，樵子歸時鹿飲溪。
> 盡日煙霞看不足，買田結舍此山西。

《明詩綜》卷五十一：

> **冬日登嶽**
>
> 遊日高寒處，群山擁岱宗。
> 登封迷漢草，徙倚有秦松。
> 萬壑煙嵐合，諸天紫翠重。
> 肩輿明月下，上界已聞鐘。

《明詩紀事》庚籤卷九：

> **明妃村**
>
> 荊門草色幾經春，十里江花尚錦茵。
> 試問峨眉山上月，當年曾照漢宮人？
>
> **重遊青檀寺**
>
> 水落前溪碧樹秋，西岩蘭若幾經遊。
> 危巢野鶴何年去？舊識山僧今白頭。

由此，我們可以看出，賈三近的詩歌，確是清爽疏宕，出手不凡。而〈冬日登嶽〉一首，又讓我們想到了《金瓶梅》中對泰山的描寫，作者非有親身的感受是不能為的。

第四，據《嶧縣誌》〈賈三近墓誌銘〉《千頃堂書目》《四庫全書總目》等的記載，

賈三近刊行於世的著作有：《嶧縣誌》《先庚生傳》《寧鳩子》《東掖奏草》《東掖漫稿》《皇明兩朝琉鈔》《西輔封事》《煮粥法》《救荒檄》《滑耀編》等。一個有如此眾多著作的人，我們稱他為文學家，想來是不應有什麼疑義了吧？

通過以上論述，賈三近作為一個文學家是可以肯定下來了。現在，進一步要問，他寫過小說沒有？于慎行在〈賈三近墓誌銘〉中說：

> 公數為予言，嘗著《左掖漫錄》（即《東掖漫稿》），多傳聞時事，蓋稗官之流，未及見也。

這段話對於我們證明賈三近是《金瓶梅》的作者，具有很大的啟示意義。

1.〈墓誌銘〉是記述一個人一生主要事蹟的文章，于慎行專門在這裏把關於《左掖漫錄》的事提出來，正說明了它是賈三近生平中的一件非同小可的大事。

2.「公數為予言」，也就是賈三近曾不止一次告訴于慎行，他寫了一部《左掖漫錄》。這表現了賈三近對這部著作高度重視和極其滿意的心情。

3.「蓋稗官之流」，一句話明確肯定了《左掖漫錄》就是一部小說。

4.「多傳聞時事」，又與沈德符所說的《金瓶梅》是「指斥時事」之作，完全符合。

5.「左掖」者，東掖門也。而《金瓶梅》的主人公恰好是西門慶，這種對稱也不是一種偶然的巧合。

6.「公數為予言」，而結果卻「未及見也」。賈三近是于慎行最要好的朋友，但他無論如何也不願將這部書交給于慎行看。原因何在呢？答案有兩個，一是《左掖漫錄》中描寫色情的東西太多。二是以蔡京影射了高拱和張居正。事實上，在明代那個社會裏，也只有像《金瓶梅》這樣的書，其作者才會連最要好的朋友，也要對他保密。或者是，于慎行已經讀過了這本書，為顧及賈三近的名譽，才含蓄的指出，《左掖漫錄》「蓋稗官之流」，是小說，內容則是「多傳聞時事」。于慎行就是這樣，既點出，又隱瞞，表現出了他的不捨和不便。

我揣測，《左掖漫錄》是《金瓶梅》的最原始的初稿，「漫錄」二字，意味著它當時還是不相連貫的社會生活見聞的實錄。直到後來，受到《水滸傳》的啟發，才加工改造，集中到西門慶一個人身上，並重新定名為《金瓶梅傳》。但在賈三近自己編的《嶧縣誌》中，既無《左掖漫錄》，也無《金瓶梅》，卻出現了一部《篋笥藏稿》。我以為，《篋笥藏稿》就是《金瓶梅》。

此外，我們在賈三近自己所編的《嶧縣誌》中，還找到了幾段極有意思的文字。在卷十九〈職官〉部分，賈三近寫道：

而詼詭佞諛巧滑委瑣者，乃不憚捐廉恥以求登進。於是，以廉察之虛名售結納之私計，假干辦之小能而行速化之謬巧，吏治之不古亦此。

如果我們把這幾句話，用來形容官場上的西門慶，那真是再恰當也不過了。接下去，更有這樣的記載：

嘉靖間……寧羗賈應璧，援例監生也。性暴戾，貪婪民婦，常往來署中，有穢聲。……每歲潛出橐中金遺親信賈人楊某，市馬他處，鬻邑中得厚價。他人馬雖騾騂騏驥不用也。每入京，輒飾名馬數乘遺權貴，坐是倚籍，益橫肆無忌。居四年，托偽檄升蜀重慶幕。

讀了這段話，我的第一個想法是，對於這樣一個無足輕重的小官，賈三近專門把他寫進縣誌中去，應該說是有他的深刻用意的。第二，凡是讀過《金瓶梅》的人，大概能從這個記載中得出這樣一個結論：這個賈應璧似乎就是西門慶的模特兒之一。因而，我們說這就是《金瓶梅》的原始素材。像這樣的資料，在《嶧縣誌》中還有一些，這裏就不逐一說明了。

以上，我們不但證明了賈三近是個文學家，而且更具體地指出他還寫過小說。同時，又初步確定了《金瓶梅》的最早初稿，並找到了《金瓶梅》的一些原始素材。

三、賈三近的精神氣質

據《四庫全書總目》卷一九二集部記載，賈三近編了一部《滑耀傳》。《總目》的編者，對這部書是這樣評價的：

是書皆採錄寓言，如送窮、乞巧、責龜、冊虎之類，悉為收載。其曰滑耀者，取《莊子》「滑疑之耀，聖人之所圖」語也。前有寧鳩子序，寧鳩子即三近之寓名。各篇之後，間附評語。其送窮文篇末，謂窮鬼本出有窮氏，嘗從孔子遊陳、蔡間，既而歸魯，舍於顏回、原憲家云云。以聖賢供筆墨之遊戲，亦佻薄甚矣！

這段話告訴我們，《滑耀傳》是一部寓言集。它的命名，源於《莊子·齊物論》中的一句話：「滑疑之耀，聖人之所圖也。」翻成白話文就是：「眩惑世人而亂大道的邪說，聖人必定要設法除去。」賈三近取其前而捨其後，突出表明了他的離經叛道的思想觀點。不僅如此，他還「以聖賢供筆墨之遊戲，亦佻薄甚矣」！一個連聖賢也敢拿來隨便開玩笑的人，那麼，他對封建社會制度，是抱否定的態度，那是無疑的了。

應該說，這是明季社會荒淫無恥的黑暗氛圍，和統治階級腐朽齷齪的萬千罪惡，對賈三近精神衝擊的必然結果。所以，這種對封建正統觀念的否定，實質上是對當時那個特定的社會現實的大膽否定。其實，也只有這樣的人，才可能以文學為武器，無所顧慮和毫不隱晦地對他所處的社會，作無情而大膽的揭發和暴露。《總目》的編者用「佻薄」二字形容賈三近，這是因為對賈三近胸中積鬱的深廣的憂憤，根本缺乏理解而作的錯誤評價。有了這些認識，我們再說賈三近是《金瓶梅》的作者，那就覺得合情合理了。

有人說，「賈三近在他同代和後世以及故鄉的士大夫眼中，始終是一位忠孝全愛、行直端宜的賢者」，因此，他和《金瓶梅》「聯繫不到一起」（1983 年 5 月 30 日《文匯報》）。這種說法似是而非。晚明士風的頹敗，在當時的各種典籍中都有記載。「如果對此一無所知，人們要對那個時代的某些文學現象、社會現象作出評價，將發現自己阻隔在一道半透明的薄膜之外」（徐朔方語）。如賈三近這樣的家庭，就不是如某些人所想像的那樣，人人一臉道學，天天滿口仁義。賈三近的父親賈夢龍在〈戲贈歌兒號錦吾〉中寫道：「錦繡叢中一翠翹，吾曾許似董嬌嬈。可堪日唱合歡調，人世團圓著處拋。」在〈滿江紅〉中又寫道：

> 牛女恨，汪汪淚。魚雁錦重重寄。向銅雀巷里，一尊偷聚。月夜暗藏司馬約，風聲扯住紅拂妓。被東人撩掠試蒲鞭，郎驚去！

由此可以看出，不管賈家「經術修明」也好，「為魯大師」也好，都妨礙不了他們另一面生活的存在。如果我們把《續嶧縣誌》《四庫全書總目》和賈夢龍的詩詞連起來看，賈三近的精神氣質就呈現出了新的特徵。他不但「言不雅馴」，「佻薄甚矣」，而且也會入「錦繡叢」，聽「合歡調」，甚至「向銅雀巷里，一尊偷聚」。所以，賈三近和《金瓶梅》是能夠聯繫到一起的。

在《滑耀傳》的正文之前，還有賈三近寫的序言，題為〈滑耀傳序〉。文中敘述了一個虛構的人物——姓游，名文，字寓言，號滑耀子——的經歷和思想。我認為，這個游文，就是賈三近的自我寫照。為了說明問題，現節錄如下：

> 游文，字寓言，號滑耀子。……及長果慕滑介叔（莊子虛構的人物）之為人，好為微詞隱語，指事類情，令人眩心駭耳。眾遂以滑稽目之。……生英偉特達似漆園老吏，諧謔跌宕似金門歲星，洸洋劇說似齊國贅婿，至窅然空然，芒乎芴乎，人不可知其為何如人也。……獨與天地精神往來，而不傲睨於萬物，蓋有味乎其言也。知北遊於玄水之上，寓言往逢之，相與居無端崖，罄所蘊語焉，落落數千言。參寥諔詭，瑰瑋連犿，假於異物，托於同體，儻然立於四虛之地。……蒙有猜焉，

且大道無象，何為強名？恢詭譎怪，何物何靈？六合之外，聖人莫稱。荒唐恣縱，人曰不經。客何為者，突梯其胸。言諧而隱，時出機鋒。搖盪轉徙，以虛為宗。旋若鳥羽，還若飄風。役心玄墨，托興管城：妄以文戲，雕刻眾形。汝辭詆善，我心猶蓬。……褚小者不可以懷大，綆短者不可以汲深。子之謂也，大道廣漠，因形以生。馮閎游衍，始於混冥。發中款啟，黃帝聽瑩。事肆而隱，理晦而明。蕩蕩默默，至道之精。虛緣葆真，上哲所庸。山可出口，尾可生丁。巨極海若，細入蟻蠓。百物萬象，恢焉牢籠。勿謂猛浪，妙道之行。頡滑有實，弟靡不窮。……直詞正說，邈焉莫聽。微言托喻，或達物情。……古有至人，弘大而辟，深閎而肆，稱名小，取類大，屬書離辭，借物托事，足以諷事感人……

萬曆商橫執徐歲月應無射
蘭陵散客貞忠居士寧鳩子題

這篇序言，雖然是賈三近針對《滑耀傳》的內容而寫的，但也為我們證明他是《金瓶梅》的作者，提供了一系列的重要證據。

1. 賈三近根據《莊子》中的〈寓言〉〈天下〉等篇，演化出這篇〈滑耀傳序〉。這和笑笑生根據《水滸》第二十三至至二十六回，演化出《金瓶梅》，其手法如出一轍。

2.〈滑耀傳序〉實質上就是賈三近的自畫像。亦即是說，眾「以滑稽目之」的滑耀子，就是賈三近自己。而滑耀子又是笑笑生的同義語，所以，笑笑生也就是賈三近。再加他在篇末又自署蘭陵散客，這樣兩相結合，我們就得出了一個完整的結論：蘭陵笑笑生就是賈三近的筆名。

3. 萬曆丁巳本〈金瓶梅詞話序〉中有這樣一句話：「吾友笑笑生為此，爰罄平日所蘊者，著斯傳，凡一百回。」而〈滑耀傳序〉中，也偏偏有一句措詞完全相同的話：「罄所蘊語焉，落落數千言。」這也不是偶然的巧合。

4. 賈三近在〈滑耀傳序〉中具體描述了自己不同凡響的精神氣質：荒唐恣縱，人曰不經，言諧而隱，時出機鋒，英偉特達，諧謔跌宕，洸洋劇說，揮綽辨捷，弘大而辟，深閎而肆，獨與天地精神往來，而不傲睨於萬物……。一方面，這和于慎行在〈賈三近墓誌銘〉中對他的描述是一致的。另一方面，世界上也只有這樣的奇人，才可能寫出《金瓶梅》那樣的奇書。

5. 賈三近在〈滑耀傳序〉中又概述了自己的創作方法：假於異物，托於同體，作天地萬物之撰；搖盪轉徙，以虛為宗；役心玄墨，托興管城；事肆而隱，理晦而明；稱名小，取類大，屬書離辭……這些話和現代關於批判現實主義的創作理論，幾乎是一致的。賈三近如果沒有寫過《金瓶梅》，僅止是當官理政或吟風弄月，他根本無需去思考這些

問題，也不可能總結出如此深刻的創作理論。而《金瓶梅》也正是這種創作理論的合理的產物。

6. 賈三近在〈滑耀傳序〉中還講明了自己的創作目的：妄以文戲，雕刻眾形；汝辭誣善，我心猶蓬；微言托喻，或達物情，借物托事，足以諷事感人……。這些說法，正是對〈詞話序〉裏「竊謂蘭陵笑笑生作《金瓶梅傳》，寄意於時俗，蓋有謂也」，所作的具體注腳。《金瓶梅》描寫了上自皇帝、宦官、太師、各級官吏，下至幫閒篾片、潑皮無賴、男奴女婢、娼妓優伶，以至門官、僧侶、尼姑、道士、媒婆等形形色色人物的精神狀態。這不正是「雕刻眾形」嗎？試問，在明代還有哪一部個人創作的書，能夠擔得起這四字的評語？又有哪一部書，作者原意是為了托喻達情，諷事感人，指事類情，令人眩心駭耳，卻被人誤解為「誣善」之作？除《金瓶梅》外，很難再找到第二部了。

7. 序文最後注明是寫於「萬曆商橫執徐歲」，商橫是庚的別稱，執徐是辰的別稱，也即是萬曆庚辰年（1580）。此時，正當後人估計的《金瓶梅》成書時期的中間。所以，我認為，賈三近寫作《金瓶梅》，既不想讓當世人知道這部書是自己寫的，又想讓後世人終有一天能夠查出他就是這部書的作者，於是他就在自己的其他著作中埋下了許多密碼。而〈滑耀傳序〉正是他的重要埋伏點之一。今天，我們掘開這個埋伏點，自然可以得到許多資料，證明賈三近就是《金瓶梅》的作者。

四、賈三近的筆名由來

在前一部分，我們已經指出蘭陵笑笑生就是賈三近的筆名。那麼，他為什麼要給自己起這樣一個筆名呢？

1581 年，賈三近以南京光祿卿請告家居。地方官吏和鄉人一致懇求，請他編一部《嶧縣誌》。《誌》成之後，他以「外史氏」的名號寫了一篇序文，曰：

> 乃於耕釣之餘，窮郊原，訪耆舊，披古今書籍，凡殘篇斷碣，片言隻字，有關於鄫承蘭陵故實者，靡不搜羅備錄，越一寒暑，粗有梗概。……勒成一邑全書，使天下後世曉然，知嶧為鄫承蘭陵之舊疆。……嗟乎，山川疆域古今一爾，世代有推遷，而鄫承蘭陵之地猶昔也。

在這短短的幾句話中，賈三近三次提到蘭陵，而且特別強調要「使天下後世曉然，知嶧為鄫承蘭陵之舊疆」，唯恐後世人把蘭陵誤認成其他地方，其用心亦不可謂不苦了。下面，讓我們再看《嶧縣誌·鄉賢編》裏的另一段歷數嶧縣先賢的話：

至於乘風雲建偉績者，代不乏人，歷歷可考。經術如匡樂安、孟太傅，諫爭如毋君房、王仲子，忠直如蕭丞相、繆中書，恬退如疏太傅，王司直，忠勇如李僕射、周司馬，其他瑰偉卓絕之士，照耀簡冊者無論矣。……班固謂：「漢興以來，魯東海多至卿相。」而劉向亦曰：「蘭陵多學。」信夫！由前而觀，矯矯諸公，即在海內，地不相及，猶為世歆豔，願為執鞭，況生同鄉邑乎？

如果說前一段話還僅僅是說明性的文字，那感情還是隱蔽的，而在這後一段中，他的熱愛故鄉之情，就沛沛然泄乎筆端了。有了這種感情作基礎，他自然會把「蘭陵」二字嵌入自己的筆名。在「蘭陵散客」中是如此，在「蘭陵笑笑生」中也是如此。「蘭陵」二字的由來已經說清。那麼，「笑笑」又該如何理解呢？

首先，讓我們看看在賈三近的父親賈夢龍六十大壽時，于慎行寫的一篇祝壽文中的一段話：

> （賈三近）退而私余（于慎行）曰：「嘻，吾日侍上（皇帝）左右，而大人（賈夢龍）嚴然在千里之郊，顧安得一謁見？」余曰：「君寧之見，不必膝下。」俄，翁以入賀來（北京）居旬月去。諫議君（賈三近）得朝夕謁見矣，而又私余曰：「嘻，大人今歲六十也，其誕五月十一日，顧安得一稱觴乎？」余曰：「君寧之壽，不必觴。」

于慎行在這段話中，非常形象地描繪了賈三近平日說話時的習慣，那就是每當開口說話，總要先笑一聲：「嘻！」從上面可以看到，賈三近說了兩句話，就用了兩個「嘻」字。這樣的人，是很容易被同僚們戲稱為「笑笑生」的。我相信，終有一天定然會在賈三近的其他著作或他的朋友們的文集裏找到這三個字的。

第二，賈三近臨去世之前四個月，在嶧縣賈家泉的山崖上，留下一篇摩崖石刻，中間是「石屋山泉」四個大字，後署「石屋主人賈三近題」。初看起來，無甚意義。可是，當我們進一步查閱另外的古代典籍的時候，發現了一個近似的名號：「石室先生」。這是北宋著名畫家文同的別號之一，而文同的另一個別號則是：「笑笑先生」。因此，我判斷賈家泉摩崖石刻上的「石屋主人」四個字，正是賈三近向後人暗示自己就是「笑笑生」。如此一來，賈三近去世前的這一舉動，就是大有深意的了。

第三，西漢時，蘭陵曾出過一個著名人物，名叫孟喜喜（史稱孟喜），字長卿，是今文易學「孟氏學」的創始者。著作雖已失傳，但清代馬國翰《玉函山房輯佚書》、黃奭《漢學堂叢書》、孫堂《漢魏二十一家易著》均有輯錄。對於這位孟太傅，賈三近說：「即在海內，地不相及，猶為世歆豔，願為執鞭，況生同鄉邑乎？」基於這種追慕之情，由

喜喜,而笑笑,而欣欣,便是極為自然的事情了。

此外,賈三近的父親賈夢龍,名柱山,字應乾,一生寫了大量詩詞文章。有《昨夢存泮東詩集》和《永怡堂詞稿》刊行於世。據《賈氏族譜》記載,這永怡堂正是賈家書樓的名稱。賈三近父子就是在這裏讀書和寫作的。怡者,悅也。這就是「笑笑」的又一層含義。

另,袁宏道在〈與董思白(其昌)書〉中寫道:「一月前,石簣見過,劇譚五日。……《金瓶梅》從何得來?伏枕略觀,雲霞滿紙,勝於枚生〈七發〉多矣!」信中的石簣,即陶望齡,萬曆己丑(1589)進士,官至國子祭酒。從袁宏道的信中可知,陶望齡(石簣)也和《金瓶梅》有莫大的關係。陶望齡有一首讚美賈三近和于慎行的詩,題為〈魯兩生〉,詩曰:

> 吾愛魯兩生,面折叔孫子。
> 灑然揮之去,身隱名不記。
> 是時風雲起,豈不厚臜仕。
> 大道吾所聞,曲學有深心。
> 從此謝世人,聊以保厥美。

陶望齡在這首詩中,主要是針對賈三近和《金瓶梅》而言的。叔孫子是叔孫通,曾為劉邦制禮,魯南人,可說是賈三近的同鄉。「灑然揮之去,身隱名不記」,是說賈三近辭官退隱,寫了《金瓶梅》,卻不用自己的真姓名。《金瓶梅》是「曲學有深心」,它表現的是「大道」。這證明,陶望齡早已知道《金瓶梅》的作者,就是賈三近。

再說「生」。

于慎行在〈賈三近墓誌銘〉中說:

> 世所稱心知莫逆,歡如兄弟,若吾與賈公,豈有兩耶?生同州域,而同進同肆詞館,趣操志行無弗同者。歸而同隱,公處南境,我處北境,號為魯兩生也。

這裏所說的南境,是指賈三近的故鄉嶧縣,北境是指于慎行的故鄉東阿。這段話不但敘述了于慎行和三近的親密關係,而且告訴我們,在隆萬之際,于賈二人是高級官僚文人集團中,大名鼎鼎的山東「兩生」。

在《東阿縣誌》中,我們找到賈三近的一篇文章。這是于慎行請賈三近為他父親的詩集〈于氏家藏詩略〉寫的序文。文中說道:

> 隆慶戊辰,余與翁季子太史君並對公車,既講業中秘,復同館舍,號魯兩生。魯

　　兩生朝夕相得，甚歡也。自是往來長安邸中且十年，習于氏履歷甚具。

　　魯兩生的存在，又得到了一個證明。

　　于慎行的《穀城山館詩集》中，還有兩次提到了「魯兩生」：一是〈山中述懷寄石葵賈丈〉：「秋山明月夜來聲，魯國相看自兩生。」二是〈哭賈德修司馬〉二首：「蔣家舊日冊三經，魯國當年並兩生。」在這「魯兩生」之中，我們已經知道于慎行號「無垢生」，因此，賈三近也肯定有一個別號叫「某某生」。至於是否就是笑笑生，前面所說的「滑耀子」「石屋主人」「孟喜喜」「永怡堂」，已經透出消息，再加上他說話時總是「嘻嘻」，因而我們說那「某某」就是「笑笑」，並不是妄斷。

　　也許有人會問，既然賈三近已有寧鳩子、蘭陵散客、貞忠居士等筆名，為什麼還要起一個「蘭陵笑笑生」的筆名呢？首先，賈三近是個很愛用筆名的人，其數量之多頗為少見。我已經查到的，除上述三個之外，還有能表明他小說家身分的筆名：蘭莊子、歷劫翁、石屋主人、大史氏、外史氏、野史氏等十數個。其中的規律，舉凡文學作品，幾乎是寫一篇換一個筆名。更主要的原因是，如果他不在《金瓶梅》裏換一個新名，那不立即就會暴露自己的身分嗎？而這，作為封建時代的一個大官僚，無論主觀與客觀，都是不允許的。

　　如今，我們已把「蘭陵笑笑生」這個筆名說清。因此，賈三近作為《金瓶梅》的作者，也就沒有多少疑問了。

　　總結以上，本文從家世生平、文學修養、精神氣質、筆名以及與《金瓶梅》相照應的各種資料，全面證明了《金瓶梅》的作者就是賈三近。

賈三近與《金瓶梅》中的明代史實

　　前面，我已初步論述了《金瓶梅》的作者蘭陵笑笑生，是明代嶧縣的文學家賈三近。但是，關於這個問題的考證工作還需繼續進行下去。最近，我又查到賈三近所撰奏章二十二篇，詩、文、記、序等近三十篇；以及賈三近的父親賈夢龍寫的詩、詞、曲等。這些資料為我們證明賈三近是《金瓶梅》的作者，又提供了許多新的有力證據。

　　《金瓶梅》一書，假託宋事，而實際上所反映的是明季的社會現實。正因為如此，書中便必然要牽涉到許多突出的明代的事與物。諸如：太僕寺馬價銀，佛道兩教的軒輊，小令的盛興，太監的煊赫，皇莊和皇木對人民的危害，以及鹽稅的使用，漕運的治理，香蠟的供應等等，皆屬此類。對於《金瓶梅》所顯露出的這些史實，在吳晗先生 1934年發表的〈金瓶梅的著作時代及其社會背景〉，和蔡國梁先生 1982 年發表的〈金瓶梅是一部自然主義的小說嗎？〉兩文中，都已提出過。然而，吳先生列舉這些史實的目的，是為了確定《金瓶梅》的寫作年代。蔡先生則是為了論述「人物活動的社會環境和巨大的歷史背景」。而我卻想重提這些史實來進一步證明《金瓶梅》的作者就是賈三近。

一、關於太僕寺馬價銀

　　太僕，在漢代為九卿之一，掌輿馬及馬政。北齊以後設太僕寺，歷代相沿。馬價銀是折色銀的一種。舊中國歷代政府賦稅中，原定徵收的實物稱為本色，改徵其他實物或貨幣稱為折色。明初，本色專指米麥，折色範圍較廣。中葉以後，賦稅折納銀兩日多，這種折徵就稱為折銀或折色銀，亦稱輕齎。

　　《明史》卷九十二〈兵志・馬政〉載：

> 成化二年，以南土不產馬，改徵銀。四年始建太僕寺，常盈庫，貯備用馬價。隆慶二年，提督四夷館太常少卿武金奏請賣種馬，穆宗可金奏，下部議。部請養賣各半，從之。太僕之有銀也，自成化時始，然止三萬餘兩。及種馬賣，銀日增，是時通貢互市，所貯亦無幾。及張居正作輔，力主盡賣之議。……國家有興作賞齎，往往借支太僕銀，太僕帑益耗。

《明史》卷七十九〈食貨志·倉庫〉又載：

> 太僕則馬價銀歸之。隆慶中，數取光祿太僕銀，工部尚書朱衡極諫，不聽。

由此兩條可知，太僕寺貯馬價銀，始於成化四年（1468）。但，政府開始向太僕寺支借馬價銀，卻是一百多年後隆慶二年的事情。

《金瓶梅》第七回中有這樣一段話：

> 常言道，世上銀錢倘來物，那是長貧久富家。緊著起來，朝廷爺一時沒錢使，還問太僕寺支馬價銀子來使，休說買賣人家，誰肯把錢放在家裏？

我們把這段話和上述《明史》記載相對照，即可得出結論：《金瓶梅》一書定寫於隆慶二年之後。既然我們認為賈三近是《金瓶梅》的作者，那麼，他與太僕寺馬價銀這件事有什麼關係呢？

1. 賈三近隆慶二年中進士入京做官，這正是朝廷開始向太僕寺支借馬價銀的時候。

2.「隆慶二年，提督四夷館太常少卿武金奏請賣種馬，穆宗可金奏，下部議。」這說明馬價銀也是「提督四夷館太常少卿」職權範圍內的事。而賈三近——

> 甲戌（1574），以久次擢太常少卿。其年，車駕初祀南郊，公以禮官侍祠，賜白金緋幣。三年考績，……改督四夷館，稍遷大理左右少卿。（〈賈三近墓誌銘〉）

這就是說，在「武金奏請賣種馬」五年之後，賈三近也接任了太常少卿之職，不久又改督「四夷館」。因此，賈三近和武金一樣，也是有權處理太僕寺馬價銀的當事人之一。

3. 朝廷缺銀，並不單是向太僕寺一家支借，同時也還括取「光祿」「太倉」。而賈三近 1580 年遷為南京光祿寺卿，未之任。1584 年又起為光祿寺卿，卻是真幹了一段時間。這又意味著，賈三近甚至曾親手把光祿寺的銀子借給朝廷過。

4.〈賈三近墓誌銘〉中又有：「女二，……一適太僕少卿劉不息男生員潤。」原來，賈三近的親家公劉不息（濟寧人）就是一位太僕少卿。朝廷向太補寺支借馬價銀，賈三近自然會知道得清清楚楚。

5. 在賈三近所撰〈嚴杜妄請以重邊儲疏〉中，還有這樣一段話：

> 伏睹皇上御極之初，首頒明詔，中間一款：各處鈔關本折輪徵，折色解部濟邊，本色解送天財等庫……當今足財之路漸減於初，而九邊財用之繁大增於舊。如：大同年例原止七萬兩，今則加至五十四萬有奇。宣府年例原止八萬兩，今則加至

三十三萬有奇。延綏年例,原止三萬兩,今則加至三十二萬有奇。薊州、密雲、昌平原無年例,今薊州加至四十餘萬,密雲加至三十六萬,昌平加至十二萬。他若遼東歲加至二十萬,山西歲加至二十三萬。固原、寧夏、甘肅等鎮,或八萬,或六萬,或五萬,亦皆歲有增益。大約通計,各邊年例自正德辛巳以前猶止四十三萬爾,至嘉靖庚戌之後以至於今,則漸加至二百七十餘萬矣。邊費日增則財用日廣,財用日廣則需財日急。徵輸辦解,朘小民之膏血,不足以供之。所賴增益其所以不及者,不能不取足於關津山澤之利也。

這段話寫於萬曆二年。從中我們可以看出,賈三近不但對自正德至萬曆年間的國庫財用情況瞭若指掌,而且對朝廷為什麼要支借太僕寺馬價銀的原因,也認識得極為透徹。

上述五點,足可讓我們知道,《金瓶梅》中所寫的「太僕寺馬價銀」這件事,與賈三近有著至為密切的關係。而且,也只有像賈三近這樣的人,才有可能瞭解這種宮廷內情,並把它寫入小說之中。或者說,懂得什麼叫「太僕寺馬價銀」,並且知道朝廷曾向「太僕寺支馬價銀子來使」,是《金瓶梅》作者應具的條件之一。賈三近是符合這一條件的。有人認為,《金瓶梅》的作者可能是一個不得志的落魄知識分子。但,有了「支借馬價銀」這一條,這種說法就很難成立了。因為身居草野的人,是難於瞭解這種國家最高層的經濟內幕的。

二、關於佛道兩教

明代開國之初,佛道兩教並行。天順、成化間,佛教地位在道教之上。嘉靖時,陶仲文和邵元節之流得勢,世宗每日在西苑作醮,道士又倍受渥寵。但到了隆萬之際,道教遭到冷落,佛教則聲勢煊赫起來。

《金瓶梅》中,六十二回,六十四回,六十七回等,雖也寫及道教,然綜觀全書卻是偏重於佛教的因果輪回、天堂地獄思想。如:八回、六十二回延僧追薦,三十九回、五十一回、七十四回讀經宣卷,五十七回、八十八回佈施修寺,四十九回胡僧遊方,以至最後一回,西門慶轉世為孝哥被和尚幻化而去,全書以一首宣揚佛家教義的七律詩作結束:

閱閱遺書思惘然,誰知天道有循環。
西門豪橫難存嗣,經濟顛狂定被殲。
樓月善良終有壽,瓶梅淫佚早歸泉。
可怪金蓮遭惡報,遺臭千年作話傳,

所有這些都說明了，《金瓶梅》的作者是一個熟悉佛教經籍並崇尚佛教思想的人。正如徐朔方先生所言，他的主觀創作意圖是勸人向善，「苦口婆心，恨不得人人立地成佛」，只是「由於過分重視細節描寫」，「不知不覺地違背了本意」產生了「誨淫的客觀效果」。[1]

賈三近是不是一個熟悉佛學、崇信佛教、勸人向善的人呢？答案也是肯定的。這有賈三近所寫的〈古城泰山行宮記〉〈天柱山重修佛母塔文筆峰記〉和〈重修淨土禪寺記〉等三篇文章作證。從這三篇文章中，我們，可以知道賈三近不但熟諳「三乘」「四諦」等佛教的基本教義，而且讀過《維摩經》（即《維摩詰所說經》）、《梵書》（即《淨行書》）、《大庸內典錄》等重要佛教典籍。在〈天柱山重修佛母塔文筆峰記〉中，賈三近說：

> 善慧大士所稱七佛，俱有母氏，俱在佛乘。毗婆屍佛母為槃頭，婆提屍棄佛母為光曜，毗舍佛母為稱戒，拘留孫佛母為善枝，拘那含牟尼佛母為善勝，迦葉佛母為財主，皆躬育慧哲，光衍禪宗。至釋迦牟尼佛母大清淨妙夫人媲德淨飯法王，素性貞良，有天玉女護身。口意前五世為菩薩母。及誕世尊，九龍吐水，諸天雨花，事尤靈異。凡諸佛母，各居清淨光相城，旦坐陀利婆羅樹，身未出鹿苑鷲峰，足不越雙林八水。佛法雖行震旦，而佛母未履東方。

對於佛學，我們儘管一竅不通，但從這段話裏，也可以窺測出，賈三近是一個精通佛學經籍，熟悉佛教典故的人。而且，字裏行間還充溢著他對佛母們的崇信和景仰之情。

賈三近在〈重修淨土禪寺記〉中，還描繪了佛教所謂「極樂世界」的景象：

> 出天竺西十億萬佛土，乃有此國。寶地金池，無一切穢雜。法喜禪說，無一切煩惱。氣序常春，無復寒暑。壽命無量，無有分段。離八苦四惡道，除三毒五濁業，夫是之謂淨土。

然而，這「極樂世界」「遠在西陲，引領慈雲，杳然難即」。既然如此，是不是世人就無法進入極樂淨土之界了呢？不是。賈三近認為：「九幽三境本在人心，善業福田惟其自種。」（〈古城泰山行宮記〉）所以，世人只要——

1.「清心寡欲，淡然無求。一出火宅便是清涼山，一離苦海便是極樂國。」（〈重修淨土禪寺記〉）

2.「於十二時中，孳孳為善，無退轉心。即數千里外，神且佑之，福澤無窮。」（〈重修淨土禪寺記〉）

---

[1]　徐朔方〈論金瓶梅〉，《浙江學刊》1981 年 1 期。

3.賈三近在〈重修淨土禪寺記〉又說：

> 起回向心，發精進力，勇於除惡，勤於趨善，內銷諸魔，外卻眾染，解粘釋縛，
> 妄幻掃除，永離蓋纏，脫諸毒苦。則六根四大超然無累，三境九幽皆為樂土。山
> 林朝市到處隨緣，糲飯惡衣均同溫飽。此吾儒謂之：無入不自得。佛氏謂之：隨
> 順覺性。其為淨土極樂孰過於是。又何必越雙林八水，鹿苑鷲峰，更十億萬佛土，
> 而後有此境界也。

我以為，賈三近的這些闡發佛教精義並以此來勸人向善的話，與《金瓶梅》中苦口
婆心盼人立地成佛的思想，是完全一致的。

在中國哲學史上，關於「人性善」和「人性惡」的爭論，延續兩千多年，終無結果。
翻開《金瓶梅》，我們可以明顯地覺察到，其作者是一個「人性惡」的論者。然而，他
對於人類的前途並沒有絕望，所以便想以文學為武器，來勸人改惡從善。至此，賈三近
是個勸人從善的人，已經說清。那麼，他對自己所處社會中的人，又是怎樣認識的呢？
在〈重修淨土禪寺記〉中，賈三近寫道：

> 今之人，世網粘縛，業根掛礙，擾擾火宅，戀戀情田，流轉六塵，拘攣四相，愛
> 河飄浪之深，欲海沉溺之苦，行骸未變而行甚虎狼，陰崖未墮而心同鬼魅。

如果我們要把西門慶、潘金蓮、陳經濟、春梅等人的所作所為，概括起來加以敘述，
還有什麼話能比賈三近的這段文字更為準確呢？反過來說，假如賈三近沒有寫過《金瓶
梅》，他又怎麼可能把當時的社會人心概括的與《金瓶梅》如此吻合呢？

總之，熟悉佛學是《金瓶梅》作者的又一個必備條件，而賈三近也是符合這一條件
的。同時，賈三近在自己關於佛教的幾篇文章中所表達的觀點，也和《金瓶梅》的創作
指導思想是完全相同的。

三、關於小令

《金瓶梅》中所載小令計有六十種左右。曲牌以〈山坡羊〉運用最多，在二十次以上。
其次，為〈寄生草〉〈駐雲飛〉〈耍孩兒〉〈醉太平〉〈傍妝臺〉〈鬧五更〉〈羅江怨〉
等。此外，還有〈綿搭絮〉〈落梅風〉〈朝天子〉〈折桂令〉〈梁州序〉〈畫眉序〉〈錦
堂月〉〈新水令〉〈桂枝香〉〈柳搖金〉〈一江風〉〈三臺令〉〈貨郎兒〉〈水仙子〉
〈荼蘼香〉〈集賢賓〉〈一見嬌羞〉〈端正好〉〈宜春令〉〈六娘子〉等。分佈在全書各
回中。在《金瓶梅》中，詩、詞、曲一體總計，約有近三百首，而以小令為最夥。

人們不禁要問，《金瓶梅》的作者為什麼要把這樣多的小令納入書中呢？沈德符在《野獲編》卷二十五〈時尚小令〉中，為我們作出了具體的回答：

> 元人小令行於燕趙，後浸淫日盛。自宣正至成弘後，中原又行〈鎖南枝〉〈傍妝臺〉〈山坡羊〉之屬。李崆峒先生初從慶陽徙居汴梁，聞之，以為可繼國風。之後，何大復繼至，亦酷愛之。……嘉隆間乃興〈鬧五更〉〈寄生草〉〈羅江怨〉〈哭皇天〉〈乾荷葉〉〈粉紅蓮〉〈桐城歌〉〈銀紐絲〉之屬。自兩淮以至江南，漸與詞曲相遠，不過寫淫媟情態，略具抑揚而已。比年以來，又有〈打棗竿〉〈掛枝兒〉二曲，其腔調約略相似。則不問南北，不問男女，不問老幼良賤，人人習之，亦人人喜聽之，以至刊布成帙，舉世傳誦，沁入心腑，其譜不知從何來，直可駭怪！

這使我們明白了，《金瓶梅》的作者之所以要把眾多小令納入書中，是由時尚所決定的。在明代嘉隆之後，小令成了風行社會的藝術形式，不問男女、老幼、良賤，「人人習之，亦人人喜聽之，以至刊布成帙，舉世傳誦」。作為反映此時社會生活的《金瓶梅》，自然不能不受這一特殊的時代風尚的影響。

有人認為，就現在已經找到的賈三近的著作而言，未見有小令之類的作品。因此，說賈三近是《金瓶梅》的作者，似乎是不可信的。可是，讀了沈德符的話之後，我們就可以知道，賈三近生活於嘉隆萬時代，對於小令，他也應該屬於「人人習之，亦人人喜聽之」之列。所以，我們說賈三近肯定讀過或聽人演唱過許多小令，因而對小令十分熟悉，那是無疑的。而且，還應該指出，《金瓶梅》中的南套北曲大部分是從《雍熙樂府》《詞林摘豔》裏抄來的，也就是說，即便賈三近本人不會寫小令，也妨礙不了他將別的書中的小令之類抄入《金瓶梅》中。

而且，我們說賈三近肯定熟悉小令，現在又有了更有力的證據，那就是賈三近的父親賈夢龍所寫的《永恬堂昨夢存稿》。在這部著作中，所載小令計有：〈駐雲飛〉三十五首、〈黃鶯兒〉八首、〈玉包肚〉六首、〈折桂令〉五首、〈朝元歌〉四首、〈岷江綠〉四首、〈山坡羊〉九首、〈月雲高〉八首、〈皂羅袍〉五首、〈醋葫蘆〉十首、〈五更轉〉四首、〈步步嬌〉四首、〈拜新郎〉三首、〈銀紐絲〉四首、〈江兒水〉一首、〈僥僥令〉一首、〈沽美酒〉一首，等等。這些曲牌，在《金瓶梅》中大部分都再現過。其中，〈駐雲飛〉〈折桂令〉〈朝元歌〉〈山坡羊〉〈醋葫蘆〉等，在《永恬堂昨夢存稿》中運用較多，在《金瓶梅》中也同樣是如此。據此，我們可以說，在小令寫作方面，賈三近是有他的家學淵源的，因而，他一定是個精通小令的人。這樣，賈三近就又符合了《金瓶梅》作者的又一個應具的條件——精通小令。

下面，我把《永恬堂昨夢存稿》中的小令抄錄幾首，以作證明：

山坡羊

世間有不調羹的山中宰相，世間有不登壇的帷幄大將，世間有不朝參的玉堂青瑣，
相伴著綠綺琴、松醪醞、梅花帳。人正忙，你不忙。雲在壁，月護窗。映階瑤草，
堪寫在圍屏上。這裏是人世蓬壺來也，何須做呂純陽、魏伯陽。茫茫，那裏去問
長生海上方？蒼蒼，那裏去覓霞霄天上堂？

駐雲飛

綠酒清吟，去、去東郊探早春，花塢苔錢潤，柳岸風條嫩。嗏，坐上擁佳人，巧
笑工顰。一曲高歌，彩燕無蟬鬢。陌上王孫草又新。

銀紐絲

到春來，牡丹斗大花也麼開，花香酒美畫樓臺，玳宴排，紛飛紅雨綴苔階。東園
起豔歌，南園攜翠釵，錦模糊，光景真堪愛。勸君莫負舉金杯，明歲看花，驀又
一也麼回。我的天，知他誰再來，來誰再？

這些小令，不但可以證明賈家擅長此道，而且還可以讓我們窺測到賈三近家庭生活
中的具體情況。這對於賈三近寫《金瓶梅》，關係也至為重大。

四、關於皇莊與皇木

在明代，皇莊、牧馬草場、王公大臣乞賜莊田、軍民商屯田等，通謂之官田，其餘
為民田。其中，「占奪民業而為民屬者，莫如皇莊及諸王勳戚中官莊田為甚。」（《明史》
卷七十七，〈志〉第五十三）。皇莊之名，始於憲宗。至弘治時，僅畿內就有皇莊土地一萬
二千八百餘頃，勳戚中官莊田三萬三千餘頃。其後，諸王外戚求請及奪民田者，遍及全
國各郡縣。

> 管莊官校，招集群小，稱莊頭伴當，占土地，斂財物，汙婦女。稍與分辯，輒被
> 誣奏，官校執縛，舉家驚惶，民心傷痛入骨。（《明史》卷七十七，〈志〉第五十三）

《金瓶梅》第三十一回，敘述西門慶「在皇莊薛公公那裏擺酒」。而管皇莊的薛太監
在地方上氣指頤使，聲勢煊赫，即使是宴會座次也在地方軍政長官之上。這正與《明史》
的記載相合。

我們說賈三近是《金瓶梅》的作者，那麼，他對這種明代惡政是否瞭解呢？回答也

是肯定的。萬曆元年，肅王向皇帝奏本，「懇乞天恩，憐憫親藩歲用浩繁」，「賜祖業莊田，以資世世養贍」。對此，賈三近當即上疏皇帝，言道：

> 肅王初特一輔國將軍耳，以叔繼侄，以旁支繼大宗，於令甲皆不合。……輔國俸歲八百耳，其他該府折祿莊田如：甘涼、鎮番、固原等處，共地四千四百八十七頃，徵收子粒糧銀一萬二千，則皆懷王以前之所應得，而非輔國所宜有也。……如以該府歲用浩繁為詞，則自正祿外，尚有旬子川等莊田，蘭州東川等處園圃、水磨、房屋、絨機、磁窯等項，亦自足用。況該府前次營幹襲封之時，馳驅入京，金寶絨紬等項，堆放廣寧門外民家者，不下數十萬，祿儉土瘠何能有此？……當今之時，土田財賦只有此數，王公大姓田連阡陌，而閭閻小民貧無立錐。使今日任某王侯奏討莊田，明日任某貴戚奏討房地，饕餮有地，請乞成風，致使四海黎赤，日不聊生，九塞戍卒，嗷嗷待哺，甚非所以恤疲民、裕邊餉也。（萬曆元年，賈三近〈冒襲親王請求無厭乞嚴加杜絕以正宗藩疏〉）

賈三近在這裏所敘述的，不但與《金瓶梅》中所描寫的完全相同，而且對皇親莊田所持的否定態度，在奏章和小說中也是一致的。

在《金瓶梅》中，還有四處提到了皇木。三十四回，西門慶說劉太監的兄弟劉百戶曾偷皇木蓋房。四十九回，蔡御史說：「安鳳山他已升了工部主事，往荊州催攢皇木去了。」五十一回，安主事見西門慶也有「欽差督運皇木」的話。六十六回，又記安主事：「催皇木回京」。

明時，內廷興大工，派官往各處采大木，此木即謂皇木。據《明史》卷八十二記載：「（嘉靖）二十年宗廟災，遣工部侍郎潘鑑、副都御史戴金於湖廣四川採辦大木。」「二十六年復遣工部侍郎劉伯躍采於川湖貴州。湖廣一省費至三百九十萬餘兩。」「萬曆中，三殿工興，采楠杉諸木於湖廣四川貴州，費銀九百三十餘萬兩，徵諸民間，較嘉靖年費更倍。」根據以上諸條，吳晗先生以為《金瓶梅》中寫的皇木是指萬曆十一年慈寧宮災和二十四年乾清、坤寧二宮災之後，重修時所用之皇木。我卻以為，乾清，坤寧災之後所用皇木卻不可能寫入《金瓶梅》。因為，萬曆二十年之前，《金瓶梅》已經寫成。此外，吳晗先生還忽略了另一件事，那就是萬曆帝朱翊鈞在萬曆十二年（1584）開始修建定陵，直到十八年（1590）方竣工。我們如今在北京昌平十三陵所看到的定陵博物館，即此。修建定陵的當時，地下建築需要石料，地上建築需要大木。我揣測，《金瓶梅》中所寫皇木，也與這項浩大工程有關。

賈三近於萬曆十二年（1584）起為光祿寺卿，不久轉拜都察院右僉都御史，巡撫保定等六府，定陵前期工程所需石料大木，凡出自這六府者，皆由賈三近負責採辦督運。這

有賈三近於萬曆十四年三月和五月寫的兩篇奏章為證。

其一題為〈畿輔災異頻仍乞破格蠲恤以固根本疏〉。疏中寫道:

「臣撫屬保河真順廣大六府地方」,「協濟昌平(修定陵——芬注)供應大石窩等項」。
「所屬各營兵馬」,「赤手枵腹,半為乞丐,終日勞勞,運木轉石」。且,「時至
隆冬,裂指破膚,工猶不輟。饑餓之人,重以風雨霜露,能無疾病?轉相傳染,
多至喪生……夫此六郡良家子,本為彎弓插羽,百戰匈奴,今使英風銳氣,日消
沉於磚石土木之間,良可悲歎!」

其二題為〈請停遠府車輛以恤災民疏〉。疏中寫道:

「聖上預建壽宮(指定陵),咨派臣屬保定府雙輪車一百輛,四輪車六十輛,赴工
載運石料」。「臣酌量各府所屬州縣多寡,將前原派四輪車六十輛仍坐保定一府,
其雙輪車改四輪車六十輛,分派真定府二十二輛,河間府十六輛,順德府十輛,
廣平府十二輛,河間府現因開取花斑石料,未經分派」。「保河二府密邇神京,
乃稱近地」,「而真定順廣三府,或去工千里,或七八百里,道路更遠」。「年
復一年不得休息,日苦賠累,必至田產變盡,家業凋零。下戶小民同歸狼狽,東
齊西秦何往不可?致使郡邑摧殘,村落一空。」

首先應該指出,這兩件奏章是關於修建定陵的最可寶貴的歷史資料,我將另行撰文
詳細作以論述。在這裏,我只想以此為論據,來證明賈三近其人與《金瓶梅》中所寫的
「督運皇木」一事,有著切身的關係,從而反證他就是《金瓶梅》的作者。

五、關於黃蠟和鹽鈔

明世宗崇信道教,隆萬時又轉而為佛教受寵,但不論佛教還是道教,都需要燒香點
蠟。因此,宮廷中在這方面的耗費極為巨大。世宗時,宮中年用黃蠟二十餘萬斤,白蠟
十餘萬斤,香品數十萬斤。《金瓶梅》產生於隆萬時代,所以也把香蠟供應的事寫進了
書中。十六回敘述李瓶兒有沉香和白蠟,三十八回有「三萬香蠟等料錢」的語句,五十
一回又說「東平府又派下二萬香來了」。

我們也來看看賈三近是否瞭解這種事實。萬曆元年,御馬監太監殷平奏請皇帝給該
監增加黃蠟五萬斤。萬曆帝批下聖旨曰:「這黃蠟該庫既稱缺乏,准量增二萬五千斤,
欽此。」針對這件事,賈三近專門寫了一篇題為〈省加派以蘇疲民疏〉,上遞萬曆皇帝。
疏中寫道:

> 今四海蒸黎困憊已極。畿輔江北諸處,自秋徂春,並未得雨,二麥乾枯,耕種失
> 時。江淮以南屢報災沴。川廣之間,頻年用兵。小民狼狽,嗷嗷日甚。縱前額供
> 尚多逋負,更有增派,其何能堪?……計今所加者,雖止二萬有餘,而額外科索、
> 潛增陰派者,又不知其幾倍於此矣!語云:涓涓不塞,遂成江河。此端一開,其
> 所增加病民者,獨黃蠟已哉……伏願聖慈軫念小民困苦,將供用黃蠟免其加派。

　　這段話,一可以證明賈三近對當時宮廷中黃蠟供應的情況十分瞭解,二可以證明對黃蠟供用為害人民之重這個問題的認識,在賈三近的這篇奏章中與在《金瓶梅》中是完全吻合的。因此,這也可以作為證明賈三近是《金瓶梅》作者的一項證據。

　　還有,《金瓶梅》四十八回,寫蔡京奏行七事,其三為更鹽鈔法。四十九回,西門慶又請蔡御史,讓來保早日取來「淮鹽三萬引」。這種國家上層政策改變,和下級官僚乘機行私舞弊的事,在賈三近的奏章中,我們也可以找到根據。

　　萬曆二年二月,內官監太監溫泰向皇帝奏本,謂因「急缺錢鈔,不足供應」,「要收九江,淮安、揚州、蘇州、杭州、臨清、河西務鈔關,及山東、河南、南北直隸、浙江等處戶口、食鹽、商稅,俱各解庫供應」。聖旨曰:「戶部知道,欽此。」對此,賈三近在〈嚴杜妄請以重邊儲疏〉中說:

> 「臣見之懼然若驚,不識所以。」「其在今日更異昔時,各邊屯政半就荒蕪,而河
> 東醯池歲虧正課,謀國之士方切隱憂,又於此時括天下商稅戶口食鹽之利盡歸內
> 帑……豈聖世所宜有也?伏乞皇上軫念邊計至重,儲餉為急,敕下戶部,將各處
> 鈔關課稅及各省戶口食鹽等項,仍舊解部,接濟邊儲,一應別項供用,不得妄行
> 奏討。庶使國課不虛,而邊事重有賴矣。」

　　對照《金瓶梅》來看,所謂蔡京奏請「更鹽鈔法」,只不過是溫泰奏請「商稅戶口食鹽之利盡歸內帑」的改頭換面而已。這自然更是證明賈三近是《金瓶梅》作者的重要證據。

六、關於漕政

《金瓶梅》六十八回,安主事說:

> 今又承命,修理河道……而今瓜州、南旺、沽頭、魚臺,徐沛、呂梁、安陵、濟
> 寧、宿遷、臨清、新河一帶,皆毀壞廢……八府之民皆疲弊之甚,又兼盜賊梗阻,
> 財用匱乏,大覃神輸鬼沒之才,亦無如之何矣。

這說明《金瓶梅》的作者對隆萬時的漕政異常熟悉。這種居高臨下、全局在胸的唇吻，也不是屈居下層的落魄知識分子所能夠寫得出來的。

而賈三近則不然。現在我們找到了他干預漕政的奏章，共有五篇。其一是〈申飭漕臣慎守成法以圖經久疏〉（隆慶六年），指出當時，「漕運梗咽，轉運多虞」，「漕艘廢缺，運役狼狽」。其二是〈無忌勳臣妄肆求請懇乞究處以重漕儲事〉（萬曆元年），揭發湖廣總兵平江伯陳王謨，於隆慶五年提督漕運，「轉運無功，經略失策，漂損糧運，多至百萬」，第二年不思畏罪補過，反而妄肆求請增加祿糧。賈三近斥其「貪饕之性，狙獪之才」，「凌虐侵漁，貪黷縱橫」，要求皇帝「特施乾斷，將陳王謨仍舊閑住，所有湖廣總兵員缺，另選才望之人充補」。其三是〈專責成守畫一以飭漕政疏〉（萬曆元年），提出要「將違誤糧運官員，湖廣把總張書紳，蘄州衛指揮李廷臣，黃州衛指揮郭訓，武昌左衛千戶王承恩，襄陽衛千戶劉執中，行漕運衙門，依有司有糧、軍衛無船事例，從重提問究治」。其四是〈海運漂溺異常早賜議處以一餉道疏〉（萬曆元年），敘述了萬曆元年「五月初四日，海運各船，前到山東即墨縣徐福島等處，忽遭異常風雨，沖壞糧船七只，哨船三只，漂淌正耗糧米幾五千石，淹死隨船運軍水手朱瓚等十五名」。因此，要求萬曆帝，從萬曆二年開始，將「原議額糧十二萬」改海運為河運。其五是〈亟拯淮徐赤子以固中原疏〉（萬曆二年），疏中寫道：

> （萬曆二年）六七月以來，淮徐揚州諸處，霪雨連旦，大風非常，黃河彌漫，淮海齊發，簸揚震盪，天地晦冥，城郭頹損，田廬蕩平，陷溺人民，哭號震野……神京其堂奧也，山東其衝途也，淮揚其門戶也，運道其咽喉也。由此言之，其事更重而其情更急也。目今淮徐之民凋殘極矣，沃壤之區匯為洪波，禾黍之場廢為茂草，歲若昏墊，民不得耕者垂三十年。流離展轉，蓋強半焉。猶有二三遺黎，未就溝壑，日呻吟於淒風苦雨之下，敝衣不掩膝，藜藿不充口，尚以迪拖徵輸械擊箠楚相追迫焉。如此凋殘，如此愁苦，可聽其重罹此災變，而不一為之所哉？

統觀這五篇奏章，皆屬縱觀全局之言，與《金瓶梅》中安主事的立足點和觀察角度，是完全相同的。特別是上面的這段引文，又正是安主事所說「八府之民皆疲弊之甚」的具體描述。

這些奏章還透露出，賈三近在居官之時，對國家前途，在心懷隱憂的同時，還存在著希望，甚至想使「淮徐甦息，而百千運艘可得無虞」。而當他目睹朝政腐敗辭官歸家之後，那態度就徹底改變了。有一年，治河官員張某駐在嶧縣，暇日邀閒居的賈三近優遊山水，賈三近寫了一首題為〈同年張侍御以勘泇河駐嶧暇日共遊仙人洞〉的五言詩，言道：「掃石憐僧老，穿林羨鳥閑。共談塵外事，清興滿禪關。」「登臨從我好，意氣

似君稀。」「浮名付杯酒,莫與賞心違。」這心情,就正如安主事所說:「大覃神輸鬼沒之才,亦無如之何矣」相同了。這一切又證明了,《金瓶梅》所反映的漕政方面的內容,賈三近不但有關乎此的豐富的素材,而且那樣的語句也只有像賈三近這樣的人才能寫得出。

以上六個部分,共八個方面,我們具體論證了《金瓶梅》所反映的明代重要史實,件件皆與賈三近有著至為密切的關係,或者說,件件都是賈三近為官過程中親身經歷過的。

《金瓶梅》的付印人劉承禧

一、從《野獲編》談起

前代學者研究《金瓶梅》所依據的最珍貴的資料，莫過於明人沈德符《萬曆野獲編》裏的一段話：

> 袁中郎《觴政》以《金瓶梅》配《水滸》為外典，余恨未得見。丙午遇中郎京邸，問曾有全帙否？曰：第睹數卷，甚奇快。今惟麻城劉延白承禧家有全本，蓋從其妻家徐文貞錄得者。又三年，小修上公車，已攜有其書，因與借抄，挈歸。吳友馮猶龍見之驚喜，慫恿書坊以重價購刻。馬仲良時榷吳關，亦勸余應梓人之求，可以療饑。余曰：此等書必遂有人板行。但一出則家傳戶到，壞人心術，他日閻羅究詰始禍，何辭以對，我豈以刀錐博泥犁哉！仲良大以為然，遂固篋之。未幾時，而吳中懸之國門也。然原本實少五十三回至五十七回，遍覓不得。有陋儒補以入刻，無論膚淺鄙俚，時作吳語，即前後血脈，亦絕不貫串，一見知其贋作矣。聞此為嘉靖間大名士手筆，指斥時事，如蔡京父子則指分宜，林靈素則指陶仲文，朱勔則指陸炳，其他各有所屬云。

三百多年來，人們對於沈德符的這些話一直是確信不疑的。而且，從中得出了幾個公認的結論：一、作者為嘉靖間大名士。二、1610年初刻於吳中。三、是指斥時事之作。此外，還有數不清的學者，根據這段話去進一步考證與《金瓶梅》有關的許多問題，但大都是穿鑿引申，因而不足為信。

我以為，歷代學者都忽略了一個最重要的問題，即沈德符的這些話是否完全可信？如果沈德符記錯了，我們再以他的錯誤為根據進行考證，其結果只能是離開事實越來越遠。

最近，我在《三希堂法帖》第一冊中，細閱王羲之《快雪時晴帖》後的四篇題跋，發現這是對研究《金瓶梅》很有價值的新資料，它對於我們瞭解《金瓶梅》的付梓情況大有幫助。

二、《快雪帖》的跋文

為了論述的方便，我先將這四篇題跋中，與《金瓶梅》有關的部分，抄錄如下：

1. 〈劉承禧題跋〉 (以下簡稱劉跋)

天下法書第一，吾家法書第一

麻城劉承禧永存珍秘

2. 〈王穉登題跋〉 (以下簡稱王跋)

此帖，賣畫者盧生攜來吳中。余傾囊購得之。欲為幼兒營負郭，新都吳用卿以三百鍰，售去。今復為延伯所有。……因延伯命題，並述其流傳轉輾若此。

己酉七月廿七日太原王穉登謹書

3. 〈文震亨題跋〉 (以下簡稱文跋)

余婿於太原氏故徵君所藏卷軸，無不寓目。當時極珍重此帖……後歸用卿氏。……可謂與此帖有緣。

吳郡雁門文震亨記

4. 〈餘清齋主人題跋〉 (以下簡稱餘跋)

余與劉司隸延伯寓都門，知交有年，博古往來甚多。司隸罷官而歸，余往視兩番，歡倍疇昔。余後復偕劉司隸至雲間，攜余古玩近千金。余以他事稽遲海上，而司隸舟行矣，遂不得別。余又善病，又不能往楚。越二年，聞司隸仙逝矣！司隸交遊雖廣，相善者最少，獨注念於余。余亦傷悼不已，因輕裝往吊之。至其家，惟空屋壁立。尋訪延伯家事並所藏之物，皆云為人攫去。又問：《快雪帖》安在？則云存還與公，尚未可信。次日，往奠其家，果出以物償余千金值，《快雪帖》亦在其中。復恐為人侵匿，聞於麻城令君，用印託汝南王思延將軍付余。臨終清白，歷歷不負，可謂千古奇事！

天啟二年三月望日書於楚舟餘清齋主人記

綜觀這四篇題跋，主要內容是敘述《快雪帖》輾轉流傳的經過。賣畫者盧生把《快雪帖》賣給了王穉登，王因為要給兒子營負郭（購置田產），又以三百鍰（兩千兩銀子）的價格，賣給了吳用卿。吳用卿又賣給了劉承禧。劉買到《快雪帖》之後，非常高興，自己先題了第一篇跋文，接著又返過去找王穉登題了第二篇跋文，然後讓文震亨題了第三

篇。文震亨先在王穉登家見過《快雪帖》，後在吳用卿家又見過，現在再來題跋，所以他說：「可謂與此帖有緣。」劉承禧死後，以物抵債，《快雪帖》又被餘清齋主人得去。這是我們首先應該弄清的一條脈絡。

此外，我們還要瞭解一下，這四篇跋文署名者的簡單情況。第一篇題跋的署名是「麻城劉承禧」，可知和沈德符所說的「麻城劉延白承禧」是一個人。對於他，下面再加詳說。王穉登（1535-1612），字百谷，善書法，是明代著名文學家。他晚年被召修國史，未行而卒。又因為他祖籍是太原，所以自稱「太原王穉登」。王有《王百谷集》和《吳騷集》傳世。文震亨是文徵明的曾孫，以書畫擅名。《明史·藝文志》記載他著有《長物志》十二卷。至於餘清齋主人，他叫吳廷，即王跋所說之吳用卿。

因為跋文提供的情況比較複雜；如不把上述兩點交待清楚，下面便無法論證。

三、劉承禧和《金瓶梅》

沈德符說：「今惟麻城劉延白承禧家有全本」。這說明劉承禧是當時唯一藏有《金瓶梅》手抄稿全本的人。

那麼，劉承禧到底是個什麼樣的人呢？戴望舒先生曾經專門查考過《麻城縣誌》，但所得不多。後來，又有學者對他加以考證，說在《快雪時晴帖》後有劉的題跋，跋文是「右軍書法，吾家第一」。但，真正的原文，是我在前一節中，抄出的第一條：「天下法書第一，吾家法書第一」。再者，日本《大漢和辭典》根據沈德符所說的「麻城劉延白承禧」一語，把「延白」拆開，中間加點，變成了「劉延、白承禧」二人。有的學者又說：「其實是一人，劉承禧字延白」。但在王跋和餘跋中，「延伯」二字凡四見，可知劉承禧的字是「延伯」，而非「延白」。下面，我們進一步把《快雪帖》後的四篇題跋綜合起來看，關於劉承禧的情況有如下幾點：

1. 劉承禧字延伯，湖北麻城人。按照餘跋記載，餘清齋主人曾「偕劉司隸至雲間（松江）」販賣古玩。由這件事來看，劉承禧當時大概不會超過六十歲。否則，在古代交通不便的情況下，他受不了旅途中車馬舟楫的勞頓。餘跋寫於天啟二年，即 1622 年，這當是劉承禧去世的後一年，假設他活了六十歲，那麼，他約生於 1560 年左右。

2. 關於劉承禧的生平，據餘跋和王跋知他曾做過司隸（武職官員），在北京生活過多年。罷官歸里後，1609 年曾到吳中，並買下了《快雪帖》。1620 年又到松江販賣古玩，兩年後死於故鄉，而且「臨終清白，歷歷不負」。

3. 在社會交往方面，劉承禧「平日交遊雖廣，相善者最少」。但，他和明代著名文學家王穉登、書畫家文震亨過從甚密。劉承禧的另一個朋友名叫吳廷，即吳用卿，號餘

清齋主人，二人曾同住北京，「知交有年」。

4. 劉承禧曾收藏過《金瓶梅》《元曲選》《快雪帖》，可以說是個收藏家。但「博古往來甚多」，「攜余古玩近千金」等語，又說明他還是一個文物商人。

此外，更重要的是，王穉登的題跋還告訴了我們，《金瓶梅》的最早版本是由劉承禧付刻的。

但是，在論述這個問題之前，我們首先需要瞭解《金瓶梅》最早出版於哪一年。據沈德符記載，他本人「丙午（1606）遇中郎京邸，問曾有全帙否？」「又三年，小修上公車，已攜有其書，因與借抄，挈歸」。「馬仲良時榷吳關，亦勸余應梓人之求」，沈德符沒有同意。「未幾時，而吳中懸之國門矣。」不少學者按這三個時間推算，1606 加三年，再加「未幾時」，得出的結論是：《金瓶梅》最早出版於萬曆庚戌（1610）年。魯迅先生在《中國小說史略》中持此說，從此便沿為定論。我過去在文章中也表示相信這一觀點。後來，美國芝加哥大學馬泰來教授撰文給我以批評，指出馬仲良榷吳關的時間是萬曆四十一年（1613）。所以，《金瓶梅》的吳中本，應刊於萬曆四十一年之後。泰來先生的批評是正確的。不過，他又認為，《金瓶梅》的最早版本「可能也是今日所見萬曆四十五年（丁巳，1617）東吳弄珠客序刻本《金瓶梅詞話》」，還值得商榷。

讓我們再作一次新的考證。首先，沈德符於萬曆四十六年（1618）參加北京鄉試，中了舉人，因此萬曆四十五年（1617）《詞話》本於「吳中懸之國門」時，他仍滯留吳中的可能性極小。第二，1613 年沈德符和馬仲良對話，至 1617 年《詞話》本出版，中間相隔四年，沈德符卻用「未幾時」來形容，也說不通。第三，沈文前有「馬仲良時榷吳關」，後面緊隨「未幾時」，這明明是說的同一年。而這一年又確鑿無疑的是萬曆四十一年（1613）。於是，我們便得出了一個新的結論：《金瓶梅》最早出版於萬曆四十一年（癸丑，1613）。如此一來，魯迅先生和其他學者所說的庚戌（1610）本便不存在了，而泰來先生所說的丁巳（1617）《詞話》本為最早版本的觀點也就站不住了。

我們為什麼說萬曆四十一年（癸丑，1613），「吳中懸之國門」的最早版本《金瓶梅》，是由劉承禧付印的呢？

劉承禧要付印《金瓶梅》，必須在 1613 年之前來到吳中，而事實也正是這樣。王跋寫道：「此帖，賣畫者盧生攜來吳中。」這句話使我們判斷出，王跋是在吳中寫的。王跋又說：「今復為延伯所有。」「今」字指的是什麼時候呢？落款處寫得明明白白：「己酉七月廿七日」，即萬曆三十七年，也就是 1609 年，而王跋又是劉承禧當面請求王穉登寫的。因此，我們就知道了，1609 年劉承禧正在吳中，而且花兩千兩銀子買下了《快雪帖》。

再看沈德符的記載。1606 年，袁中郎告訴沈德符，《金瓶梅》的手抄稿，「今惟麻

城劉延白承禧家有全本」。三年後，袁小修到北京「已攜有其書」了。無疑袁小修是從
劉承禧那裏抄來的。沈德符再「借抄，挈歸」。因此，劉、袁、沈三家的抄稿是一樣的。
沈德符又說：「然原本實少五十三至五十七回，遍覓不得。」這點明了，劉承禧的原本，
名義上是全本，而實際上缺少五回，而且「遍覓不得」。沈德符還說：「吳中懸之國門」
的 1613 年初刻本，「有陋儒補以入刻，無論膚淺鄙俚，時作吳語，即前後血脈，亦絕不
貫串，一見知其贗作矣。」這又點明了 1613 年的初刻本也恰恰少了五回，而「補以入刻」
的五回為「贗作」。當時，袁小修的抄本隨身帶在北京，沈德符的本子已「固篋之」，
所以，1613 年的初刻本，必定是按照劉承禧手中的抄本刻印的。因此，劉承禧也就成了
《金瓶梅》最早版本的付印人了。1609 年，劉承禧用兩千兩銀子買了《快雪帖》，這錢
當是書賈付給劉承禧的「重價」。在古代印刷技術落後的情況下，一百多萬字的大書，
經過雕版、刷印、裝訂、出售，也確實需要從 1609 到 1613 這樣長的一段時間。至於，
萬曆四十五年（1617）的《金瓶梅詞話》，應是重印，不是重刻。

　　本章，我們不但考清了劉承禧的大致情況，而且確定了《金瓶梅》的最早版本是 1609
年交稿付印，1613 年正式面世，而付印人正是劉承禧。至於，嶧縣人賈三近寫的《金瓶
梅》是怎樣輾轉傳抄到劉承禧的手裏的，這只有留待我們以後再作考證了。

附記：馬泰來先生據《麻城縣誌》考證：劉承禧，曾祖劉天和，祖劉濤，父劉守有。他
本人既是世襲錦衣衛千戶，又是萬曆庚辰（1580）武進士、會魁、榜眼。又據王世貞《弇
州山人續稿·徐公行狀》考：徐階孫徐元春女「受劉承禧聘」。因此，劉承禧是徐階的
曾孫女婿，徐元春是劉承禧的岳父。近日，有人在《徐州師院學報》上說，劉承禧是徐
階的女婿，又說徐元春是劉承禧的妻侄。這就錯亂了。又，文震亨原是王穉登的孫女婿，
有人卻說文是王的女婿，亦錯。

蘭陵笑笑生　笑在《論語》中

　　我在《金瓶梅新證》一書中，提出《金瓶梅》的作者蘭陵笑笑生，是明代山東嶧縣人賈三近，並作了多方面的論證，自信還是有理有據周密穩妥的。對此，國內外學者給了我許多鼓勵和批評，我由衷的表示感謝。

　　中國社會科學院吳世昌教授給我來信說：「大作《金瓶梅新證》（《徐師學報》1982、3）已拜讀全文，我想您的說法完全可信。這個公案得到初步解決，可息四百年來之爭。」

　　美國俄亥俄州大學李田意教授給我來信說：「最近，在《徐州師範學院學報》上，見到您寫的有關《金瓶梅》的三篇大作，詳讀之後不勝欽服。在許多有關這部小說的著作中，您的文章確實最科學，最可信的。」

　　臺灣學者馬森先生在〈金瓶梅的作者呼之欲出〉中說：「張遠芬所考證的賈三近的生平事蹟，以及宦遊處所、人生經歷、習脾嗜好、著作目錄等，使人覺得蘭陵的賈三近實在是最接近蘭陵笑笑生的一個人物。」[1]

　　著名作家王鼎鈞先生在〈賈三近與金瓶梅〉中說：「也許有一天，有某一本古書、某一件文物，上面赫然大書『賈三近別署蘭陵笑笑生』。我們得承認這幾乎不可能。由於《金瓶梅》內容特殊，作者設法隱藏自己無所不用其極，『敗露』的機會太小了！誰也不敢保證賈三近就是蘭陵笑笑生，但是誰也不能斷定絕對不是。《金瓶梅》的作者已有十七個之多，大家都沒有積極證據，那麼，有情況證據者優於無情況證據者（說王世貞因復仇而作金瓶梅，就連一點情況證據都沒有），情況證據多者優於情況證據少者。現在是賈三近的情況證據最多。」[2]

　　此外，國內學者鄭慶山和美國學者譚彼岸兩位先生，也分別發表長篇論文，列出更多的證據和理由，對「賈三近說」表示贊同和支持。

　　儘管如此，我內心還是存有缺憾的。因為，我曾下大工夫，尋找賈三近所用過的筆名，計有：蘭陵散客、寧鳩子、貞忠居士、蘭莊子、歷劫翁、石屋主人、大史氏、外史氏、野史氏等十數個，但，就是沒有「蘭陵笑笑生」。在《新證》中，我已確鑿坐實了，

1　臺灣《中國時報》。
2　美國《僑報》。

蘭陵就是嶧縣，絕不是其他什麼地方，而賈三近也確曾叫過「xx生」。至於「笑笑」二字」所從何來，我雖然做過幾點考證，但仍想繼續查考下去。

我想，一個作家寫出一部《金瓶梅》這樣的偉大作品，他是不想讓當世人知道自己的身分的，但一定又想讓後世人知道，這應該是一種必然心理。於是，他就把「蘭陵笑笑生」分別藏在不同的典籍中，以求後人能破解出來。在他所寫的〈嶧縣誌序〉中，藏著「蘭陵」，在他所寫的〈于氏家藏詩略序〉中，藏著「生」。那麼，「笑笑」二字又藏在哪裏呢？

八十年代初，棗莊市的同志，在嶧縣的西暨古鎮普照寺舊址，發現了一塊賈三近的詩碑，並將拓片寄給了我。現將原件，抄錄如下。

遊普照寺詩一章　有序

嶧西暨普照蘭若，歲久傾圮。主僧圓泰與比丘眾及諸檀越，共謀修葺，新此廢宇，復成寶坊，信義舉也。嘻，黃花翠竹俱是菩提，一草一木皆屬功德，唯具善根者能知之。

一自傳燈後，開山直到今。

祇園金作地，寶界玉為林。

有相非真相，無心是道心。

人天成勝果，千古度迷沉。

萬曆癸未歲十月之吉

嶧如如道人賈三近書

對以上碑文，初看，與《金瓶梅》關係不大，但仔細解讀，我吃驚的發現，賈三近是在用這塊詩碑，把我們引向《論語》，找到「笑笑」二字的源頭。

一、我曾在《新證》中說過，賈三近在說話或作文時，常用「嘻」字，如：「嘻，我日侍上左右」，「嘻，大人今歲六十也」。不料，在這篇碑文中，又出現了這個「嘻」字。這證明，我早先的判斷是正確的。這個「嘻」字，當然可以作「笑笑」講，但，我在下面，還要在作進一步的考證。

二、賈三近在詩中說：「有相非真相，無心是道心」，是指人有兩面性，有公開的一面，也有私密的一面。就賈三近自己而言，一面是大官僚，另一面還寫了《金瓶梅》。他「無心」誣善，而是懷著一顆「道心」以濟世，也就是「千古度迷沉」。另，史載：北齊蘭陵王高長恭勇武而貌美，自以為不能使敵人畏懼，常戴面具出戰。據此，可以說，「蘭陵笑笑生」只是個假面具，即「非真相」，「真相」是賈三近這個人。也可以說，大官僚賈三近是「非真相」，真相是《金瓶梅》的作者「蘭陵笑笑生」。

三、這首詩寫於萬曆癸未年，也就是 1583 年。此時，賈三近四十九歲，他已經完成了《金瓶梅》的寫作。所以，才會有上面為自己辯護的語句，並且留下了讓我們追蹤「笑笑生」的線索。

四、本詩的署名是「如如道人」，這是賈三近的又一個筆名。經查，「如如」出自《論語・學而》：「子之燕居，申申如也，夭夭如也。」這是說孔子在閒居的時候，舒展而和樂。這是賈三近的自我寫照。而「夭夭」就是和顏悅色，面帶微笑，「笑笑」的下半部，又正是「夭夭」。這樣，由「如如」，而「夭夭」，而「笑笑」，讓我恍然大悟，「笑笑」二字，原來藏在《論語》裏！

誠如王鼎鈞先生所說，「也許有一天，有某一本古書、某一件文物，上面赫然大書『賈三近別署蘭陵笑笑生』。我們得承認這幾乎不可能。」鼎公的判斷是非常正確的。

現在，我只找到了「笑笑」的下半截「夭夭」，上半截的兩個「竹」字頭還未找到。我願聽鼎公的話，暫且罷手，不再追究下去。因此，我只能說「夭夭」就是「笑笑」，也算完成了對「蘭陵笑笑生」的考證。

一談《金瓶梅》的作者不是屠隆
——從一詩一文說起

《復旦學報》1983 年 3 期，發表了黃霖先生的〈金瓶梅作者屠隆考〉。我有些不同看法，願提出來與黃先生商榷。

一、屠隆的一詩一文，儘管存在於《金瓶梅》第五十六回中，但這還不能作為屠隆就是《金瓶梅》作者的證據。因為，在《金瓶梅》中引徵他人作品的例子極多。如：第七十回的〈端正好〉（享福貴受皇恩），原出自李開先的《寶劍記》。第七十三回的〈集賢賓〉（憶吹簫佳人何處也），原作者是陳鐸。諸如此類，不勝枚舉。如果我們也據此確認《金瓶梅》的作者是李開先或陳鐸等，那麼，《金瓶梅》的作者就會有一大串，這顯然是行不通的。

二、黃先生在立論的時候，忽略了一項極為重要的資料。明人沈德符在《萬曆野獲編》中寫道：

> 然原本（指《金瓶梅》手抄稿）實少五十三回至五十七回，遍覓不得，有陋儒補以入刻。無論膚淺鄙俚，時作吳語，即前後血脈，亦絕不貫串，一見知其贋作矣。

這使我們明白了，《金瓶梅》原稿中的五十三回至五十七回，早已亡佚，而刻本中的這五回，則是後來「陋儒補以入刻」的贋作。與全書相比，其差異就在於「膚淺鄙俚，時作吳語，即前後血脈，亦絕不貫串」。黃先生所說的第五十六回和其中的一詩一文，正處在這五回「贋作」的範圍之內。因此，也就更加不能作為證據肯定屠隆是《金瓶梅》的作者。屠隆的詩文出現在《金瓶梅》第五十六回中，只有兩種可能：一是某「陋儒」在補寫《金瓶梅》所缺五回時，把屠隆的詩文塞進了第五十六回。二是補寫這五回的「陋儒」也許就是屠隆本人。這樣，他把自己的詩文夾帶進來，也就更加合乎情理。由此看來，屠隆充其量也只可能是這五回「贋作」的作者，而絕不是《金瓶梅》的原作者。

三、屠隆是浙江鄞縣人，也沒有在山東生活過，他不可能寫出《金瓶梅》。為了說明這個問題，我們不妨多引用幾位浙江籍學者的觀點。

1. 沈德符是嘉興人，他以「時作吳語」為理由，斷定五十三回至五十七回是「贋作」。

反過來說，也就是他認為其餘的九十五回原作，根本不是出自江浙人之手。

2. 魯迅先生是紹興人，他在《中國小說史略》日文譯本序中說：「還有一件是《金瓶梅詞話》被發現於北平，為通行至今的同書的祖本，對話卻全用山東的方言所寫，確切的證明了這絕非江蘇人王世貞所作的書。」魯迅先生認為，江蘇的王世貞都無此資格，又何況是浙江的屠隆？

3. 吳晗先生是義烏人，他在〈金瓶梅的著作時代及其社會背景〉中說：「《金瓶梅》用的是山東的方言。」

4. 趙景深先生是麗水人，他在〈評朱星同志金瓶梅三考〉中說：「《金瓶梅》的作者蘭陵笑笑生，這個蘭陵絕對是山東嶧縣，而不是武進古地名的蘭陵，因為這部書絕大部分是山東嶧縣話，而不是常州話。」

5. 戴不凡先生是建德人，他在《小說見聞錄》中說：「全書又是以北方語言為主。」但他又覺得《金瓶梅》中的「掇杌子」（端凳子）、「黃湯辣水」（飲食）、「達達」（爹）、「囂緞子」（薄緞子）、「事務」「安置」「小後生」「花黎胡哨」「嘴頭子嗶哩撥剌」等詞語是浙江方言，所以才認為「作書者本為北人，而經吳人潤飾」。其實，這些詞語，在山東嶧縣，人人都能聽得懂，而且經常運用，所以不能把它們看成浙江方言。因此，戴先生的「吳人潤飾說」也不能成立。不過，可貴的是戴先生並沒有丟掉求實精神，他始終認為「作書者本為北人」。

以上，沈、魯、吳、趙、戴五位先生，都是生長於浙江的學識宏富的學者，他們不謀而合地，共同否定了《金瓶梅》的作者是江浙人的可能性。

四、在沈德符的心目中，屠隆恰是一個「陋儒」，他根本不具備寫作《金瓶梅》的識與才。沈德符和屠隆是同時代人，沈稱屠為「年伯」，他們之間不但十分熟悉，而且交往甚多。

但，沈德符對屠隆的道德和文章，均極為鄙視。《野獲編》卷二十六〈白練裙〉一條記載，萬曆丁酉（1597）年，屠隆復官寓金陵，狎妓寇文華，江右孝廉鄭豹先據此寫成傳奇〈白練裙〉，「摹寫屠憨狀曲盡」。沈德符把這一條列入「嗤鄙門」，足可證明沈對屠的態度。在《野獲編》卷二十五中，沈德符又對屠隆的主要傳奇作品，予以嘲諷。一曰：「屠長卿之《彩毫記》，競以李青蓮自命，第未知果愜物情否耳。」又曰：「近年屠作《曇花記》……，一日遇屠於武林，命其家僮演此曲，指揮四頤，如辛幼安之歌『千古江山』，自鳴得意。余於席間私問馮開之祭酒云：屠年伯此記，出何典故？」即此可見，沈德符對屠隆的兩部作品，均極為蔑視。

相反地，同是在《野獲編》中，沈德符在字裏行間卻對《金瓶梅》推崇備至：

袁中郎《觴政》，以《金瓶梅》配《水滸傳》為外典，余恨未得見。丙午遇中郎
京邸，問曾有全帙否，曰：「第讀數卷。甚奇快！」……又三年，小修上公車，
已攜有其書，因與借抄，挈歸。吳友馮猶龍見之驚喜，慫恿書坊以重價購刻，馬
仲良時榷吳關，亦勸余應梓人之求，可以療饑。……聞此為嘉靖間大名士手筆。

從這段話中，我們可以看出，沈德符對《金瓶梅》，先以未見為恨，後又到處訪求，
終於借抄挈歸，視若珍寶。這與他對《彩毫記》和《曇花記》的態度相比，那就絕然兩
樣了。

再者，就屠隆的性格而言，他向來不掩飾個人的隱私，如果他寫了《金瓶梅》，也
不會秘不示人。但是，在上面這段話中提到的袁中郎、袁小修、馮夢龍、馬仲良以及沈
德符本人，他們不但都和屠隆生活於同一個時期，而且彼此之間都十分熟悉，可誰也不
承認屠隆是《金瓶梅》的作者，而認為「此為嘉靖間大名士手筆」。這也可以證明屠隆
不是《金瓶梅》的作者。

二談《金瓶梅》的作者不是屠隆
——也說笑笑先生

復旦大學的黃霖先生，力主《金瓶梅》的作者是屠隆。他是這樣論證的：

(1)《金瓶梅》的作者署名蘭陵笑笑生；

(2)「屠隆確實用過『笑笑先生』（生即先生）這個化名」；

(3)所以，屠隆就是《金瓶梅》的作者。[1]

一望可知，這是用三段論的形式所作的演繹推理。但是，在邏輯學中有一條原則：運用三段論，要注意(1)、(2)兩個前提是否正確。如果前提有錯誤，即使推理的步驟不錯，也得不出正確的結論。黃霖同志正好違背了這一原則。明顯的事實是，「笑笑生」和「笑笑先生」是兩個不同的名字，黃霖同志卻硬是用「生即先生」四個字的主觀解釋，把它們合二而一，變成了一個概念。所以，黃霖同志的第(2)個前提是錯誤的。因而那最後的結論也就不能成立。亦即是說，《金瓶梅》的作者叫笑笑生，不叫笑笑先生，即使屠隆「確實」用過笑笑先生這個化名，他也不是《金瓶梅》的作者。

撇開這一常理不談。現在我們要問的是：屠隆果真「確實」用過笑笑先生這個化名嗎？

答曰：沒有。

屠隆不是笑笑先生

1985 年 12 月 21 日，臺灣的《國語日報》發表了魏子雲先生的〈開卷一笑的版本問題〉。文中披露：「近者，臺北天一出版社影印了一套明清善本小說叢刊（國立政治大學古典小說研究中心主編），其中第六輯〈諧謔篇〉中，輯有《開卷一笑》及《山中一夕話》各一種。」

《山中一夕話》，是「本李卓吾先生所輯《開卷一笑》，刪其陳腐，補其清新」而纂

---

[1]　黃霖〈金瓶梅作者屠隆考〉，載《復旦學報》（社科版）1983 年第 3 期。

成的。[2]換句話說，《開卷一笑》經人改頭換面，就成了《山中一夕話》。這兩部書雖然名稱不同，但主要內容是一樣的。就目前所知，在大陸，北京大學和中山大學均藏有《山中一夕話》，但尚未找到《開卷一笑》的原版書。

而黃霖先生正是根據大陸上所藏的《山中一夕話》，發現：此書卷一題「卓吾先生編次，笑笑先生增訂，哈哈道士校閱」，卷三題作「卓吾先生編次，一衲道人屠隆參閱」，又一卷前無大題，只有「一衲道人屠隆參閱」。於是，黃霖先生就推論說：「此書的參訂校閱者，一會兒題笑笑先生、哈哈道士，一會兒又題一衲道人屠隆。……據此，可以認定，笑笑先生，哈哈道士，一衲道人、屠隆都是同一人。」[3]

現在，因為有了臺北天一出版社影印的《開卷一笑》原版書，我們就可以肯定，黃先生的這一判斷是完全錯誤的了。據魏子雲先生介紹，《開卷一笑》簡端，有：

一、李卓吾序文一篇；

二、屠隆〈一笑引〉一篇（文末署一衲道人題，左旁鈐朱文印兩顆：上印「屠隆」，下印「一衲道人」，悉為方形篆文）；

三、「例言」五則，亦題「一衲道人屠隆閱畢再識」（下鈐印章二，上朱文「屠隆」二字，下白文「赤水」二字，均方形）；

四、「海上發僧慧顛」書贈之〈題解〉一篇；

五、「幻生」笑述之〈附錄〉一篇。

然後，就是「李卓吾先生《開卷一笑》上集目錄」。此外，上集七卷刻「卓吾居士李贄編集」及「一衲道人屠隆參閱」，下集七卷則將「卓吾居士李贄編集」改為「選輯」。

由此，我們可以看出，《開卷一笑》確是由李卓吾選輯，經屠隆參閱的。而屠隆（赤水）也確實有一別號，叫一衲道人。但是，在《開卷一笑》中，根本沒有「笑笑先生」和「哈哈道士」的字樣。這就確鑿地證明了，屠隆從來就沒有用過「笑笑先生」和「哈哈道士」之類的化名。

《山中一夕話》本是《開卷一笑》的改頭換面之書。在《開卷一笑》中原沒有「笑笑先生」「哈哈道士」的字樣，怎麼在《山中一夕話》裏卻冒出來了呢？魏子雲先生把天一出版社的《開卷一笑》原版書影拿來與臺灣大學的《山中一夕話》加以對勘，發現《山中一夕話》是書坊把《開卷一笑》的原刻版經過一番挖改增刪而重印的。具體的情形是：

一、刪去了《開卷一笑》簡端的序、引、例言、題解、附錄等，增加了一篇「三臺山人題於欲靜樓」的序文，把書名改為《山中一夕話》。

2　王利器《歷代笑話集》，146頁，上海古籍出版社1981年。
3　同註1。

二、《開卷一笑》各卷首頁的原刻版，凡能挖改的就挖改，凡不能挖改的就重刻。在新刻的版上，就增加上「笑笑先生」「哈哈道士」的字樣。但刻工仿佛沒有嚴格執行書坊主人的指令，不少挖改的地方還殘留著原版的痕跡。譬如原版中的「一衲道人屠隆」，多數卷中都被挖掉了，但還有一兩處沒有挖棹。

三、《山中一夕話》上集卷二第二十一、二十二兩頁，卷七第十五至十八四頁，下集卷二第十五、十六兩頁，卷七第一、二兩頁，悉為補刻。

四、《開卷一笑》的卷一，在《山中一夕話》裏列為卷三；《開卷一笑》的卷三，在《山中一夕話》裏則提為卷一。

五、除去以上這些小小的變動之外，其餘的內文與《開卷一笑》完全一樣。

凡此種種，皆是書坊為了謀利而採取的改頭換面的卑劣手法。但是，從中我們卻能發現一個大問題：所謂「笑笑先生」和「哈哈道士」，是書坊在把《開卷一笑》改變為《山中一夕話》的過程中，硬添加進去的，根本與屠隆毫無關係。所以，黃先生認定「笑笑先生、哈哈道士、一衲道人、屠隆都是同一人」，是錯誤的。還是魏子雲先生說得好：「今將《開卷一笑》與《山中一夕話》兩相對比，則知『笑笑先生』乃《開卷一笑》之後《山中一夕話》的出版騙子，可能就是三臺山人自己。」[4]

三臺山人是余象斗

在王利器先生輯錄的《歷代笑話集》中，收有《山中一夕話》的序。現節引如下：

……春光明媚，偶遊句曲，遇笑笑先生於茅山之陽。班荊道及，因出一編，蓋本李卓吾先生所輯《開卷一笑》，刪其陳腐，補其清新，凡宇宙間可喜可笑之事，齊諧遊戲之文，無不備載，顏曰《山中一夕話》。予見之，不禁鵲喜。竊思人生世間，與之莊言危論，則聽者寥寥，與之謔浪詼諧，則歡聲滿座，是笑實話之聖，而話實笑之君也。先生名書，其謂是歟？嗟乎！世之論卓吾者，每謂《藏書》不藏，《焚書》不焚，徒災梨棗。詎意《藏書》《焚書》之外，復有如許妙輯。予固知句曲、茅山，為洞天福地，此中多異人，人多異書，不謂邂逅得此。……三臺山人題於欲靜樓。

句曲山，又叫茅山，在江蘇西南部，地跨句容、金壇、溧水、溧陽等縣境，南北走向。有蓬壺、玉桂、華陽三洞和唐碑、元碣等名勝古跡。

4　魏子雲〈開卷一笑的版本問題〉，載 1985 年 12 月 21 日臺灣《國語日報》。

　　這篇序文寫於什麼時間？序中沒有說明。但序中提到，李卓吾因《藏書》《焚書》而「徒災梨棗」，可證是在李贄卒後，也就是至少應在萬曆三十年之後。而李贄的《續藏書》最早刻於萬曆三十九年，《續焚書》最早刻於萬曆四十六年。序中的「復有如許妙輯」一語，透露出三臺山人對李贄的這些重要著作都很瞭解。那麼，三臺山人寫這篇序的時間當更晚了。屠隆卒於萬曆三十三年，所以三臺山人在「茅山之陽」遇到的「笑笑先生」根本不是屠隆。

　　序中又說，笑笑先生出示的這本《山中一夕話》，是「本李卓吾先生所輯《開卷一笑》，刪其陳腐，補其清新」而纂成的。在這裏，三臺山人有意將「一衲道人屠隆參閱」隱去，並進而由梅墅石渠閣在補刻翻印時，儘量將屠隆的名字挖掉，尤可證明笑笑先生不是屠隆。

　　那麼，這位三臺山人究竟是誰呢？請看孫楷第先生在《日本東京所見小說書目》所錄的〈八仙傳引〉：

　　　不俗斗自刊《華光》等傳，皆出於心胸之編集，其勞鞅掌矣，其費弘巨矣。乃多
　　　為射利者刊，甚諸傳照本堂樣式，踐人轍跡而逐人後塵也。今本坊亦有自立者固
　　　多，而亦有逐利之無恥，與異方之浪棍，遷徙之逃奴，專欲翻人已成之刻者。襲
　　　人唾餘，得無垂首而汗顏，無恥之甚乎？
　　　　　　　　三臺山人仰止余象斗言（下刻方印：「仰止象斗」四字）[5]

　　原來，三臺山人就是余象斗。余，字仰止，一字文臺，號三臺山人，福建建陽人，是通俗小說的編著者兼刊行者。他評釋的《列國志傳》（余邵魚編集）刊行於萬曆三十四年，他編的《全像華光天王南遊志傳》（即引文中所說《華光傳》）梓於崇禎四年。據此，當為萬曆、崇禎間人。

　　對於上面的引文，孫楷第先生說：「文理至拙，然實書賈本色。」但余象斗編著和刊行的通俗小說甚多，有《列國志傳》《皇明諸司公案傳》《三國志傳評林》《水滸志傳評林》《西遊記》《南遊志傳》《八仙出處東遊記》《全像北遊記》等。同時，他還攘熊鍾谷所著《唐國志傳》《岳王傳》為己有。看來，余象斗其人，不但文筆甚差，而且文德也較下劣，並帶有明顯的商人習氣。

5　　孫楷第《日本東京所見小說書目》，84-85 頁。

余象斗是笑笑先生

以上，我們不但進一步證明了笑笑先生不是屠隆，而且弄清楚了三臺山人就是余象斗。

魏子雲先生認為笑笑先生是個「出版騙子」，而且「可能就是三臺山人自己」。這種推測究對否？大連圖書館編的《明清小說序跋選》，收錄了〈遍地金序〉，現全文抄錄如下：

> 遍地金者，為笑笑先生之奇文而名也。天下無不生金之地，斯文人無不生金之筆。然天下無不生金之地，非其人，雖求不得。文人無不生金之筆，非其時，雖美弗傳。天下無不生金之地，非其人，雖求不得，遂與瓦礫荊榛同歸苦海。文人無不生金之筆，非其時，雖美弗傳，遂與殘編斷簡同付秦灰。可勝歎哉！笑笑先生胸羅萬卷，筆無纖塵，縱橫古今，掘鑿乾坤。舉凡缺陷世界，不平之事，遺憾之情，發為奇文，登諸梨棗，傳誦宇內，莫不擲地作金石聲。是先生之文，即大地之金也。補天告成，繼以是編，此《遍地金》之所由名耶。行看是書行世，紙貴洛陽，窮谷遐陬，無人不讀先生之文，斯無地不睹先生之金。名曰《遍地金》，誰曰不宜。
>
> 哈哈道士題於三臺山之言靜樓[6]

統觀全文內容，所見不精，且多吹噓之詞，殊無意味。據黃霖先生考證：末尾，還把「欲靜樓」誤刻成了「言靜樓」。

但其中卻有值得我們特別注意之處。現在讓我們把《山中一夕話》和〈遍地金序〉兩者相互關聯的文字排列如下：

> 笑笑先生增訂
> 哈哈道士校閱
> 三臺山人題於欲靜樓（《山中一夕話》）
>
> 《遍地金》者，為笑笑先生之奇文而名也。
> 笑笑先生胸羅萬卷，筆無纖塵……
> 哈哈道士題於三臺山之欲靜樓。（〈遍地金序〉）

6　大連圖書館參考部編《明清小說序跋選》，33 頁，春風文藝出版社 1983 年。

以上兩組文字，都可以使我們判斷出：笑笑先生就是哈哈道士。而「三臺山人題於欲靜樓」和「哈哈道士題於三臺山之欲靜樓」，又可以使我們判斷出：哈哈道士就是三臺山人。它們的中介則是「三臺山」和「欲靜樓」。我們已知三臺山人就是余象斗，所以，哈哈道士和笑笑先生都是余象斗，而不是屠隆。

由此，我們還可以反過去證明，余象斗在《山中一夕話》的序文中，所寫「春光明媚，偶遊句曲，遇笑笑先生於茅山之陽」云云，純是欺人的謊話。

那麼，《遍地金》是不是余象斗的作品呢？不是。大連圖書館所藏《遍地金》，是《五色石》的前四卷，而北京大學圖書館所藏《補天石》，則是《五色石》的後四卷。將《遍地金》和《補天石》合在一起，就是一部《五色石》。原《五色石》題「筆煉閣編述」，其自序亦署「筆煉閣主人」。此外，另有一書《八洞天》，題「五色石主人新編」，封面題識「五色石主人借筆以為煉」。自序後，署「五色石主人題於筆煉閣」。故知《五色石》和《八洞天》二書為一人所撰。

有人以為《五色石》和《八洞天》是清代徐述夔的作品。[7]徐，原名賡雅，字耕野，江蘇東臺人，乾隆戊午（1738 年）舉人。著《一柱樓詩》，乾隆四十三年（1778）高宗以其中有譏刺語，戮其屍，且將其生平著作悉數禁毀。在《禁毀書目》中就有「徐述夔《五色石》」的記載。但徐述夔的《五色石》是傳奇，屬於戲曲，而非小說。所以，「筆煉閣」不是徐述夔。我們已知余象斗是明代人，而他又給《五色石》前四卷的單行本《遍地金》寫過序，故而「筆煉閣」應是明代人。

我們之所以認為《遍地金》的作者「筆煉閣」不是笑笑先生余象斗，是因為《五色石》和《八洞天》同為一人所撰，除去單行本《遍地金》中有一篇他的序之外，其餘皆看不出和他有什麼聯繫。而且，明明《遍地金》是《五色石》的前四卷，《補天石》是《五色石》的後四卷，余象斗卻在《遍地金》序中說：「補天告成，繼以是編」。看來，他對這部書的成書過程不甚瞭然。

《遍地金》不是余象斗的作品，但他在序中卻說：「遍地金者，為笑笑先生之奇文而名也」然後再署上「哈哈道士題於三臺山之欲靜樓」，極力想給讀者造成這樣一種印象：《遍地金》的作者是余象斗。這和他把熊鍾谷所著《唐國志傳》和《岳王傳》說成是自己作的，把《開卷一笑》改為《山中一夕話》，自表「刪其陳腐，補其清新」的功勞，事屬同一性質，伎倆也完全一樣。總之，「筆煉閣」究竟是誰，須待以後考證。

我們能不能因為笑笑先生是余象斗，就說余象斗是《金瓶梅》的作者呢？當然不能。因為這不合邏輯，《金瓶梅》的作者是笑笑生，不是笑笑先生。再者，余象斗活躍的時

7　譚正璧《古本稀見小說匯考》，158 頁，浙江文藝出版社 1984 年。

期是在萬曆三十四年（1606）到崇禎四年（1631）之間，而《金瓶梅》在萬曆二十年（1592）之前就寫成了，時間亦不相吻合。還有，余象斗所撰《華光天王南遊志傳》之類的通俗小說，與《金瓶梅》相比，無論是思想深度還是藝術成就，都是天壤懸隔，怎麼會出自同一人之手呢？

至此，我們已徹底說清，笑笑先生不是屠隆而是余象斗，而余象斗也不是《金瓶梅》的作者。

關於《金瓶梅》的作者究竟是誰，黃霖先生說：「前人各說之所以難以成立，還在於所猜之人與『笑笑生』這個化名均無直接聯繫。我今自認為『笑笑生』即是屠隆，就不同於前人而找到屠隆確實用『笑笑先生』（生即先生）這個化名。」[8]

而今，我們又證明了，屠隆確實沒有用過「笑笑先生」這個化名，他與「笑笑生」也無「直接聯繫」，因此黃霖同志的「屠隆說」真是難以成立了。

8　黃霖〈金瓶梅作者屠隆考續〉，載《復旦學報》（社科版）1984 年第 5 期。

談胡適對《金瓶梅》的認識

　　胡適先生對明清時期的許多長篇說部，都曾下過大功夫加以研究，這有他的《中國章回小說考證》可作證明。但，獨獨對《金瓶梅》，他只是讀過之後，在胸中形成定見，便未再作進一步的探討。

　　在 1918 年 1 月 15 日的《新青年》的第四卷第一號上，他發表了〈答錢玄同〉一文，其中寫道：

> 先生與獨秀所論《金瓶梅》諸語，我殊不敢贊成。我以為今日中國人所謂男女情愛，尚全是獸性的肉欲。今日正宜力排《金瓶梅》一類之書，一面積極譯著高尚的言情之作，五十年後，或稍有轉移風氣之希望。此種書即以文學眼光觀之，亦殊無價值。何則？文學之一要素，在於美感，請問先生讀《金瓶梅》作何美感？

　　首先，我們必須肯定，胡先生的這段話，突出表現了他古樸善良的心。他擔心《金瓶梅》的副作用，害怕人們讀後，情志動搖，變為浪子，影響整個社會。這種憂慮，是必要的，也是正確的。人說，胡先生是新文學的大師，舊道德的典範，誠哉斯言！說心裏話，我也認為，《金瓶梅詞話》那些對性的渲染描寫，是後人加進去的，必須刪節，否則，不能全文公開出版。其實，後來出版的真本、古本、張評本、蔣劍人本，都是這樣做的。這證明了，大家的指導思想，和胡先生是一致的。

　　但是，胡先生對《金瓶梅詞話》，沒有反復閱讀和深入思考，一看便以為是洪水猛獸。結果，便忽略了這部書的歷史認識價值，和文學創新價值。我在〈金瓶梅概說〉和〈論蘭陵笑笑生〉兩文中，對此已有詳說，茲不贅述。

　　單就胡先生在信中的一些話來看，確有值得商榷處。譬如，胡先生說：「我以為今日中國人所謂情愛，尚全是獸性的肉欲」，這句話，就欠斟酌。我們要問胡先生，今日的中國當真就沒有一例幸福美滿的情愛嗎？一竿子打倒滿船人，未免有點兒武斷。再者，今日的中國是這樣，那麼，昨日的中國，明日的中國，是怎樣的？中國這樣，外國呢？還有，「獸性的肉欲」和「人性的肉欲」，究竟應該怎樣界劃？諸如此類的問題，都需要以科學研究為據，哪能輕易下結論。胡先生在寫這封信的時候，只有二十八歲，心高氣盛，說話草率了些。

　　而今的自然科學家們，通過對動物的生理和情感的觀察研究，發現「獸性的肉欲」和「人性的肉欲」，是有其相同一面的。雄獅和雌獅的交配，男人和女人的結合，同樣都是為了獲得生理和情感的滿足，自然屬性是一樣的。但，人與獸畢竟不完全相同。人類在先天的生理和情感的原始自然屬性的基礎上，又給自己加上了文明理性的約束，以保持整個社會的安定與和諧。也就是說，男女之間單是存在主觀的兩相愛悅，還不算具備結合的充分條件，還必須符合倫理道德和禮教法規的客觀要求。這就是人類之所以反對亂倫、插足、重婚、強暴等不講理性行為的原因。沒有愛情的婚姻當然是不道德的，但沒有道德的婚姻也是不美滿的。自從人類進入理性社會，無論哪個國家，哪個時代，都存在既合情又合理的生死之戀，當然也存在相反的例子。所以，並不「全是獸性的肉欲」。

　　胡先生之所以要「力排」《金瓶梅》，是因為它毫無「美感」可言，這一判斷也不確切。生活中，歷來美醜並存，而且相比較而顯現，相對立而存在，沒有美便沒有醜，沒有醜便沒有美。作家有權美醜並寫，也有權單寫一個方面。笑笑生把晚明社會的醜惡現象集中表現出來，並無錯處。就社會歷史認識價值而言，《三國》《水滸》《西遊記》，皆比不上《金瓶梅》。再從美學角度看，作者意識的沉重蒼涼，作品內容的複雜廣闊，情節結構的宏大嚴謹，人物形象的精心刻畫，方言土語的貼切運用，在《金瓶梅》中，共同繪出了一幅令人哀憐無奈的黑暗的現實人生畫面。這不但把中國的長篇小說創作推向了一個新高峰，而且充分表現了作者對人類命運憂憤思考的悲愴美。還是魯迅先生說得好：「作者之於世情，蓋誠極洞達，凡所形容，或條暢，或曲折，或刻露而盡相，或幽伏而含譏，或一時並寫兩面，使之相形，變幻之情，隨在顯現，同時說部，無以上之。」

　　胡先生還把社會風氣的「轉移」，寄託在「譯著高尚的言情之作」上。那麼，《包法利夫人》和《安娜卡列尼娜》寫的都是私通，高尚嗎？《西廂記》未婚先姦，且想著納紅娘作妾，說「若與你多情小姐同鴛帳，怎捨得讓你疊被鋪床」，高尚嗎？《紅樓夢》裏有薛蟠、賈瑞、尤二姐、多姑娘，高尚嗎？《梁山伯與祝英台》和《羅密歐與朱麗葉》是高尚的，假如他們終成眷屬，誰又能保證他們會白頭偕老？《梁》《羅》二劇，流行了許多年，社會風氣因此而改變了嗎？特別是江青的八個樣板戲，曾有誰人因看了樣板戲而成為革命者的？這些例子說明，作品高尚與否，很難分清，文學作品對社會風氣的改變作用是很小的。胡先生還以五十年為期，如今過去了將近百年，胡先生的夢實現了嗎？二十八歲的青年為社會開出這樣的藥方，有些天真。

　　前幾年，中國友誼出版公司，出版了胡頌平的《胡適之先生晚年談話錄》。其中記載，胡先生在他去世前八個月，也就是 1961 年 6 月 12 日晚九點多，指著《古本金瓶梅詞話》，對胡頌平說：

你知道這是一部什麼書嗎？這是一部大淫書。志明不知道這部書印出可能要出大亂子。在此地，他的敵人又多，可能會有人敲他的竹槓。你便中去問問他有沒有辦過一切手續。你要叫他審慎！……這部古本《金瓶梅詞話》，你們是不知道的。日本圖書館在重裱中國古書時，發現古書的襯紙有《金瓶梅》的書頁，共有八頁。日本人不知道這八頁是什麼本子的《金瓶梅》，於是照大小照相下來寄到中國來，問徐鴻寶（森玉）、馬廉（隅卿）和我幾個人。我們幾個人都不知道是個什麼版本，都不曾看過。恰巧在這個時候，北平書商向山西收購的大批小說運到北平，其中有一部大字本的古本《金瓶梅詞話》，全部二十冊，就是日本發現作襯紙用的《金瓶梅》。這部《金瓶梅詞話》當初只賣五、六塊銀元，一轉手就賣三百塊，再轉手到索古堂書店，就要一千元了。當時徐森玉一班人怕這書會被日本人買去，決定要北平圖書館收買下來。大概是在「九一八」之後抗戰之前的幾年內，那一天夜裏，已經九點了，他們要我同到索古堂去買。索古堂老闆看見我去了，削價五十元，就以九百五十元買來了。那時北平圖書館用九百五十元收買一部大淫書是無法報銷的。於是我們——好像是二十個人——出資預約，影印一百零四部，編號分給預約的人。我記不起預約五部或十部，只記得陶孟和向我要，我送他一部。也就在這時候，這書被人盜印，流行出去了。這書裏有一百幅的圖，其中有些完全是春宮，是一部大淫書。志明不知道，為了發財就亂印出來了。

時隔兩天（6月15日），胡頌平又記道：

今夜沈志明送來啟明出版的《金瓶梅詞話》，先生約略翻了一下……說得空時再看，先放在書架上好了。又說，《金瓶梅》書上的圖畫，倒可給研究建築的參考。

首先，胡先生在這裏講清了，《金瓶梅詞話》運到北京後，幾經轉手，屢提價格，落到了索古堂手裏。然後，由胡適、馬廉、徐鴻寶等人，為北平圖書館購得。繼之，集資影印，因此也流向了社會。這就修正了原來一些不實的說法。

在這個過程中，胡先生怕此書「被日本人買去」，就親自出面購求，並參與了籌資影印。這說明了，胡先生對《金瓶梅詞話》還是十分重視的，但他仍然認為，這是一部「大淫書」，可謂談《金》色變。胡先生作為五四新文學運動的主將，作為追求思想解放的先驅，作為成績卓著的學者，卻對一部書的成見，幾十年不改。可見，一個人的觀點一旦形成，橫亙於胸中，要想改變是何等困難！

《金瓶梅新證》後記

在我國文學的遼闊天空裏，有許多早已升起但至今未被發現的星辰。其中，最神秘因而也最具吸引力的一個，是《金瓶梅》的作者蘭陵笑笑生。他給人間留下一部百萬言的奇書，卻匿影藏形，飄然而去，結果使他自己變成了難解的斯芬克司之謎。

為了解開這個謎，一代又一代的學者，殫精竭慮，尋蹤辨跡，耗時達四百年之久，迄今已有了十幾種答案。然而，各種答案的命運都是一樣的，哪一種也沒有得到人們普遍的認可。原因在於，誰都沒有找到直接證明的根據，所有答案皆是由間接推論而得出的結果。事實雖然如此，我們卻仍然應該認識到，歷代以來每一種答案的提出者，都發現了許多有價值的新資料，都找到了許多極寶貴的新線索，因之也都為後來者增加了幾級繼續前進的臺階，或者說是向那終極的目標靠近了幾步。事物的規律正是這樣，表面上看起來，這眾多的答案是相互抵牾的，但就實質而言卻是真正的殊途同歸。正因為如此，先輩們的熱情、意志和恒心是值得我們欽佩的，他們的功勞也是永遠不可磨滅的。

四百年懸而未決的嚴峻事實還告訴我們，這確實是一個極為艱難而複雜的問題。但，我們不能因此望而卻步，《金瓶梅》所具有的歷史價值和文學價值，決定了我們應該而且必須把它的作者考證清楚。否則，我們便對不起自己的祖先。大概就是基於這種責任感吧，我也不揣淺陋對這個問題作了一些初步的探索。這本小書，就是把我過去所發表的文章綜合起來，加以重新編排而成的。

我在這本書中，通過多方面的淪證，認為《金瓶梅》的作者蘭陵笑笑生就是明代嶧縣文學家賈三近。但，這充其量也只能算是一家之言，我現在還不能存讓人全部相信的奢望。因為對我來說，這項工作僅僅是個開始，書中已作的論證尚未出宏觀與間接的界劃。下一步我準備再從微觀方面，特別是方言方面，進行考辨，並力爭找到直接資料來加以證明。

從 1980 年至今，隨著我的研究文章的陸續發表，國內外不相識的師友們也撰寫了不少文章給我以公開的批評。特別值得我感謝的是，芝加哥大學的馬泰來教授，用確鑿的證據糾正了我對劉承禧社會關係問題考證的失誤，這在本書中我已作了更正。其他一些同志的文章，儘管還沒有提出真正有力的反證，足以徹底說明我的具體錯誤，但我也從中受到了許多啟發。願借此機會，向所有給我批評的同志表示由衷的謝意，並真誠地歡

迎國內外的師友，給我以更加深刻的批評。

在我進行考證的過程中，我的母校徐州師院的老師們，我的故鄉棗莊市的同志們，以及我工作單位的領導和同事，都從多方面給了我極大的關懷和支持。中宣部賀敬之部長，中國社會科學院吳世昌教授，也賜函給予具體的指導和熱情的鼓勵。對於這一切，我都已刻骨銘心，而且會永志不忘。

陶潛有詩云：「精衛銜微木，將以填滄海。」我願意學習精衛這種堅韌不拔的精神，用誠實的勞動銜來一木一石，為《金瓶梅》研究，聊盡綿薄。

就《金瓶梅》研究問題答師友

自 1980 年以來，我連續發表了幾篇考證文章，提出了《金瓶梅》的作者是山東嶧縣人賈三近的新觀點。對此，一方面是十幾家報刊相繼作了報導或評述，另一方面是國內外的師友也給予許多鼓勵和批評。《中華文史論叢》《復旦學報》《文匯報》《徐州師範學院學報》《抱犢》等刊物所發表的馬泰來先生以及黃霖等同志的文章，皆是屬於批評性質的。批評就是幫助，就是支持。我願在此向師友們表示我最誠摯的謝意。同時，對各位所提出的具體問題也作一次總的答覆。

我在拙作〈新發現的《金瓶梅》研究資料初探〉一文中，根據《三希堂法帖》第一冊中的〈快雪時晴帖跋〉，把《金瓶梅》的手抄稿保存者劉承禧，誤考為文徵明曾孫文震亨的女婿。[1]美國芝加哥大學馬泰來教授，據王世貞《弇州山人續稿》，指出徐階孫徐元春（1574 進士）女「受劉承禧聘」。[2]這確鑿的證明了，劉承禧是明宰相徐階（文貞）的曾孫婿，而不是文震亨的女婿。我為自己的這一錯誤而深感愧疚，並且在山東齊魯書社即將出版的我的《金瓶梅新證》中作了徹底改正。而今而後，我當永志這一教訓，以泰來先生為榜樣，嚴謹治學。

在《金瓶梅》中有數十處提到西門慶等人喝「金華酒」。戴不凡先生由此得出結論，《金瓶梅》一書的修改潤飾者是浙江人。[3]可是，我查到《本草綱目》，發現了李時珍的這樣一句話：「東陽酒即金華酒。古蘭陵也。李太白詩所謂『蘭陵美酒鬱金香』，即此。」然後，我又參以其他古籍，寫出一篇題為〈也談金瓶梅作者的籍貫〉的文章。主要內容是說，《金瓶梅》的作者署名為蘭陵笑笑生，而《金瓶梅》中頻繁出現的金華酒實際上就是蘭陵酒，所以《金瓶梅》的作者應為山東蘭陵（嶧縣）人。[4]最近，徐州師範學院的李時人同志，對我這一觀點提出異議。他經過一番考辨之後，寫道：「李時珍確在『東陽酒即金華酒』後，加了一句『古蘭陵也』，並說『李太白詩所謂蘭陵美酒鬱金香即此』。」

1　參見拙作〈新發現的金瓶梅研究資料初探〉，載《徐州師範學院學報》1980 年第 4 期。
2　馬泰來〈麻城劉家和金瓶梅〉，載《中華文史論叢》1982 年第 1 期。
3　戴不凡《小說見聞錄》，139 頁，浙江人民出版社 1980 年。
4　參見拙作〈也談金瓶梅作者的籍貫〉，載《徐州師範學院學報》1981 年第 2 期。

但，「從以上考辨看，（李時珍）有可能是搞錯了。」[5]李時人同志的這些話，首先證明了我在考證《金瓶梅》作者籍貫的過程中，並沒有使用偽證。再者，李時人同志目前還僅僅是猜測李時珍「可能是搞錯了」，並非是已經證明李時珍確實搞錯了。因此，這無法動搖我的觀點，我仍然堅持認為《金瓶梅》的作者是山東蘭陵（嶧縣）人。

在這裏需要說明的是，我的這一觀點的樹立，證據不止這一條。《金瓶梅詞話》序的末尾署為「欣欣子書於明賢里之軒」關於欣欣子，目前學術界公認他就是笑笑生。那麼，明賢里是什麼地方呢？我在查閱資料時發現，《水滸傳》中的西門慶、潘金蓮、景陽崗等人名和地名，都是從唐代李延壽編的《南史·齊廢帝東昏侯本紀》中擷取來的。而《金瓶梅》正是由《水滸傳》的第二十三回至第二十六回演化而成，並且西門慶、潘金蓮等人物又是《金瓶梅》的主要角色。因此，我就聯想到「明賢里」三字也可能來源於〈東昏侯本紀〉。一查，果然發現東昏侯本名叫明賢，而他的祖籍又是山東蘭陵。反過來說，蘭陵就是「明賢故里」，簡言之即「明賢里」。因而，我又得出結論，「明賢里」三字就是暗喻「蘭陵」。這是我說《金瓶梅》的作者是山東蘭陵（嶧縣）人的第二條證據。[6]此外，我又幾次利用假期，親自到嶧縣作了方言調查，證明了《金瓶梅》運用了許多嶧縣一帶群眾所獨有的方言。[7]我認為，這些考證和調查，足可以證明《金瓶梅》作者肯定是山東蘭陵（嶧縣）人。

此後，我又發表了一篇題為〈金瓶梅作者新證〉的文章，用數十條新資料，進一步證明了《金瓶梅》的作者是山東蘭陵（嶧縣）人賈三近。[8]但，不久，復旦大學的黃霖同志，也發表了一篇題為〈金瓶梅作者屠隆考〉的文章。黃霖同志提出，《金瓶梅》第五十六回中的〈哀頭巾詩〉和〈祭頭巾文〉是明代文學家浙江鄞縣人屠隆所作，因此，就說《金瓶梅》的作者就是屠隆。[9]這篇文章，實際就是對我的「賈三近說」的否定。不過，我以為黃霖同志的「屠隆說」是不能成立的。明人沈德符在《萬曆野獲編》中早已說過「然原本（指《金瓶梅》）實少五十三回至五十七回，遍覓不得，有陋儒補以入刻。無論膚淺鄙俚，時作吳語，即前後血脈，亦絕不貫串。一見知其贗作也。」黃霖同志所說的第五十六回，恰屬於「贗作」的範圍之內。屠隆的詩文出現在「贗作」之中，只有兩種可能：一是某「陋儒」在補寫這部分「膚淺鄙俚」的「贗作」時，把屠隆的詩文拉了進來。二是補寫「贗作」的「陋儒」也許就是屠隆，他把自己的詩文塞進《金瓶梅》中，更加

5　李時人〈金瓶梅中「金華酒」非「蘭陵酒」考辨〉，載《徐州師範學院學報》1983 年第 2 期。

6　參見拙作〈金瓶梅的作者是山東嶧縣人〉，載《徐州師院學報》1981 年第 4 期。

7　參見拙作〈金瓶梅詞話詞語選釋〉，載北京《中國語文通訊》1982 年第 1 期。

8　參見拙作〈金瓶梅作者新證〉，載《徐州師院學報》1982 年第 3 期。

9　黃霖〈金瓶梅作者屠隆考〉，載《復旦學報（社科版）》1983 年第 3 期。

順理成章。上述二者，必居其一。因此，屠隆充其量也只可能是那五回「贗作」的補寫者，而絕不是《金瓶梅》的原作者。再說，屠隆也沒有在山東生活過，他不可能那麼純熟而自然地運用山東嶧縣方言。還有，《金瓶梅》中還存有明代作家李開先，陳鐸等人的詞曲，人們也並不因此而承認《金瓶梅》的作者是李開先或陳鐸。總之，我至今還是認為，《金瓶梅》的作者是賈三近，而不是屠隆。

李錦山同志共寫了三篇文章批評我的觀點，其中有兩篇是和齊沛同志合寫的。[10]這些文章的缺點是，沒有擺出切實有力的證據，而且與《金瓶梅》無關的話說得太多，特別是每篇文章中都存在許多舛誤。在上文中，我們已經說清劉承禧是徐階的曾孫女婿，徐元春是劉承禧的岳父。而李錦山同志卻把劉承禧錯考為徐階的女婿，提前了三代。同時又說「劉承禧的妻侄就是徐階的孫子徐元春諸人」，這就又使徐元春由岳父變成了妻侄。《塔園影集·武英殿中書舍人文（震亨）公行狀》有云：「元配王氏，故徵君王百穀（穉登）先生女孫。」這是說，文震亨是王穉登的孫女婿。李錦山同志卻說：「我認為，文跋（指文震亨所寫的《快雪帖》跋）所指之婿，不是別人，正是文震亨自己，他是王穉登的女婿。」[11]諸如此類的錯亂考證著實不少，我只舉這兩個例子，其餘的錯誤，還是請齊沛、李錦山同志自省罷。

以上就是我對諸位師友提出的主要問題所作的答覆。今後，我打算再從微觀和直接兩個方面對賈三近繼續加以考證，無論花多少年時間，我都在所不惜。待新的文章出來後，請師友們再給我以更多更嚴格的批評。

---

10 李錦山〈對「金瓶梅作者即賈三近」的異議〉，載《抱犢》1982 年第 6 期。〈賈三近不是金瓶梅作者〉，載 1983 年 5 月 20 日《文匯報》。
11 同註 10。

附：

金瓶梅詞話序

欣欣子

　　竊謂蘭陵笑笑生作《金瓶梅傳》，寄意於時俗，蓋有謂也。人有七情，憂鬱為甚。上智之士，與化俱生，霧散而冰裂，是故不必言矣。次焉者，亦知以理自排，不使為累。惟下焉者，既不出了於心胸，又無詩書道腴可以撥遣，然則不致於坐病者幾希！

　　吾友笑笑生為此，爰罄平日所蘊者，著斯傳，凡一百回。其中語句新奇，膾炙人口，無非明人倫，戒淫奔，分淑慝，化善惡，知盛衰消長之機，取報應輪回之事，如在目前。始終脈絡貫通，如萬系迎風而不亂也，使觀者庶幾可以一哂而忘憂也。其中未免語涉俚俗，氣含脂粉。余則曰：不然。〈關雎〉之作，「樂而不淫，哀而不傷」。富與貴，人之所慕也，鮮有不至於淫者。哀與怨，人之所惡也，鮮有不至於傷者。

　　吾嘗觀前代騷人，如盧景暉之《剪燈新話》、元微之之《鶯鶯傳》、趙君弼之《效顰集》、羅貫中之《水滸傳》、丘瓊山之《鍾情麗集》、盧梅湖之《懷春雅集》、周靜軒之《秉燭清談》，其後，《如意傳》《于湖記》，其間語句文缺，讀者往往不能暢懷，不至終篇而掩棄之矣。

　　此一傳者，雖市井之常談，閨房之碎語，使三尺童子聞之，如飫天漿而拔鯨牙，洞洞然易曉。雖不比古集之理趣，文墨綽有可觀。其他關係世道風化，懲戒善惡，滌慮洗心，無不小補。

　　譬如房中之事，人皆好之，人皆惡之。人非堯舜聖賢，鮮不為所耽。富貴善良，以是搖動人心，蕩其素志。觀其高堂大廈，雲窗霧閣，何深沉也。金屏繡褥，何美麗也。鬢雲斜嚲，春酥滿胸，何嬋娟也。雄鳳雌凰迭舞，何殷勤也。錦衣玉食，何侈費也。佳人才子，嘲風詠月，何綢繆也。雞舌含香，唾圓流玉，何溢度也。一雙玉腕縮復縮，兩只金蓮顛倒顛，何猛浪也。

　　既其樂矣，然樂極必悲生。如離別之機將興，憔悴之容必見者，所不能免也。折梅逢驛使，尺素寄魚書，所不能無也。患難迫切之中，顛沛流離之頃，所不能脫也。陷命於刀劍，所不能逃也。陽有王法，幽有鬼神，所不能逭也。至於淫人妻子，妻子淫人，禍因惡積，福緣善慶，種種皆不出循環之機。故天有春夏秋冬，人有悲歡離合，莫怪其然也。合天時者，遠則子孫悠久，近則安享終身。逆天時者，身名罹喪，禍不旋踵。人之處世，雖不出乎世運代謝，然不經凶禍，不蒙恥辱者，亦幸矣。

　　吾故曰：笑笑生作此傳者，蓋有所謂也。

欣欣子書於明賢里之軒。

——萬曆丁巳《金瓶梅詞話》

說明：此序原刻，錯誤甚多，現一一校正，如上文。

《明史 · 賈三近傳》

賈三近，字德修，嶧縣人。隆慶二年進士。選庶吉士，授吏科給事中。四年六月疏言：「善治者守法以宜民，去其太甚而已。今廟堂之令不信於郡縣，郡縣之令不信於小民。蠲租矣而催科愈急，振濟矣而追逋自如，恤刑矣而冤死相望。正額之輸，上供之需，邊疆之費，雖欲損毫釐不可得。形格勢制，莫可如何。且監司考課，多取振作集事之人，而輕寬平和易之士。守令雖賢，安養之心漸移於苛察，撫字之念日奪於徵輸，民安得不困？乞戒有司務守法，而監司殿最毋但取旦夕功，失惇大之體。」已，復疏言：「撫按諸臣遇州縣長吏，率重甲科而輕鄉舉。同一寬也，在進士則為撫字，在舉人則為姑息。同一嚴也，在進士則為精明，在舉人則為苛戾。是以為舉人者，非華顛豁齒不就選。或裹足毀裳，息心仕進。夫鄉舉豈乏才良，宜令勉就是途，因行激勸。」詔皆俞允。再遷左給事中，勘事貴州。中道罷遣，遂請急歸。

神宗嗣位，起戶科給事中。萬曆元年，平江伯陳王謨以太后家姻，夤緣得鎮湖廣。三近劾其垢穢，乃不遣。給事中雒遵、御史景嵩、韓必顯劾譚綸被譴，三近率同列救之。詔增供用庫黃蠟歲兩萬五千，三近等又諫。皆不從。時方行海運，多覆舟，以三近言，罷其役。肅王縉爌，隆慶間用賄以輔國將軍襲封，至是又請復莊田，三近再疏爭，遂弗予。初，有令徵賦以八分為率，不及者議罰。三近請地凋敝者減一分，詔從之。中官溫泰請盡輸關稅、鹽課於內庫，三近言課稅本餉邊，今屯田半蕪，開中法壞，塞下所資惟此，苟歸內帑，必誤邊計。議乃寢。頃之，擢太常少卿。再遷南京光祿卿，請假歸。

十二年召掌光祿，其秋拜右僉都御史，巡撫保定。畿輔大饑，振貸有方。召拜大理卿。未上，以親老歸養。起兵部右侍郎，復以親老辭，不許。尋卒。

——《明史》卷二百二十七，列傳一百十五。

明故嘉議大夫兵部右侍郎石葵賈公墓志銘

萬曆丁亥，嶧陽賈公由中山開府入為大理卿，以親病謁告歸里。其後五年，壬辰，朝廷用兵朔方，事在司馬，廷臣爭言賈公可任，即家拜兵部右侍郎，召還奉職。公復以父母年高留侍。詔旨敦趣益力，再疏固請。未報，而公以背疽數日卒矣。兩臺馳奏，上遣守臣臨祭，賜金營葬，如已任法，蓋異數也。

太公柱山先生年八十餘，日夜悲思，述公生平，手自為狀，遣孫樅來請志。予讀其書未竟，於邑太息曰：「嗟乎，吾乃遂銘吾賈公耶。世所稱，心知莫逆，歡如兄弟，若吾與賈公豈有兩耶？生同州域，而同進同肄詞館，趣操志行無弗同者。歸而同隱，公處南境，我處北境，號為魯兩生也。而吾忍銘公耶？然公不得吾銘亦不瞑目，吾不為銘而誰為銘也！」

公諱三近，字德修，其先濟北人也。遠祖諱德真者，避亂徙，因止為嶧縣人。再傳至銘，以貢為葉縣丞。葉縣公三子，少者曰訪，以成化丁酉鄉貢為建昌府推官。建昌公亦三子，長者宗魯以貢為南陽府教授。教授公二子，長者即太公，諱夢龍，以貢為內丘訓導，配曰陳淑人。淑人者，同邑陳公某女也，相太公有賢聲。亦生二子，長者即公，蓋降於南陽學舍云。公家自上世以來，用經術修明為魯大師。至太公，益修文雅，即家教授，不以師傳。而季父筆峰先生，亦以治經有名。

蓋公未冠即廩學宮，文聲大起，數從二父試，更為舉首。嘉靖戊午，舉山東省試高第。隆慶戊辰成進士，名次為東省第一。以博學宏詞選為翰林吉士，館師殷、趙二相公，亟稱公韞藉器識，目為豪俊。又二年，庚午，授吏科給事中，歲中歷轉左右。明年，己巳，西夷安氏舉兵仇殺，詔遣公往問狀。時太公訓內丘，年滿六十。公以誕日過其邑，稱觴學舍。太公大喜，即日解官，以公為御而歸。會安夷事定，召還使者。公業已奉太公過里，固不忍離去。又，其時新鄭在位，諸言官多所附離，公不能從也，因請告里居。

今上嗣位，即家拜戶科都給事中。至則以登報覃恩，太公封如其官，母為□人。是年，新鄭去位，江陵當國，權寵甚於新鄭，儼伏一時。臺諫有所論奏，毋敢不關決者。公時長諫院，歎曰：「安有天子耳目臣，而趨走相門如白事吏？吾不忍為！」數有建白，先上公車，後送副封，面陳可否，侃侃指畫，相君無以難也。

公在諫垣，所議吏治民生，皆匡濟大略，不為文具。最著者，平江以長樂戚畹出鎮楚服，有所邀求，公抗疏劾之，立解其將。肅藩旁支繼統，行金錢貴近，求先王湯沐邑租，以公再疏劾奏，其請不行。內監請以關市榷稅領入少府。公謂：此邊儲所仰，不當歸之私藏，示天下私，事亦獲寢。及它所論，救言官，彈劾強貴，皆人所不敢言，多與

政府相左，詳具奏草。

又二年，甲戌，以久次擢太常少卿。其年，車駕初祀南郊，公以禮官侍祠，賜白金緋幣。三年考績，太公進封少卿，母進恭人，改督四夷館，稍遷大理左右少卿。會江西撫臣缺，議上公名，有詔更推，或請其故，相君曰：「上遣中使至閣，問：十年進士遽拜中丞，豈有故事乎？」公徵知相君指，因以疾請，奏格不覆。

其明年，庚辰，乃遷為南京光祿寺卿，道中改北，召還。而公方省覲里門，因上疏再告，許焉。

居久之，江陵即世，吳門柄政，頗收海內士望，部使臺諫交疏薦公。越二年，甲申，乃起為光祿寺卿。至則用前皇子生覃恩，大父及太公贈封皆光祿寺卿，大母謝孫及母陳恭人贈封皆淑人，蓋盛遇也。

其年八月，拜都察院右僉都御史，巡撫保定等府。會車駕秋祀山陵，亟馳入境，受代提兵沿河口防護。事竣，乃至行臺，延見吏民，宣佈科條，使名列上便宜，以次興革。二千石長吏咸受約束，毋敢惰弛。其明年，乙酉，使者行邊還，言公所部，備御有狀，賜白金文幣勞焉。

其明年，丙戌，西輔大饑，民多死徙。公日夜憂勞，累疏請賑，詞旨痛切，上心為動，亟命司農條覆蠲賑，如中丞請。公以詔書德意，下記在所，曉譬貧民：各安田里，以待豐年，毋得漂流客土，為人蹂踐。一切停罷徭租，大發倉庾，量口賑貸。設廠千餘區，賦吏煮粥，日食男婦二十二萬餘口，可數月罷。時，它省流民亦多出其境，別具食道上食之。是歲也，晉代關河方數千里，同時大祲，惟西輔之民，賴公全活，往往以室屋為位，每食必祝云。臺諫言公救荒有效，宜令久填畿南，撫循百姓，而公且滿三年考矣。及有大理之命，且得代北上，而聞太公夫婦小病，亟圖歸省。輒具疏請告，有詔報可也。兩尊人既見公歸，病皆立愈，飲啗益健。公日進醴酏珍異，多置園亭花竹，征樂佐酒，以御侍其意。或御太公安車，遊名山水間，而歌詩相和。而筆峰先生亦罷博士歸，兄弟老白首相扶也。公當此時，自顧天倫之樂，不知有人間事矣！

公去，西輔閱邊使者又至，復上公修守狀。及壽宮行賞，以征發車徒勞，再賫白金文幣，即賜於家。東省兩臺，又交諫公才行。至是歲，軍興，乃以本兵召入，而公遂不起矣。嗟嗟悲哉！

公為人白皙修長，鶴姿鵠立，器宇軒豁，風神雋朗，魁然偉丈夫也。持己當官，端方霍落，無所阿曲，而溫厚坦夷，不為峭岸深機以自崖異。其談說世故，上下古今，口若懸河，風生四座，即一笑一謔皆有指趣，令人思慕。自為諸生，淹貫群籍，博綜眾藝。作為詩歌，清爽疏宕，咳吐立成。同遊諸君，皆服其神敏，自謂不如也。所刻，有《先庚生傳》《寧鳩子》《東掖奏草》《嶧志》諸書。公數為予言，嘗著《左掖漫錄》，多

傳聞時事，蓋稗官之流，未及見也。

居家孝友，恩義周浹。嘗約宗人為社，月朔讀法，董以典訓。別為義倉，積貯以贍貧族。又置學田若干，為諸生費。及所濟里人婚喪，尤不可勝記。邑有疾苦，或賦重為累，輒為請於部，多使得弛免。族黨爭訟，私以禮法曉勸，使之講解，不為言吏也。嶧陽里俗故淳，公父子世施德義，為人所懷。及聞公卒，撫棺行哭者至數百輩，斯亦難矣！

公生嘉靖甲午正月十三日，卒萬曆壬辰七月二十九，得年且六十歲。配井氏，貢士田女，累封淑人。子，男三。長梧，娶歸德府通判李澤女，早卒。次樴，恩生，娶沛縣太學生張女。次樾，娶湖廣副使蔣希禮女，皆雋才也。女二，一適儒官岳維藩男生員薦，一適太僕少卿劉不息男生員潤。孫女二，一適趙氏子應宿，一字曹氏子一蘭，皆梧出。公弟三恕，為定府教授，亦有二子云。

于生曰：往江陵用事貴倨，視列卿以下無如也，獨心憚賈公，改容禮之。其門下用事客，稱公為泰山喬嶽，斯雖尊慕，亦意忌也。吳門嘗語所親開府諸公：「好修請問，殊不為人地，安得如賈中丞，歲時以尺牘相加遺，不戒筐篚為使人累也。」亦若甚重公者。斯二事，毋論所從言之，皆足以知公哉！

銘曰：是夫欣然而長，渥然而發，玉光杲然，如初日之照屋樑。孰降之神而生，孰騎之箕而翔，飄然乘雲，遊彼帝鄉。是何一丘，鬱鬱芒芒也。爾形則戢，而聲無射，以為不信，視此貞石。

賜進士出身資政大夫禮部尚書兼翰林院學士經筵日講

國史副總裁官東阿年弟于慎行撰

賜進士及第中憲大夫湖廣按察司副使滋陽蔣希禮篆

賜進士出身文林郎廣西道監察御史滕縣王元賓書

萬曆二十一年十一月望日孝子賈樴賈樾勒石

注：此〈賈三近墓誌銘〉，文革期間被紅衛兵從賈三近墓中挖出，後又被賈氏後人取走，運往他處，重新埋入地下。1980年，棗莊市文物管理站派人查訪尋得，現藏於棗莊市嶧城區文化館內。

賈三近年表

嘉靖十三年甲午（1534）正月十三日，賈三近生於南陽，一歲。

　　賈三近，山東嶧縣人。祖父賈宗魯，以貢為河南南陽府教授。父親賈夢龍，隨宗魯在南陽讀書，故三近生於南陽。宗魯在南陽病逝後，賈家便又遷回嶧縣。

嘉靖三十七年戊午（1558），二十五歲。三近中舉，為山東省試第一。

　　《嶧縣誌·賈三近傳》：「賈三近，字德修，夢龍之子，嘉靖戊午省魁。」

嘉靖四十一年癸戌（1562），二十九歲。

　　陶望齡生，會稽人，字周望，號石簀。萬曆己丑（1589）進士，官至國子祭酒，卒諡「文簡」。陶有〈魯兩生〉詩：「吾愛魯兩生，面折叔孫子。灑然揮之去，身隱名不紀。是時風雲起，豈不厚膴仕（？）。大道吾所聞，曲學有深心。從此謝世人，聊以保厥美。」此詩，當寫於陶中進士（1589）之後。此時，賈三近早已退隱，正所謂「灑然揮之去，身隱名不記」。

　　芬按：陶望齡與《金瓶梅》有不尋常的關係。此「魯兩生」，就是指于慎行和賈三近。詩中「灑然揮之去，身隱名不紀」「大道吾所聞，曲學有深心」，需要作認真地進一步的考證。

嘉靖四十五年丙寅（1566），三十三歲。

　　據《明史·河渠二》，嘉靖四十五年，世宗命工部尚書朱衡開新河。河成，三近作〈漕渠奏績歌〉。又，王世貞過新河，作〈過新河呈大司空朱公〉。

　　芬按：《金瓶梅》第六十八回提到「新河」，對此，研究界眾說紛紜。這裏所說的「朱衡開新河」，在嶧縣西南，當以此為是。

隆慶二年戊辰（1568），三十五歲。三近中進士。《明史·賈三近傳》：「隆慶二年進士。」羅萬化榜，與于慎行、張一桂、徐顯卿、王家屏等同年及第。

　　六月，選賈三近等三十人為翰林院庶吉士。〈墓誌銘〉：「館師殷（士儋）、趙（貞吉）二相公，亟稱公蘊藉器識，目為豪俊。」

隆慶四年庚戌（1570），三十七歲。

　　三月，授三近吏科給事中。

　　六月，三近上〈時事紛更海宇多故乞循舊章責實政以安民生疏〉。

　　七月，三近上〈略資格慎委任以重民權疏〉。

　　十月，升三近吏科右給事中。

十一月，升三近為吏科左給事中。

十二月，三近上〈矜錄言官以充任使疏〉。

隆慶五年辛未（1571），三十八歲。

一月，三近上〈糾劾極酷有司並翼惡官員以重民命疏〉。

三月，貴陽土司安氏內部仇殺，隆慶帝欽差賈三近前往查處。後因安氏事件平定，中道罷遣。對此，于慎行作〈夜郎歌送賈諫議奉使黔中臨問屬夷酋長〉，為賈三近送行。詩中有句：「嗟君風度何磊落，夙昔大名傳東海。千言倚馬疾如飛，賦成四座騰光彩」。

五月，賈夢龍在內丘訓導任上，逢六十大壽。賈三近於父親誕日，過內丘，稱觴學舍。賈夢龍即刻辭官，由三近陪侍，一同回鄉。

隆慶六年壬申（1572），三十九歲。

家居。

四月，起三近為戶科都給事中，由鄉回京。

五月，穆宗崩。

六月，神宗繼位。

八月，三近上〈遵明詔廣實惠以安民生疏〉。

十月，三近上〈申飭漕臣慎守成法以圖經久疏〉。又上〈聖明新政乞崇渾厚以養君德疏〉。

十二月，三近上〈究極逋負弊源以蘇疲民以清國課疏〉。

萬曆元年癸酉（1573），四十歲。

正月，三近上〈無忌勳臣妄肆求請懇乞究處以重漕儲事〉。

《明史·賈三近傳》：「萬曆元年，平江伯陳王謨，以太后家姻，夤緣得鎮湖廣。三近劾其垢穢，乃不遣。」

二月，給事中雒遵、御史景嵩、韓必顯劾譚綸，被謫。

三近上〈寬宥言官以彰聖德疏〉，乞救遵等，上不從。

三近上〈專責成守畫一以飭漕政疏〉。

三月，詔增供用黃蠟歲兩萬五千，三近上〈省加派以蘇疲民疏〉，上不從。

六月，因海運遇險，失糧米五千石，三近上〈海運漂溺異常早賜議處以一餉道疏〉，八月，罷海運。

九月，三近上〈部臣監督不嚴撫臣議事過當並乞聖明裁究疏〉。

十二月，三近上〈冒襲親王請求無厭乞嚴加杜絕以正宗藩疏〉。《明史·賈三近傳》：「肅王縉熿，隆慶間用賄以輔國將軍襲封，至是又請復莊田。三近再疏爭，遂弗予。」

萬曆二年甲戌（1574），四十一歲。

二月，三近上〈酌量地方以慎查比疏〉。又上〈嚴杜妄請以重邊儲疏〉。《明史·賈三近傳》：「中官溫泰請盡輸關稅、監課於內庫。三近言課稅本餉邊，今屯田半蕪，開中法壞，塞下所資惟此，苟歸內帑必誤邊計。議乃寢。」

八月，因六、七月間淮徐大水，三近上〈亟拯淮徐赤子以固中原疏〉，請求蠲賑。

十一月，肅王再請地，三近再上〈駁肅王請地疏〉。

芬按：賈三近從 1570 年入諫院，至此五年，共寫了二十多篇奏章。內容，一是為民請命，關愛蒼生。二是打擊貪官污吏，糾正官場作風。三是極力保護無私敢言的諫官。四是飭漕政，罷海運。五是向皇帝進言，崇渾厚，養君德，省加派。充分表現出了賈三近勇敢正直，光明磊落，不畏豪強，直言敢諫的強悍精神。賈三近寫這些奏章，篇篇直刺社會和官場的黑暗現實，議論鞭辟入裏，行文跌宕流暢，筆力恣肆雄健，堪稱文章大家。此後，因為官職變動，離開諫院，賈三近就很少再寫此類奏章了。此所謂，不在其位，不謀其政。

萬曆三年乙亥（1575），四十二歲。

二月，三近遷太常寺少卿。

是年，車駕初祀南郊，公以禮官侍祠，賜白金緋幣。

萬曆四年丙子（1576），四十三歲。

九月，豐、沛、曹、單大水。

萬曆五年丁丑（1577），四十四歲。

張居正父喪奪情。

年內，三近為張烈女作碑文。

萬曆六年戊寅（1578），四十五歲。

春，三近為于慎行父作〈于氏家藏詩略序〉。云：「隆慶戊辰，余與翁季子太史君並對公車，既講業中秘，復同館舍，號魯兩生。魯兩生朝夕相得甚歡也。」

四月，三近以本官提督四夷館。

八月，三近升為大理寺左少卿。

會江西撫臣缺，眾官公推賈三近出任。張居正借皇帝的話，曰：「十年進士遽拜中丞，豈有故事乎？」又曰：「賈廷尉如泰山喬嶽，不為私用。」事乃止。

萬曆八年庚辰（1580），四十七歲。

二月，升三近為南京光祿寺卿。

七月，改任為光祿寺卿。

後，三近疏請歸，許之。

這年，三近編寫了《滑耀傳》，並為之作序。

芬按：賈三近從 1575 年至此，又做了五年閒官。其間，除了編輯《皇明兩朝疏抄》和《滑耀傳》外，公開的作品很少。我估計，他在這段時期，已創作完成了《金瓶梅》的初稿。因為，〈滑耀傳序〉中，談到了《金瓶梅》的創作目的和創作手法，以及為自己寫《金瓶梅》所作的辯護。吳曉鈴先生說，要解作者之謎，可以從六條線索入手。㈠作者是明代嘉靖（1522-1567）年間人。㈡作者應是山東人。㈢作者熟知嘉靖年間的北京。㈣作者在北京做過官……做的是外交工作。㈤作者在京居官與首輔不諧因而罷官歸里。㈥作者對非正統文學熟語、愛好且有造詣。（見朱一玄《金瓶梅資料彙編》南開大學出版社 2002 年 6 月第一版 119-120 頁）吳曉鈴先生不愧為大學者，一眼就看透了《金瓶梅》的作者應該是什麼樣的人。我們拿這六條標準，與賈三近相比對，無一處不吻合。特別是「做外交工作」（賈三近曾提督四夷館）和「與首輔不諧，因而罷官歸里」（賈三近第一次辭官歸里，是因為和高拱鬧矛盾。第二次辭官歸里，是因為和張居正搞對立。），猶為合榫。

萬曆九年辛巳（1581），四十八歲。

家居。著手創修《嶧縣誌》。

萬曆十年壬午（1582），四十九歲。

六月，三近作〈東阿縣誌序〉。

八月，三近作〈嶧縣誌序〉。

十二月，四川道御史孫繼先奏起用賢臣。《明史·孫繼先傳》：「居正既敗，繼先請召……賈三近……等人。」

萬曆十一年癸未（1583），五十歲。

正月，召于慎行。

萬曆十二年甲申（1584），五十一歲。

三月，仍起三近為原官光祿寺卿。

八月，三近拜右僉都御史。

九月，三近以右僉都御史巡撫保定。

後，會車駕秋祀山陵，三近提兵防護，有功。

十一月，三近作〈明故迪公郎桃園縣丞貞介晉齋王先生墓誌銘〉王用賢，號晉齋，嶧縣人，三近啟蒙老師。

萬曆十三年乙酉（1585），五十二歲。

在保定。

本年，以備御有狀，詔賜三近白金文幣。

萬曆十四年丙戌（1586），五十三歲。

四月，三近上〈畿輔災異頻仍乞破格蠲恤以固根本疏〉。

五月，西輔大饑，三近上〈請停遠府車輛以恤災民疏〉。疑〈西輔封事〉〈煮粥法〉〈救荒檄〉為此時作。

本年，作〈重校嘉隆疏抄序〉。

萬曆十五年丁亥（1587），五十四歲。

三月，三近條陳邊事。

後，升三近為大理寺卿。

九月，三近乞休，許之。《嶧縣誌·賈三近傳》：「遷大理寺卿，又具疏養親。閱邊使者復上公修守狀，再賚金帛頒賜於家。西輔歸時，有應得金數千，悉留貯庫，書卷之外蕭然也。吳門相嘗語所親曰：賈中丞何絕無筐篚相加也！」

萬曆十六年戊子（1588），五十五歲。

在家閒居。

萬曆十七年己丑（1589），五十六歲。

在家閒居。

萬曆十八年庚寅（1590），五十七歲。

在家閒居。

萬曆十九年辛卯（1591），五十八歲。

秋，作〈同年張侍御以勘泇河事駐嶧，暇日共遊仙人洞〉。

芬按：以上四年應是賈三近修改加工《金瓶梅》的好時段。

萬曆二十年壬辰（1592），五十九歲。

二月，寧夏亂。

四月，起三近為兵部右侍郎，未赴。

七月二十九日，三近以背疽卒。

芬按：縱觀賈三近的一生，可分為前後兩個階段。三十八歲之前，走的是積極進取、讀書做官的路子。三十五歲中進士後，只做了三年京官，便看透了黑暗的現實，產生了消極退隱的思想，於是，借去貴州中道罷遣的機會，就回了家鄉。不久，又返京做了一系列的官，那都是皇命難違，迫不得已的被動行為了。賈三近的內心非常強大，嫉惡如仇，無所畏懼。無論是首輔高拱、張居正，還是皇親陳王、蕭王，以至中官溫泰，但有

不端行為，他便勇敢地作堅決的鬥爭。甚至對皇帝，也敢提出批評。賈三近還有驚世駭俗的另一面，他的靈魂極端自由的。《四庫全書總目》的編者說他：「以聖賢供筆墨之遊戲，亦佻薄甚矣！」《嶧縣誌》說他：「言不雅馴。」而他的自我評價則是：「有相非真相，無心是道心。」從賈三近現存的作品看，可以說是胸羅萬卷，筆走龍蛇，上下古今，縱橫開合，確是文章大家。表面看起來，賈三近所寫的奏章和《金瓶梅》之間，體裁不同，但兩者的內容卻是絕對一致的，即都是對黑暗現實的揭露和批判。

（以上年表，參閱了張永剛〈賈三近年譜簡編〉。見《聊城師範學院學報》2011年第 6 期。）

方言研究

《金瓶梅詞話》與魯南方言

　　在《金瓶梅詞話》的序言中，欣欣子寫道：「竊謂蘭陵笑笑生作《金瓶梅傳》，寄意於時俗，蓋有謂也。」由此可知，《金瓶梅》的作者筆名叫笑笑生，他的籍貫是蘭陵。而蘭陵又是今之山東嶧縣的古稱，所以笑笑生無疑應是山東嶧縣人。

　　這本是一個言之鑿鑿而又極為簡單明確的答案。然而，有些研究者卻不願相信，重要原因之一，是說在《金瓶梅》中發現了一些吳語辭彙。如戴不凡先生和黃霖同志，都一再表明這一觀點，並堅持認為《金瓶梅》的作者（或修改潤飾者）是浙江人。那麼，戴先生和黃同志所說的吳語辭彙究竟是哪些呢？戴先生在《小說見聞錄》中，舉出了如下幾條：

　　　　掇過一張桌凳來。
　　　　大碗小碗眛搗不下去。
　　　　問了家中事務。
　　　　一日黃湯辣水誰嘗著來？
　　　　許你在跟前花黎胡哨。
　　　　捏出水來的一個小後生。
　　　　只怕勞碌著你。
　　　　老公公請安置罷。
　　　　大官人家裏有的是囂緞子。
　　　　你只顧嘴頭子嗶哩薄剌的。
　　　　我的親達達。

　　以上句中的詞，戴先生認為皆是浙江方言，「一般讀者恐均頗費解」，而浙江人「一

讀就懂」，因而《金瓶梅》的作者（或修改潤飾者）是浙江人。黃霖同志完全贊同這一觀點。

我則認為，這一觀點是不正確的。原因是：

一、上述句子中的詞，大部分屬於北方官話，多數讀者也是「一讀就懂」的，不能列為浙江方言。如：「事務」「花黎胡哨」「小後生」「勞碌」「事體」「安置」等，誰人不懂？

二、其餘的如：「掇」（端）、「哧搗」（吃喝）、「黃湯辣水」（酒食）、「囂」（薄）、「嗶哩薄剌」（象聲詞，形容人言語快捷）、「達達」（父親）等幾個詞，不但浙江人懂，嶧縣人也全懂，可謂婦孺皆知，屬於最常見的慣用語之列。因而，也不能把這些詞單看作浙江方言。

三、其實，若從本質上來說，倒應該把它們看作魯南方言。因為，在中國歷史上由於外族入侵，北方人幾次南遷，必然要把一些北方方言帶至南方。但這畢竟是以少就多，經過長期同化，於今仍然還存留在南方人民口頭上的北方方言，為數已是極少了。「掇」「哧搗」「囂」「達達」等，便是這少數中的幾個。所以，浙江人能讀懂這幾個詞，是有歷史原因的。但，僅以這十幾個或二十幾個詞，來證明《金瓶梅》的作者是浙江人，那就顯得過分牽強了。

四、在《金瓶梅》一書中，還有比上述所謂的「吳語辭彙」多出不知多少倍的魯南方言詞彙，被作者運用得極為熟練準確，並恰合魯南人的語言習慣和語言風格。這些魯南方言詞彙，對於浙江讀者來說那真是「頗為費解」，而魯南人卻是「一讀就懂」。這可確切地證明，《金瓶梅》一書，必為魯南人所作。

下面，我想從幾個方而，來談談《金瓶梅》和魯南方言的關係，以求進一步證明《金瓶梅》作者的籍貫，是山東嶧縣。

一、魯南方言的常用辭彙，絕大部分被用進了《金瓶梅》中

至今還活在魯南人民口頭上的方言詞彙，遍佈於《金瓶梅》全書之中，其數量之多是驚人的。正因為如此，我們無法全部列舉。於此，只能選取其中的一部分，來看看《金瓶梅》的作者對魯南方言的掌握已達到了何等豐富的程度，對魯南方言的運用又達到了何等精確的程度。

在名詞方面，如：

小羔子（小男孩。含有溺愛的感情色彩。）

尿泡種（小男孩。含有厭恨的感情色彩。）

行貨子（方音讀作熊黃子，即熊東西。）

滑答子（又厚又破的煎餅，比喻歹人。）

朡膿血（庸弱無用的人。）

饞癆痞（貪嘴好吃的人。）

歪剌骨（壞骨頭，指壞人。）

勾使鬼（拉人走邪道的人。）

剪毛賊（不留長髮的賊，用以嘲笑短髮人。）

合氣星（喜歡吵架的人，「合」讀作「各」。）

大摔瓜（言行邪僻的人，大甩瓜的意思。）

傻材料（傻東西，指人。）

惡水缸（受多方責難的人，如當家人。）

囚根子（嶧縣人讀「朽」作囚，喻朽爛的人。）

人牙兒（即人。陸澹安解為小孩，錯。）

潑腳子貨（原指殘茶剩飯等，比喻無用的人。）

辣菜根子（心性毒辣的人。）

正頭香主（名分正當的人。）

以上這些詞，其基本含義都是一個「人」字。但是，有的側重年齡，有的側重性格，有的側重品質，有的側重身分。它們之間存在著極為精確細微的差別。而且，每個詞都能體現出，褒貶愛憎的感情色彩。這些詞，在今天的嶧縣農村，隨處可以聽到。如果《金瓶梅》的作者不是嶧縣人，他能夠掌握得如此全面細微嗎？

再如：

姥娘（外祖母）

皮子（狐狸精）

虼蚤（跳蚤）

四脯（四肢）

窩巢（住房，或窩）

春凳（長凳）

硯瓦（硯臺）

素子（酒壺）

阡張（冥錢）

聽頭（報警器物）

澆裏（花銷）

行款（款式，標準）

朘子（女性生殖器）

牙花（牙齦）

稍間（靠房頭的內間）

叉口（布袋）

注子（酒壺）

鞋扇（初做好的鞋面）

腳手（梯架）

白財（拾得的錢財）

槽道（驢槽磨道，喻規矩）

靳道（韌性）

繭兒（醜事，或結果）

肉角（肉包子）

扁食（餃子）

羊角蔥（在田裏過冬的蔥）

棉瓜子（棉花團）

門吊子（貼在門楣上的剪紙）

蟲蟻（小鳥）

蠓子（小昆蟲）

以上這些表示親屬稱謂、動物名稱、人體器官、房屋器具、食物用品等的詞，也全與魯南人的說法相同。在上述的詞中，有些還反映了魯南的風俗。如：「門吊子」，在魯南，每至春節，農民就要到集鎮買「門吊子」，貼在自家門楣上。「門吊子」，約有三十二開紙那麼大，均為鮮豔的彩紙，上面剪有吉慶有餘或福祿壽喜之類的圖案，以示吉祥。更有說服力的是，「門吊子」只是簡稱，在魯南全稱叫「歡門吊子」，在《金瓶梅》中，恰寫作「歡門吊子」。有的注釋者，把「門吊子」，釋為「門釘錦」，這是錯誤的。我沒有在浙江生活過，但我請教過浙江的同志，對以上這些詞，他們大部分都不懂，這怎麼能說《金瓶梅》是浙江人寫的呢？

在動詞方面，如：

唭（吃喝）、喃（往嘴裏塞）、灌（喝）；

跿（踩）、蹅（踏）、跐（蹬）；

鑊（煮）、頓（煮）、插（煮）。

　　以上，是三組同義詞。每組中的三個詞，雖然意思相近，但用法不同。「㕥」，戴不凡先生讀作「雙」，魏子雲先生讀作「脤」。我調查的結果是，嶧縣北部讀作「脤」，嶧縣南部靠近江蘇的地方讀作「髒」。蘭陵在嶧縣東，賈三近的老家在蘭陵附近的蘭城店，所以讀「髒」為是。所謂「髒」，就是吃喝的惡稱，如「㕥飯」「㕥酒」。而，「喃」是專指用手大把的往嘴裏塞食物。「灌」，則是指喝湯水之類的流汁，有時還含有被動的意思。「跥」，就是「踩」。「跥」，是專指走在有水的泥或雪中，如「跥泥」「跥雪」。「趾」是指踏在較高的物體上，如「趾板凳」。「鑊」是指用鍋煮很多的東西。「頓」，是指用文火煮茶湯之類。「插」是指煮混合食物，如《金瓶梅》第一百回所說的「稗稻插豆子乾飯」。但在今天，徐州、嶧縣一帶，把用純米做飯也叫做「插乾飯」。

　　又如：

　　膿（將就、忍耐）

　　撅（讀如絕，罵的意思）

　　犁（割）

　　丁當（打碎）

　　丟搭（不過問）

　　改常（改變常態）

　　顧睦（照顧）

　　走滾（滑脫）

　　洋奶（吐奶）

　　得地（個人發達）

　　溮死（水把火濺滅）

　　勻臉（用粉搽臉）

　　活埋（誣陷）

　　駧騙（欺騙）

　　窩盤（安撫、按捺）

　　揭條（說他人壞話）

　　合搗（男女性行為）

　　凹上（結交、凹讀窪）

　　丁八（結交）

　　旮（讀瓜、作旯講）

　　卷（曲折地罵人）

　　拾（撞，如「拾頭抓心」）

護頭（小孩怕剃頭）

摑混（噪音擾人）

抵盜（偷盜）

搭剌（下垂）

提留（提著）

摸量（考慮）

葬送（詆毀）

摽住（緊跟住）

倒騰（挪移）

㪉（讀日）八（男女性行為）

刮剌（勾搭）

和剌（攪和）

擦扛（言語頂撞）

頓捽（折磨）

弄砢兒（幹醜事）

喂眼兒（供人看）

合氣（吵架打架，合讀各）

折剉（折磨）

擠撮（排擠，折磨）

躲猾兒（偷懶）

騰翅子（飛走）

戳無路（戳紕漏）

挒（讀匡，騙的意思）

賭鱉氣（賭氣）

　　上述這些詞，既是《金瓶梅》中常用的詞，也是嶧縣人常說的詞。它們都帶著強烈的地方色彩，如把「舀水」稱為「舀（讀瓜）水」。把用比喻的方法罵人，稱為「卷人」。把「偷懶」稱為「躲滑兒」。把「一頭撞到南牆上」稱為「一頭拾到南牆上」。其中，還有些詞，本來在嶧縣人的口頭上有這個音，但是在字典中並沒有這個字，《金瓶梅》的作者就造出一個字來，表示這個音。另外，有些詞使用的範圍極小，離開嶧縣本土，外地人很少有這種說法，如「戳無路」（戳屋漏），或「戳胡路」（戳壺漏），都是戳紕漏的意思。可以說，過去的解釋沒有一個是正確的。這個詞，在嶧縣有時作動詞用，如上面的解釋。有時，還作名詞用，如「這小孩是個戳無路」，意思是「搗蛋鬼」。我在

嶧縣進行方言調查時，發現嶧縣人對同一個意思往往有好幾種不同的說法，然後，再看《金瓶梅》又發現所有不同的說法都收羅進來了。如男女的性行為，嶧縣人稱「操（去聲）」「合（讀日）搗」，「合八」。再如「折磨」，嶧縣人稱「折剉」「頓挫」「擠撮」。還如，人與人結交上，嶧縣人稱為「凹上」「和剌上」「丁八上」，這些不同的說法，都一無遺漏地寫入了《金瓶梅》中。《金瓶梅》的作者若不是嶧縣人，那是很難做到這一步的。

在代詞、副詞、形容詞方面，屬於魯南方言性質的辭彙，在《金瓶梅》中也是大量存在的。以形容詞為例，如：

喬（扁）

仰八叉（叉開雙腿仰倒）

蠟渣黃（黃得像蠟渣）

苦豔豔（苦味很濃）

直橛橛（直如木橛）

塵鄧鄧（塵土飛揚）

磣（砂子硌了牙齒）

細法（細緻）

渾谷都（渾濁黏稠）

平不答（平塌塌）

冷哈哈（冷呵呵）

穩拍拍（穩當當）

在嶧縣，不說「把人看扁了」，而說「把人看喬了」。有人說話做事令人不舒服，叫做「磣人」。此外，對單音節的形容詞，魯南人喜歡在其前後附加一至兩個字。如「黃」，在前加兩個字成為「蠟渣黃」。「渾」，在後加兩個字成為「渾谷都」。更多的情況是在後面加兩個疊字，如「冷哈哈」「直橛橛」「穩拍拍」，等。諸如此類，舉不勝舉。限於篇幅，僅以上述詞例來說明一個道理：魯南方言的常用辭彙，絕大部分被用進了《金瓶梅》中。從數量上來說，那要比戴不凡先生所舉的例子多得多了。

二、《金瓶梅》中的成語、俗語、歇後語，在魯南一概流行

《金瓶梅》中的成語、俗語、歇後語，可歸納為兩大類。一類是在全國許多地方都流行的，這一類在成語、俗語、歇後語，詞典中都可以查得到。一類是只在魯南或蘇北一

帶流行的，這一類詞在詞典中是查不到的，其中有一些外地人也能讀懂，但平時並不這麼說。而這兩類在魯南人民的口頭上卻一概流行，這又可以證明《金瓶梅》的作者必為魯南人。在這裏，我們把只在魯南或蘇北流行的詞條列舉出來，請浙江的讀者看看，在浙江是否也流行。如：

上頭上臉（身分低下而言行過度）

少調失教（缺乏調理教育）

風風勢勢（瘋瘋顛顛）

曲心矯肚（心術不正）

向燈向火（各向一方）

佯打耳睜（假裝沒聽見）

枉口拔舌（隨意胡說）

放屁辣騷（說髒話壞話）

胡枝扯葉（胡說亂扯）

迷留摸亂（心神不定，魯南讀如「沒連沒落」。）

意意似似（猶猶豫豫）

偎乾就濕（形容母親撫養小孩不怕乾濕）

停停妥妥（爽爽快快）

嘗嘗磕磕（形容老年人說話斷續不清）

蹀裏蹀斜（行動沒正形兒）

八怪七喇（稀奇古怪的醜事）

三窩兩塊（一個家庭的人分成幾夥）

花花黎黎（花花綠綠，即色彩斑駁鮮豔）

各肉各疼（各人的孩子各人疼）

鋪謀定計（設謀定計）

立馬蓋橋（形容辦事急迫，嶧人又謂立馬疊橋）

油回磨轉（急得團團轉，而又想不出辦法）

阿金溺銀（生活奢侈）

拔了蘿蔔地皮寬。

不圖打魚，只圖混水。

三打不回頭，四打連身轉。

橫草不拈，豎草不動。

當家三年狗也嫌。

瓦罐不離井上破。

惡人自有惡人磨。

拈不的輕,負不的重。

好男不吃分時飯,好女不穿嫁時衣。

招惹蝨子頭上撓。

男兒無信寸鐵無鋼。女人無信爛如麻糖。

三只腳的蟾沒處尋,兩腳老婆哪裏尋不出?

要好不能夠,要歹登時就。

家雞打的團團轉,野雞打的貼天飛。

蚊蟲遭扇打,只為嘴傷人。

得不的風,就是雨。

信人調,丟了瓢。

母狗不掉尾,公狗不上身。

囤頭兒上不計算,囤底兒卻計算。

清自清,渾自渾。

兔子沿山跑,還來歸舊窩。

船多不礙港,車多不礙路。

雞兒不撒尿,各自有去處。

抄花子不見了拐棒——受狗的氣。

羊角蔥靠南牆——越發老辣。

豆腐吊在灰窩裏——吹彈不得。

雲端裏的老鼠——天生的耗。

王媽媽賣了磨——推不的了。

八十媽媽沒有牙——有那些唇(陳)說的。

媒人迷了路——沒的說了。

斑鳩跌了蛋——嘴也答谷了。

棗核解板兒——沒有幾鋸(句)兒。

隔牆掠篩子——還不知仰著合著哩!

老鴉笑話豬兒黑——燈檯不照自。

放著河水不洗船——好做惡人?

一個碗內兩張匙——不是湯著,就是抹著。

臘月的蘿蔔——動(凍)了心。

在《金瓶梅》中，成語、俗語、歇後語的數量是極多的。清人張竹坡，近人陸澹安、日本學者鳥居久靖，都做過這方面的整理或研究工作。於此，我只把魯南人民時時都掛在嘴上的這一部分列舉出來。至於數量更多的屬於在全國各地都流行的成語、俗語、歇後語，如「慢條斯理」「不看僧面看佛面」「狗咬尿泡——瞎歡喜」之類，一概略過。這樣做的目的，是想讓浙江的讀者，特別是屠隆的家鄉——浙江鄞縣的讀者來鑑別一下，這些詞語在他們那裏是否也十分流行。

三、《金瓶梅》的語言，
完全符合魯南人的語言習慣和風格

在《金瓶梅》中，無論是作者的敘述語言，還是人物對話，在咬字讀音、表達方法、口吻語氣等方面，也都符合魯南人的語言習慣，明顯地表現出這一地區人民的獨特的語言風格。

1. 在魯南，有些字的讀音與外地不同，這種讀音習慣被《金瓶梅》充分反映了出來。

如「國」字，魯南人讀作「圭」。而《金瓶梅》的作者也是把「國」讀作「圭」的。何以見得呢？書中有個人物叫韓道國，臺灣的魏子雲教授認為，這個名字的意思是「寒到骨」。對此，我不敢苟同。因為，我以為這個名字的意思是「韓搗鬼」。理由是，書中還寫了他的弟弟，名字叫「韓二搗鬼」。哥哥名叫「搗鬼」，弟弟自然叫「二搗鬼」，這就順理成章了。由此可見，《金瓶梅》的作者是把「國」，讀作「圭」的，恰是魯南人的讀法。

《金瓶梅》中有個人物，叫「賁地傳」，我認為這個名字的意思是「背地傳」，也就是說這個人特別喜歡在背地裏傳話。《金瓶梅》的作者把這種俗語順手找來，給人物命名，以顯示人物的性格特點，也從而讓我們察覺了作家本人是個長期生活於魯南的人。有人把「賁地傳」，解為「肥得發喘」，那是把「賁」的讀音搞錯了。

「著」，魯南人有時要把它讀作「子」，如把「正吃著飯」說成「正吃子飯」。在《金瓶梅》中，與此相同的例子很多。第三十五回「你休虧子這孩子」，第三十八回「等子獅子街那裏」，第九十一回「歹的帶累子好的。」這三句話中的「子」字，除「獅子街」外，都是「著」的變音。「著」，還有其他解釋，我在別的文章裏，再作論述。

魯南人有時還將「把」字讀作「擺或拜」。但在書面上人們還是寫作「把」。例如：「把我的東西拿走了。」讀出來，就成了「拜我的東西拿走了」。《金瓶梅》的作者在運用方言方面是個最大膽的人，他在書中有時就直接用「擺或拜」來代替「把」。如第三十二回「擺人的牙花也磕了」在這裏，他顯然是把魯南人的讀音直接表現了出來。

《金瓶梅》中最常用的一個詞是「合氣」，如第八十四回：「大舅快去，我娘在方丈和人合氣哩！」。「合氣」就是吵架或打架，「合」應讀作「各（平聲）」。這也是魯南人的讀音習慣，如把「合夥」讀作「各夥」，把「不合理」讀作「不各理」等等。反過來說，我們如果不按魯南人的讀音，去看《金瓶梅》，把「合氣」讀作「何氣」，那就完全不成話了。

魯南人把「舀水」說成「瓜水」，但字書中又沒有這樣一個既讀作「瓜」又表示「舀」的字，於是《金瓶梅》的作者就自己造一個「臽」字。如第三十四回：「只見書童出來，與西門慶臽水洗手。如果《金瓶梅》的作者不是魯南人，那麼，他既不會知道「舀」讀作「瓜」，更不會專門造一個字寫進書中。

諸如上述這些表現魯南人獨特的讀音習慣的例子，在《金瓶梅》中隨處可以找到。《金瓶梅》的作者為什麼要在書中充分表現魯南人的讀音特點呢？我以為，他是在刻意追求作品的真實性和語言的地方色彩。所謂真實性，我在拙作《金瓶梅新證》一書中曾經說過，《金瓶梅》是有現實依據的，其中一部分題材，是來自嶧縣的某個人。所謂地方色彩，則恰是魯南的鄉土色彩，而不是別的什麼地方的色彩。

2. 魯南人的口頭語，多數都被寫進了《金瓶侮》中。

在語言中，有些話既不是成語、俗語、歇後語，更不是單詞，而是一種較為固定的口語或短句。它們常為某個地區的人民所熟用，我們不妨把它們稱為某地人民的口頭語。魯南人也有自己的口頭語，而且大部分都被寫進了《金瓶梅》。如：

十二回：常時也想著要往宅裏看看姑娘，白不得個閑。

六十一回：誰不知他漢子是個明王八，又放羊又拾柴。

三十一回：人來人去，一日不斷頭。

七十五回：不管好歹就罵人，倒說著你嘴頭子，不伏個燒埋。

四十七回：人拿著甀包，你還匹手奪過去了。

二十八回：你看他還打張雞兒，瞞我黃貓黑尾，你幹的好繭兒。

九十六回：如今丟搭的破零二落，石頭也倒了，樹木也死了。

二十一回：如今你我這等較論，休教他買了乖兒去了。

七十六回：曲心矯肚，人面獸心，行（讀杭）說的話，轉頭就不承認了。

七回：我破著老臉，和張四那老狗做臭老鼠，替你兩個硬張主。

三十四回：到明日，只交長遠倚逞那尿泡種，只休要晌午錯了。

二十六回：你也要合憑個天理，你就信著人，幹下這等絕戶計。

九十一回：你來在俺家，你識我見，大家膿著些罷了。

四十八回：怪倒路死猴兒，休要是言不是語，到家裏說出來，就交他惱我一生。

一回：每日牽著不走，打著倒退的，只是一味唉酒，著緊處卻錐紮也不動。

十八回：你嫁別人，我也不惱，如何嫁那矮王八？他有什麼起解！

七十三回：提起他來，就疼得你這心裏格地地的。

四十六回：見西門慶在樓子上打盹，趁眼錯把果碟兒帶減碟都收拾了淨光，倒在袖子裏。

二十三回：這老婆一個獵古調走到後邊。

二十一回：說他爹怎的跪著上房的叫媽媽，上房的又怎的聲喚，擺活的磣死了。

四十六回：平白放出來做什麼？與人餵眼兒？

三十五回：六丫頭，你是屬麵筋的，倒且是有靭道。

三十五回：教他生噎食病，把嗓根軸子爛掉。

十三回：是那個不逢好死的嚼舌根淫婦，嚼他那旺跳的身子。

以上句中的口語或短句，魯南以外的人，對其中的大多數，一讀就懂，但並不能像魯南人那樣時常掛在嘴上。同時，這些較為穩定的口語或短句（也可稱為口頭語或現成語），在魯南以外的地區，也不能像在魯南那樣為廣大群眾所共同使用。此外，在上述的例子中，還有一部分是外地人讀不懂的。但魯南人對它們的含義卻瞭解得一清二楚。如：品性低賤的男人，有意讓妻子外遇，以圖金錢，在魯南就把這種行為叫做「又放羊又拾柴」。這一特殊的比喻，如果不加解釋，魯南以外的人就很難說清和上一句有什麼聯繫。再如：「行說的話，轉頭就不承認了。」這個「行」字，除去通行的幾種解法之外，在魯南還有兩種特殊用法。一是讀「杭」，作「有時」講，如「行這樣說，行那樣說」就是「有時這樣說，有時那樣說」。二是讀「杭」，作「剛剛」講，前面的例子，就是「剛剛說的話，轉頭就不承認了」。又如：「獵古調」，是「趔股調」的諧音，意思是迅速地抽腿（趔股）轉身（調）。所以，《金瓶梅》中寫道：「這老婆一個獵古調走到後面。」這個詞，不要說其他地區的人不懂，就是在魯南也只有嶧縣人才懂，而且是年齡較大的農民。正因為如此，陸澹安先生和魏子雲先生都沒有把這個詞解釋清楚。陸先生說這是「行動迅速的形容詞」[1]，魏先生說這是「忙不迭的」意思[2]。大致的意思不錯，但都沒有說透徹。還如：「大家膿著些罷了。」這個「膿」字，在魯南蘇北人人都懂，意思是「堅持、將就、忍耐。」設若你肩上扛個大包，覺得過於沉重想放下，別人說：「你再膿一會兒吧！」此處就作「堅持」講。而「大家膿著些罷了」，其中「膿」字就可解作「將就、忍耐」。這些例子，也足可以證明，只有魯南人才可能寫出《金瓶梅》來。

1　《小說詞語匯釋》，819 頁。

2　《金瓶梅詞語注釋》，219 頁。

3. 《金瓶梅》的人物對話，在表達方法和口吻語氣方面，也全是魯南人的風格。

如：

第二十五回：石頭硌剌裏迸出來也有個窩巢，棗胡生的也有個仁兒，泥人合下來的他也有個靈性兒，靠著石頭養的也有個根絆兒。

第六十回：我只說你日頭常晌午，卻怎的也有錯了的時節，你班鳩踩了蛋嘴也答谷了，春橙折了靠背沒的倚了，婆子賣了磨推不的了，老搗子死了粉頭沒指望了，卻怎的也和我一般。

像這兩段話，江南人說不出，江南的作家也寫不出。首先，這裏用了許多魯南方言詞。如：「硌剌」「窩巢」「棗胡」「根絆」「答谷」等。特別是第二段話中的「錯」字，在此處根本不作「錯誤」講。魯南人把太陽當頭的時候稱為「晌午」（即中午），而把太陽稍稍西斜的時刻稱為「晌午錯」或「晌午歪」。所以，這個「錯」字作「歪斜」講。再者，這兩段中所用的俗語和歇後語，也是魯南一帶所流行的。尤其是把這眾多的俗語和歇後語，採取排比的方法，一口氣連續說出來，在魯南農村那是隨處可以聽到的。

在《金瓶梅》中，人物用方言對話，比重超過了敘述語言。作者的成功之處，在於十分真切地傳達出了實際生活中人們對話的神理。

以上，我從三個方面論證了《金瓶梅》和魯南方言的關係。結論只有一個，那就是這部書只有魯南人才能寫得出。我提出《金瓶梅》的作者是山東嶧縣人賈三近，立論的重要根據之一就是語言問題。但是，我的「賈三近說」提出之後，國內外學術界有的贊同，有的反對，並且引起一場長達多年的爭論。看來，這場爭論還遠不到結束的時候。怎麼辦呢？我想在此提出一條建議，那就是組織一個調查組，大家共同到李開先的家鄉山東章丘，王世貞的家鄉江蘇太倉，屠隆的家鄉浙江鄞縣，賈三近的家鄉山東嶧縣，去作一次全面徹底的調查，孰是孰非立即就清楚了。我的這篇文章所以能夠寫成，是因為我就是土生土長的嶧縣人，並且還在 1980 年 8 月和 81 年 2 月，帶著從《金瓶梅》中找出的八百個詞語，兩次到嶧縣作了方言調查。我想，如果大家都來做這樣的工作，也許認識會統一得更快一些。

魏著《金瓶梅詞話注釋》辨正（一）

　　1985 年 4 月 10 日，臺灣的魏子雲先生，在中國古典文學會第一次國際會議上說道：「張遠芬的『賈三近說』也是基於賈三近是山東嶧縣人的意念，進而演繹出來的。近來，我讀了他所寫的論著《金瓶梅新證》……他選釋的那些話，乃我國的『北方話』語系，不僅齊魯豫，以及燕薊晉陝，流行那些話，他如蘇皖之北，甚至川黔雲貴，也說那些類同的語詞。」[1]

　　同年，4 月 24 日，馬森先生，在臺灣《中國時報》發表了一篇題為〈金瓶梅的作者呼之欲出〉的文章，寫道：「最近濟南齊魯書社出版的張遠芬的《金瓶梅新證》，就提出了另一個嘉靖間的大名士，而張的考證說服力很強，雖尚不能說是定論，但已使《金瓶梅》的作者呼之欲出矣！」又說：「張遠芬所考證的賈三近的生平事蹟，以及宦遊處所、人生經歷、習脾嗜好、著作目錄等，使人覺得蘭陵的賈三近實在是最接近蘭陵的笑笑生的一個人物。」還說：「魏（子雲）先生一向主張《金瓶梅》的作者是南方人。大陸亦有人認為作者為浙人屠隆。張遠芬的《新證》，也許可以給魏先生作一個參考。」

　　我由衷地感謝魏、馬兩位先生對我的批評和鼓勵。但是，我不同意魏先生的《金瓶梅》的作者為南方人的觀點。

　　首先，上文所引的魏先生的那段話，與魏先生自己的觀點是相矛盾的。魏先生承認，我在拙作《金瓶梅新證》中選釋的《金瓶梅》中的五百多個詞語，是「北方話」語系，流行於齊魯豫燕薊晉陝，蘇皖之北，甚至川黔雲貴，但不流行於浙江。然而，魏先生又認為《金》的作者是浙江人屠隆，這怎麼能自圓其說呢？再者，齊魯豫燕薊晉陝，蘇皖之北，川黔雲貴，在語彙方面，有相同的部分，也有相異的部分。如果把我選釋的那些詞語，拿來和趙元任先生的著作仔細對照，可以看出許多詞語除魯南蘇北之外，其他地方並不流行。所以，魏先生的立論也是不穩妥的。還有，魏先生肯定這些話流行於齊魯豫，而我說《金瓶梅》的作者是魯南人賈三近，這兩者並不相悖，因此，魏先生從語言方面是無法駁倒我的觀點的。

　　更重要的是，魏先生對《金瓶梅》中的大量詞語都是不懂的。證據就是，在魏先生

1　魏子雲：〈研究金瓶梅應走的正確方向〉。

所著的《金瓶梅詞話注釋》中，存在著一百多處錯誤。下面，我就把魏先生的部分錯誤擺出來，逐一加以辨正，以就教於魏先生和國內外《金》學界的師友。

【例1】胳膊上走得馬，人面上行得人，不是那腵膿血搠不出來（的）驚老婆！（第二回）

魏解：俗話每指沒有膽氣的人，是一包膿血，意為沒有長骨骼也。

芬按：「腵膿血」一詞在嶧縣十分流行，與「窩囊廢」同義，此與骨骼無關。另，在魯南蘇北罵人常用「驚」字，如「驚羔子」「驚龜孫」等。「驚老婆」正是這種習慣的反映。

【例2】第一要潘安的貌，第二要驢大行貨（子），第三要鄧通般有錢⋯⋯（第三回）

魏解：（行貨子），意男子之陽物陷入行動如行貨。按器物的粗製品，亦稱行貨。此說或不是王婆這話的意思。若以語言推想，「行」可能是「形」之諧音，「大行貨」，即「大形貨」；也即「大家夥」之意。

芬按：從上面的解釋來看，魏先生似乎從沒聽人說過這個詞。實際上，「行貨子」（俗讀作「熊黃子」）在魯南蘇北農村是使用率很高的詞之一。只要人們對某個人或某件事物不滿，張口就說：「這個熊黃子（行貨子）！」而在《金瓶梅》中，這個詞的使用次數也是極多的。所謂「行貨子」（熊黃子），就是「壞傢伙」或「壞東西」的意思。例句中的「大行貨子」（大熊黃子）有時是指男子陽物，但通常並不專指此物，不好的人和東西都叫「行貨子」（熊黃子）。

【例3】要做又被那裁縫勒掯，只推生活忙，不肯來做。（第三回）

魏解：「勒掯」意指趁人急，多抬價錢。

芬按：「勒掯」是強行勒逼的意思。乘機抬高自己物品的價錢，或趁人急賣而故意壓低別人物品的價錢，都可說是勒掯。但，這個詞不單用於買賣方面，凡強逼他人的行為都叫勒掯。如：「不管怎樣勒掯，他都不說！」，「你再勒掯也沒有用，我就是不給你。」

【例4】這咱晚，武大還未見出門，待老身往他家推借瓢看看。（第四回）

魏解：即這樣的晚了，北方語言。

芬按：錯。「咱晚」是「早晚」的諧音，作「時候」解。「這早晚」就是「這時候」的意思。上午，下午，晚上，都可稱「這咱晚」。

【例5】婦人就知西門慶來了，於是一力攛掇他娘起身去了。（第六回）

魏解：即幫襯著，敷衍著，或護弄著，不使出麻煩。

芬按：魏先生把句意理解錯了，句中是「他娘起身去了」，而不是「潘金蓮起身去了」。「攛掇」，在魯南人口中是「哄騙」「慫恿」「催促」的意思。

【例6】薛嫂道：「我來有一件親事，來對大官人說，管情中得你老人家意。」（第七回）

魏解：「管情」意為一定，必定，應該，在語氣上，是極為肯定的肯定詞。今一作「敢情」。屬於燕語，亦即今之北平話。亦保證所說可以對限（兌現）之意。

芬按：「管情」，意思是「保准」。不能作「應該」「敢情」解。魯南蘇北流行此話，不可單以北平話視之。

【例7】誠恐去到他家，三窩兩塊，人多口多，惹氣怎了？（第七回）

魏解：意即沒有多少日子便抓得三兩把柄或漏洞，使人多口雜惹起氣來了。

芬按：魏先生不懂這個詞。在一個大家庭裏，人口過多時，往往分成三夥兩夥，魯南俗話叫「三窩兩塊」。

【例8】婦人道：「莫不奴的鞋腳也要瞧不成？」（第七回）

魏解：指婦女們的應用物品，別人不應該看的東西。

芬按：錯。「鞋腳」，即鞋襪之類，並非泛指婦女的應用物品。孟玉樓之所以不讓張四舅看，因為那是「奴的鞋腳」。

【例9】又做了一籠誇餡肉角兒，等西門慶來吃。（第八回）

魏解：……此說「誇餡肉角兒」顯是南人口吻，所謂「誇」通常都是南人稱北人之詞，北人稱南人為「蠻」。所謂「誇餡」自是指北人愛吃的一種肉餡，蓋酢料與調味制法均不同。

芬按：錯。在嶧縣，人們把蒸饅頭的籠叫「籠誇」。「一籠誇」就是「一蒸籠」的意思，根本不含「南蠻」「北誇」之意。「誇」，只是以聲音形容北方人，如誇子、誇腔、誇調，沒有用來形容物的，有誰說過「誇餃子」「誇帽子」「誇桌子」？

【例10】拾了本有，吊了本無，沒有丫頭便罷了，如何要人房裏丫頭伏侍？（第十一回）

魏解：喻意不明，待考。

芬按：這是魯南人常說的一句話。意思是：如果拾到錢或物，這是拾者命裏註定本應享有的；如果吊（掉、丟）了錢或物，則是丟者命裏註定本該沒有的。

【例11】把門前供養的土地翻倒來，使位恰蜊了一泡渾谷都的熱屎。（第十二回）

魏解：「使位」二字，應是「便拉」二字之誤刻。……「拉恰猁了」不知何地口語。

芬按：魏先生的前一句是對的。「使位恰」就是「便拉恰」。嶧縣人所說的「便拉恰」，就是「便拉開架勢」。原文應為「便拉恰蜊了一泡渾谷都的熱屎」。嶧縣人所說的「蜊了」就是「漓了」，指液態的東西撒出來，如：「桶裏的水都漓了出來了。」「一泡」在魯南蘇北是用於屎和尿的數量詞。如「撒了一泡尿」「屙了一泡屎」。引文全話

翻譯出來就是:「把門前供養的土地爺翻倒,便拉開架勢屙了一泡渾谷都的熱屎。」魯南人把黏稠之物,形容為「渾谷都」。

【例 12】賊淫婦,往常言語假撇清,如何今日也做出來了?(十二回)

魏解:即今日的所謂的「假惺惺」,本心不是如此,嘴巴卻這樣說。

芬按:「假撇清」亦是魯南方言。「撇清」,是指為自己辯護,把自己從不潔的行列裏撇(離析)出來,聲稱自己清白。潘金蓮進入西門家後,整日說別人淫浪,而自己清白。而今潘金蓮也和小廝、琴童通姦了,所以孫雪娥說她過去是「假撇清」。

【例 13】謝希大道:「可是來,自吃應花子這等韶刀,哥剛才已是討了老腳來,咱去的也放心。」(第十三回)

魏解:意即哆嗦。江浙人的口語。

芬按:嶧縣人也常說「韶刀」,如「這老頭韶韶刀刀」。意謂說話做事瘋瘋癲癲,不專指「囉嗦」。

【例 14】原來是那淫婦使的勾使鬼,來勾你來了。(第十三回)

魏解:應為「勾死鬼」,北人俗語。意為本不應去,竟因此人而去,居然遭了劫難,便稱這個人為「勾使鬼」。

芬按:在嶧縣,只說「勾使鬼」,不說「勾死鬼」。「勾使鬼」,嶧縣人用此話來稱勾引人的人,沒有定要遭劫難的意思。

【例 15】見俺這個兒不成器,從廣東回來,把東西只交付與我手裏收著,著緊還打俏棍兒,那別的越發打的不敢上前。(第十四回)

魏解:很難解出這句話的意思。揆諸語氣,似指老太監在世時,除了把梯己(體己)的財物給了李瓶兒,著緊時便誰也不給只留給自己,別人也別想沾上半點。「打俏棍兒」,當為玩花頭之意。

芬按:這句話很容易理解。花子虛有四個叔伯兄弟,只花子虛自己是花太監的嫡親侄兒。但,花子虛不成器,所以花太監從廣東回來,只好把錢財交花子虛的老婆李瓶兒收著。花家四兄弟自然不甘心,總是千方百計想奪取這些錢財。著緊起來,花太監對花子虛也要打俏棍兒(小巧的棍子),那別的幾個兄弟越發打的不敢上前了。

【例 16】吳月娘在炕上趷著爐壺兒。(第十四回)

魏解:「趷」字,字書無。揆語態,似是寫這時的吳月娘坐炕上,比鄰著溫酒的爐子。

芬按:錯。「趷」,字書有,是踏或蹬的意思,如「趷著門檻兒」。魯南蘇北,人人皆懂。此句的意思是,吳月娘坐在炕沿上,腳下踏著地上的暖爐。

【例 17】李瓶兒道:「他就放(屁)辣騷,奴也不放過他。」(第十六回)

魏解：意指狐狸放射身上的狐臭，躲而避之。

芬按：「放屁辣騷」，不單指狐狸，有時也用來形容人，但主要是比喻人說難聽的話。李瓶兒的意思是：「（花大）就是說難聽的語，我也不會放過他！」沒有「躲避」的意思。

【例18】甚麼才料，奴與他這般頑要，可不砢磣殺奴罷了。（第十七回）

魏解：（砢磣）讀為「可塵」。意為無滋味，吃到口中就想吐。凡是對不喜歡的人，不喜歡的事，就會說：「唔，可塵死了。」

芬按：「砢磣」，是「寒磣」的意思。為自己的行為或替別人的行為感到羞恥，都叫「砢磣」。與滋味無關。

【例19】你老人家只顧家去坐著，不消兩日，管情穩扣扣教你笑一聲。（第十九回）

魏解：扣，亦可作扣（？），讀呼骨切。……此言「穩扣扣」，自是指可以在蔣竹山身上搞亂完成；一定可搞得他亂得不可收拾。

芬按：錯。「穩扣扣」，是「穩拍拍」的誤刻。嶧縣人常用這個詞，是「穩當當」的意思，仍讀「拍」，不讀呼骨切。

【例20】張勝道：「蔣二哥，你這回吃了橄欖灰兒——回過味來了。打了你一麵口袋——倒過蘸來了。」（第十九回）

魏解：「倒蘸」意為水中倒影，可以自見己之形容。……此語確不易解，但據全語意及「倒蘸」一詞之意揣想，此語的解說意，當為「你印得出自己的樣兒來了。」麵口袋在倒出麵粉之後，仍舊內外都沾滿白粉，如果兜臉用麵口袋打了一下，被打的人，勢必要用巾布擦拭，擦拭在毛巾上的臉樣，豈不是自見其眉目了。這兩句歇後語，都是比喻自己想通了，或自己看到了自己，對當前事實的利害，揣摩清楚了。

芬按：這兒也是誤刻，原文應為「打了你一麵口袋——倒蘸過來了。」「蘸」就是「粘」，魯南人讀「針」，如「把郵票蘸（針）在信封上」。蔣竹山被魯華打了一拳踢了一腳，張勝諷刺蔣竹山，說他賺了便宜：魯華打了你一麵口袋，你倒蘸（粘）了一身麵粉。這話，很容易理解的。臉上有麵粉，用毛巾擦拭，毛巾上絕對不會「自見其眉目」的。

【例21】那時八月二十頭，月色才上來，站在黑頭裏……（第二十回）

魏解：陰曆月之二十日前後，入晚無月，北方人習謂之「月黑頭天」；或簡稱「月黑頭」或「黑頭」。

芬按：「月黑頭天」與句中的「黑頭裏」不是一個意思。句中已點明「月色才上來」，所以「站在黑頭裏」是「站在黑影裏」的意思。又，魯南蘇北人還把每月上、中、下旬的頭一兩天，分別稱為初頭、十頭、二十頭，這又與句中的用法相同。

【例 22】屬扭孤兒糖的，你扭扭兒也是錢，不扭也是錢。（第二十回）

魏解：此語之意，當為此人（西門慶）性格彆扭，反正他都不如意。

芬按：錯。此語之意是：扭股兒麻糖，扭能賣錢，不扭也能賣錢。比喻李瓶兒，鬧彆扭也要為西門慶占有，不鬧彆扭也要為西門慶占有，結果都是一樣的。暗指李瓶兒上吊無用。

【例 23】因問：「俺爹到他屋裏怎樣個動靜兒？」金蓮接過來道：「進他屋裏去，尖頭醜婦硼到毛司牆上──齊頭故事。」（第二十回）

魏解：此一歇後語，意指西門慶與李瓶兒並頭睡在一起了。尖頭男子醜陋婦人，被硼彈在廁所的牆上，男子的頭再尖，也與醜婦人的並齊了。廁所牆是臭的，以「臭」諧「湊」，說完整來是：「湊在一起的齊頭（男女相並）故事。」

芬按：錯。「尖頭醜婦」是「尖頭的醜婦人」的意思，不包括男子，此指李瓶兒。「硼」是「碰」的異體字。「毛司牆」是堅硬的，比喻西門慶。「齊頭」是「尖頭」的反義詞。說完整來是：「尖頭醜婦李瓶兒，碰到西門慶這個毛司牆上，變成齊頭的，也就了事了。」

【例 24】不知怎的聽見，幹恁個勾當兒。雲端裏老鼠，天生的耗。（第二十回）

魏解：……所謂「耗」乃消耗之意。指老鼠天生的本性就是消耗人間糧米。因而此語的喻義是潘金蓮罵春梅與小玉在忙著提酒端菜伺候李瓶兒，責怪這兩人的這種行為是天生的賤坯。意思是為此忙著去巴結。

芬按：「耗」不是消耗，而是老鼠的別稱「耗子」。而「耗」又與「好」（愛好）同音。因為是「雲端裏老鼠」，所以才「天生的耗」，也就是「天生的愛好（巴結人）」。

【例 25】我不好罵出來的，怪火燎腿三寸貨，那個拿長鍋鑊吃了你？（第二十回）

魏解：……「長鍋鑊」乃古代一種爬蟲的渾號。北方人食用的所謂「鍋貼」，長橢圓形，在蘇皖之北一帶，稱之為「鍋盔」，或為「鑊」字之方言音。

芬按：錯。「鑊」，於此應讀「烀」，「煮」的意思。魯南蘇北，把用大鍋大火煮東西叫「烀」，如「烀山芋」，「烀豬頭」。《金》的作者以「鑊」代「烀」。例句的意思是：「哪個要拿長鍋把你煮了吃？」鍋多是圓的，但人是長的，因而煮人非用長鍋不可。「古爬蟲」云云，是魏先生的臆想。

【例 26】說他爹怎的跪著上房的叫媽媽，上房的又怎的聲喚，擺話的磣死了。相他這等就沒的話說，若是別人又不知怎的說浪。（第二十一回）

魏解：「說浪」，等於「說落」。意即嘮叨的沒完。或作責說之意。

芬按：錯。婦人放蕩謂之「浪」。原句的意思是：吳月娘與西門慶的淫行醜態，因為是吳月娘自己幹的就沒的話說，若是別人這樣，她又不知要怎的說別人浪了。

【例 27】李瓶兒被他滑了一交，這金蓮遂怪喬叫起來，說道：「這個李大姐，只相個瞎子，行動一磨趄子就倒了。」（第二十一回）

魏解：「磨趄子」，北平人每說「泡蘑菇」，均為行動緩慢之意。

芬按：錯。「磨趄子」是「趔趄」的意思，指身體歪斜，腳步不穩。如「他打了個趔趄，摔倒了。」嶧縣人不說「趔趄」，只說「磨趄子」。「泡蘑菇」，去意甚遠。

【例 28】西門慶在房裏向玉樓道：「你看賊小淫婦兒，踩在泥裏，把人絆了一交，他還說人踩泥了他的鞋。恰是那一個兒就沒些嘴抹兒。」（第二十一回）

魏解：即嘴上抹油之意，喻人善於言詞。

芬按：錯。魯南蘇北稱人有本領叫「有抹兒」，手藝高叫「有手抹幾」，會說話叫「有嘴抹兒」。潘金蓮絆倒了李瓶兒，反說李瓶兒踩泥了她的鞋。西門慶不平，認為李瓶兒「沒些嘴抹兒」，所以才沒去反駁潘金蓮。

【例 29】俺每閑得聲喚，在這裏你也來插上一把子。（第二十二回）

魏解：「閑得聲喚」，意為閑得無聊，以打人作消遣。「聲喚」二字，詞義難明。「插上一把子」，意為插一手，或來一腳，介入之意。

芬按：錯。「閑得聲喚」，就是「閑得直叫喚」，屬常見俗語。「插上一把子」是指西門慶在來旺媳婦身上「插上一把子」，意為通姦。潘金蓮責怪西門慶說：「你家裏有六個老婆，還要跑妓院，狎書童，俺們在家守空房，閑得直叫喚。不想，你還跑到這裏（藏春塢）在來旺媳婦身上插上一把子。」沒有什麼難明之處，更沒有「一腳」，「打人作消遣」的意思。

【例 30】在後邊，李嬌兒、孫雪娥兩個看答著，是請他不請他是？（第二十三回）

魏解：「看答」，即一邊看一邊答應。等著差遣之意。

芬按：錯。「答」是某些動詞的語助詞，無義。如「丟答光了」，「提答個包兒」等等。所以，「看答著」就是「看」，是「商量著看」的省略語。不含「答應」和「等著差遣」的意思。

【例 31】惠蓮正在後邊和玉簪在台基上坐著摳瓜了兒哩！（第二十三回）

魏解：「摳瓜了兒」，用刨絲條的鉋子刨瓜條兒。一種廚房的工作。

芬按：錯。在下一回中還有這樣一句話：「宋惠蓮正和玉簪、小玉在後邊院子裏摳子兒，賭打瓜子，頑成一塊。」顯然，這二十三回的「摳瓜了兒」是誤刻，原文也應該是「摳子兒，賭打瓜子」。「摳子兒」就是「抓子兒」，在魯南、蘇北，青少年女子至今還在做這種遊戲。

【例 32】你每有錢的都吃十輪酒，沒的俺每去赤腳絆驢蹄。（第二十三回）

魏解：意為配合不上，窮富不相配。驢在馬類中最卑下，故以驢蹄上有角質，人無。

雖自認窮得赤腳（沒鞋穿），也比驢蹄高貴。所以下面說：「把大姐姐都當驢蹄了，看成。」

芬按：「赤腳絆驢蹄」是魯南一帶的俗語。意思是軟的碰不過硬的，並無貴賤之意。相反的，此處卻是孫雪娥甘敗下風的表示。吳月娘、孟玉樓等輪流請酒，孫雪娥沒有錢不敢參與，便說自己這個赤腳不敢與驢蹄相碰。至於「把大姐姐都當驢蹄了，看成」魏先生又點錯了句讀。「了」是「子」的誤刻。原文應為「把大姐姐都當驢蹄子看成」。這是魯南蘇北的一種習慣倒裝語式，「看成」即「看待」。

【例33】他是恁不是才料的處窩行貨子。（第二十三回）

魏解：「窩行貨子」，最不值錢的賤貨，擺一輩子也賣不出的貨。

芬按：這個口語的完整說法是「處窩行貨子」，魏先生丟掉「處」字是不對的。「處窩」是魯南方言，群眾讀作「揣歪」，和「腿膿」同義。這個口語的意思是：「無能的熊東西」。

【例34】這老婆一個獵古調走到後邊。（第二十三回）

魏解：形容忙不迭的走了去，或忙不迭的就走。純粹是匆忙行動的情態形容詞，所謂狀態詞。筆者兒時常聽此話。

芬按：「獵古調」是「趔股凋」的諧音，意思是迅速地抽腿（趔股）轉身（調）。此是魯南方言。

【例35】原來你是個大滑答子貨，昨日人對你說的話兒，你就告訴與人。（第二十三回）

魏解：意為肚裏放不住話的直滑筒子。如今日說的「直肚腸」，「直腸子」。

芬按：嶧縣人以吃煎餅為主。烙煎餅時，如果鏊子涼，就會烙出又厚又黏又破的煎餅。嶧人稱這種煎餅為「滑答子」，常用以比喻行為低劣、靠不住的人。

【例36】那婦人道：「賊猴兒，你遞過來，我與你。」哄的玳安遞到他手裏。（第二十三回）

魏解：「我與你哄的」，意為我賞你一些哄孩子買糖錢。占玳安便宜之意。

芬按：魏先生又錯認了句讀。正確的標點應是例句中的標法，「哄」在引號之外。「哄的玳安遞到他手裏，即「騙的玳安遞到他手裏」。

【例37】李瓶兒道：「媽媽子一瓶兩瓶取了來，打水不渾的，勾誰吃？」（第二十四回）

魏解：意指東西太少，打水只是從水面挖，不把水桶沉到水底去，如何能打滿桶水，弄得水渾。

芬按：錯。「打水不渾」是魯南方言，意思是麵粉太少，打攪到水裏去，也不會讓水發渾。常用來比喻東西太少，不夠用的，與用桶打水無關。

【例38】你恒數不是爹的小老婆，就罷了；你是爹的小老婆，我也不怕你！（第二十四回）

魏解：恒，常也。往長遠說，你也做不了爹的小老婆。

芬按：錯。「恒數」是「橫豎」的諧音，作「反正」解。例句前半段的意思是，你反正不是爹的小老婆，沒有「長遠」的意思。後半句意思又進一層：即使你是爹的小老婆，我也不怕你。

【例39】這陳經濟老和尚不撞鐘──得不的這一聲。（第二十五回）

魏解：……老和尚不撞鐘則已，要撞就是「得不的」一聲。「得不的」形容撞鐘擊出的聲響。

芬按：錯。這個歇後語的意思是，老和尚接到了長老不讓撞鐘的命令──早巴望著這一聲了。「得不的」是「巴不得」的意思，不是「形容撞鐘擊出的聲響」。

【例40】玉樓道：「嗔道賊臭肉在那裏坐著，見了俺每意意似似的，待起不起的。」（第二十五回）

魏解：等於文雅詞的「靦腆」，今語之「不好意思」的態度。

芬按：錯。至今魯南蘇北仍流行「意意似似」一語，作「猶猶豫豫」解，與「靦腆」的含義不同。

【例41】到明日蓋個廟兒，立起個旗杆來，就是個謊神爺。（第二十六回）

魏解：意為隨便撒謊，沒神的廟；喻話無法聽也。沒神的廟，如何求得庇護。

芬按：錯。這是宋惠蓮罵西門慶的話，說西門慶最愛說謊，如果給他蓋個廟，立起個旗杆，他就可以在廟裏當個謊神爺。

【例42】一鍬撅了個銀娃娃，還要尋他娘母哩！（第三十七回）

魏解：歇後語的意思是說，要看看他娘再說。這一喻意，中原一帶人，通常說「槽頭買馬，看母。」

芬按：錯。這句話的意思是，得了個銀娃娃，還想得到他娘。比喻人貪心不足。

【例43】你若與他凹上了，愁沒吃的，穿的，使的，用的？（第三十七回）

魏解：意指女願與男合。

芬按：不確。在魯南一帶，「不當的結交上」，叫「凹上」，非專指男女結合。

【例44】等子獅子街那裏替你破幾兩銀子買下房，你兩口子亦發搬到那裏住去吧！（第三十八回）

魏解：「等子」意為等著，「等子」必是方言。在第三十五回第四頁，有一句「你休虧子這孩子」，乍看「子」字或為「了」的誤刻，但一見此句「虧子」，當意之為江南方言。用「子」作語詞之處，本書很多。

芬按：在魯南一帶，「等著」「虧著」「看著」「吃著」等，在口語中皆變讀為「等子」「虧子」「看子」「吃子」。魏先生認為是江南方言，不知何據？

【例45】西門慶道：「怪奴才，八十歲媽媽沒有牙——有那些唇說的！」（第三十八回）

魏解：此歇後語，意在你那兒來的那麼多的話語，沒的事也說出些事來。

芬按：魯南蘇北，「媽媽」讀「馬」，老婦人的通稱，不作母親講。八十歲的老婦人沒了牙，只好用嘴唇說話。「唇」與「陳」音近，所以，「唇說」就是「陳說」的意思。

【例46】月娘道：「那裏看人去？恁小丫頭，原來這等賊頭鼠腦的，倒就不是個哈孩的。」（第四十四回）

魏解：一作「哈孩」。《瓶外卮言》說：「按即學好之意。今人猶有此話，擬元代語也。越諺作咍懈，或咍孩。」引《燕子箋·試窘》：「我看這副嘴臉，也不像是咍孩發跡矣。」但揆諸全句語意，似為說夏花兒是個沒出息的或上不得數的人。下面說「原來是個俗孩子」，意指夏花兒庸俗，一錠金鐲子就動了心了。

芬按：在嶧縣，「哈孩」是個記音詞，有音無字。形容小孩憨態可掬，天真純潔。如：「這孩子長就的一副哈孩樣兒。」「這小孩哈哈孩孩多喜人。」句中「不是個哈孩的」意思是：「不是個天真純潔的」。

【例47】西門慶說：「我今日不知怎的，一心只要和你睡。我如今殺個雞兒央及你央及兒。」（第五十回）

魏解：此語的歇後，在「央及」二字，「央及」諧音「養雞」。此說「殺個雞兒」吃，則必先「養雞」。所以說要想殺個雞兒吃，則必先「央及你」「養雞」。

芬按：魏先生這些話，像個繞口令，讀來頗為費解。其實，「央及」就是「央求」。「央及央及你」，亦即「求求你」。「殺個雞兒」，就是「帶個雞巴」。

【例48】常言道，路見不平，也有向燈向火。（第五十一回）

魏解：喻意是總有看不過的人，會衝著真理說話。此指西門大姐聽過金蓮的亂罵，遂為李瓶兒說了幾句幫襯話，所以作者用了這麼一句俗語，意為行路人如發現路途不平坦，就會想著燈火的照亮。用以比喻西門大姐從中插言。

芬按：在魯南，這句話的完整說法是：「路見不平，有向燈的也有向火的。」意思是兩方發生了矛盾，旁觀者們，有的偏向這一方，也有的偏向那一方，「燈」和「火」，比喻矛盾的雙方，並不是「想著燈火的照亮」。

【例49】我你兩個，當面鑼對面鼓的對不是。（第五十一回）

魏解：意為一見了面就頂嘴，你說我不對，我指你有錯。

芬按：錯。這句話的意思是：「我們兩個，面對面的對質。」

【例 50】想必兩個不知怎的有些小節不足，哄不動漢子，走到後邊戳無路兒。（第五十一回）

魏解：這是吳月娘批評潘金蓮與李瓶兒鬥嘴的言詞，認為潘金蓮的戳舌，戳得沒有路了，便拿他出來墊舌根……。

芬按：錯。「戳無路兒」為嶧縣方言，是「戳屋漏」「戳壺漏」的諧音。有兩解：一作動詞，意為戳紕漏，惹是非，如「他最愛戳無路兒！」二作名詞，意為「搗蛋鬼」，如「這小孩兒是個戳無路兒！」魏先生沒見過這個詞，便誤認為是「戳得沒有路了」。

【例 51】哭兩聲丟開手罷了，只顧扯長絆哭起來了。（第六十二回）

魏解：意為拉腔兒哭個沒有休止。

芬按：錯。「扯長絆」是「拉長時間」的意思。魯南蘇北，哭一陣兒，叫哭一絆。哭一長陣兒，叫哭一長絆兒。「絆」，此處讀「盼兒」。

【例 52】月娘收了絹便道：「姐夫，去請你爹進來扒口子飯。」（第六十二回）

魏解：斯亦南方人的語態，北方食麵，在口語中，不會說「進來扒口子飯」，「扒口子飯」顯然是指米飯。

芬按：錯。魯南人常說「扒口子飯」，因而不是南方語態。北方人食面，也用「扒」，如吃麵條叫「扒麵條」，吃泡的煎餅叫「扒爛煎餅」，顯然不是單指米飯。「扒」，讀「八」，原意指，把嘴放在碗邊，用筷子向嘴裏撥飯，通常就是「吃」的意思。

【例 53】你如今不禁他下來，到明日又教他上頭上臉的，一時捅出個孩子當誰的？（第七十二回）

魏解：如不禁止他囂張著，就會教他變成個戴出頭面的小老婆，（或越發張致的頭臉崢嶸起來）一時捅出個孩子來算誰的。

芬按：「上頭上臉」是魯南方言，在他人面前言行超越了自己的身分，就叫「上頭上臉」。

魏先生的第二句話，不知何意。

【例 54】潘金蓮點著頭兒，向西門慶道：「哥兒，你濃著些兒罷了。」（第七十三回）

魏解：你還是把癤子裏的膿留住別擠出吧！意為別剖白——別解釋……

芬按：魯南蘇北人常說「濃」，是「努」的借用字，意為堅持、將就、忍耐。如「濃一會兒吧！」，「這樣濃下去，怎麼得了？」此與癤子無關。

【例 55】小賊歪剌骨，把他當甚麼人兒，在他手內弄判子！（第七十五回）

魏解：意為在我手中弄鬼；判，鬼判也。

芬按：「判」為「剌」之誤刻。「弄剌子」，指耍手段。

【例 56】婦人道：「拿來等我自家吃，會那等喬劬勞旋蒸勢賣的，誰這裏爭你哩！」（第七十五回）

魏解：意為用不著那樣的勞累著裝模作樣賣架勢，「誰在這裏爭你哩！」

芬按：「喬劬勞」是「假殷勤」的意思。「旋蒸勢賣」是魯南俗語「旋蒸熱賣」的誤刻。魯南人讀「現」作「旋」，是臨時，當時的意思。「熱賣」是「趁熱賣」，即「臨時蒸了臨時賣」。這是孟玉樓指責西門慶根本不愛自己，眼前的假殷勤是臨時裝出來的。

【例 57】隨他去罷，不爭你為眾好，與人為怨結仇。（第七十五回）

魏解：大妗子勸吳月娘不要爭競這些了，隨他去罷。要不然（不爭），你為了大家好，又何必招惹人怨忌呢？

芬按：錯。「不爭」是「沒料到」的意思。全句意為：「隨他去罷。沒料到你是為眾人好，卻與人（潘金蓮）為怨結仇起來。」

【例 58】叫劉婆子來瞧瞧，吃他服藥，再不頭上剁兩針，由他自好了。（第七十五回）

魏解：意為頭上扎兩針；灸兩針。

芬按：是扎兩針，不是灸兩針。在魯南一帶，「用針扎」常說成「用針剁」。「剁」讀「掇」。如小雞有病，老奶奶們會說：「在雞冠子上剁兩針，出出血就好了。」

【例 59】我不知道，還當好話兒側著耳朵兒聽他，是個不上蘆簞的行貨子。（第七十六回）

魏解：意為紮不上蘆葦掃把的下流貨。連紮掃把的材料都不夠。

芬按：「蒂」是「蓆」的誤刻。人死了，沒有棺材，也要用蘆蓆包起來。而禽獸是從不用蘆蓆來包的。魯南人在罵人時常說：「你是個不上蘆蓆的行貨子。」意為「你是個不入人倫的禽獸。」

【例 60】伯爵道：「好，好，老人家有了黃金入櫃，就是一場事了，哥的大陰隲。」（第七十七回）

魏解：意為有了錢就可以入棺了。

芬按：《大明一統志》：「金櫃山在揚州府南七里，山多葬地。諺云：『葬於此者，如黃金入櫃』，故名。」所以，「黃金入櫃」是恭維死人安葬的話。

【例 61】常言，要好不能夠，要歹登時就。（第七十八回）

魏解：應勸人和諧，不應勸人不和。

芬按：錯。此為魯南一帶熟語，是說人與人的關係，要處好是很困難的（要好不能夠），要惡化馬上就能做到（要歹登時就）。登時，即立刻，馬上。

【例 62】你老人家怪我差了，我趕著增福神著棍打？（第八十六回）

魏解：意為我貪財也不是這樣貪法，為了去追財神爺願意挨棍子呀！「增福押」，

財神也。

芬按：錯。此句後半段意為：我還能趕著增福神用棍打嗎？原句中有兩個「著」字，前一個是時態助詞，後一個「著」字，魯南人讀「章」（第一聲），作「用」解，如在本句中。有時還作「投放」解，如「湯裏著點鹽」。

以上是我對魏子雲先生《金瓶梅詞話注釋》中的一部分錯誤所作的辨正。但，魏先生的錯誤不止這些，限於篇幅，其餘部分留待今後再與魏先生商榷。

本文所涉及的大部分單詞、成語、俗語、歇後語，在嶧縣都十分流行。但魏先生沒有在嶧縣生活過，因而就沒有聽人說過，於是只好根據上下文的意思加以揣測，結果就鬧出了許多望文生義的笑話。一位南開大學的朋友曾批評我，說我舉的大多數例子，不單是在嶧縣，而是在魯南蘇北都流行。這誠然是對的。但是，須知《金瓶梅》的作者的筆名叫蘭陵笑笑生，而在魯南蘇北只有一個蘭陵。所以，《金瓶梅》的作者只能是嶧縣人。如果再加上我在其他方面所作的論證，我仍然堅持認為《金瓶梅》的作者是嶧縣人賈三近。自從我的這個觀點提出後，全國各地報刊發表了不少質疑文章。我多數沒作答覆，原因在於那些同志的文章裏基本上沒有什麼足以動搖我的觀點的有力的反證。

從魏先生《金瓶梅詞話注釋》存在的錯誤中，我們可以發現，方言確實存在地域局限性，魏先生的籍貫是皖北，距嶧縣僅二百餘里，就對嶧縣方言多數不了解，又何況燕冀晉陝、川黔雲貴？對《金瓶梅》的研究，魏先生存有強烈的主觀主義色彩。然而，學術研究所需要的卻是純客觀的態度，不知魏先生以為然否？

魏著《金瓶梅詞話注釋》辨正（二）

拙作〈魏著《金瓶梅詞話注釋》辨正〉，在《徐州師院學報》1985 年 2 期發表之後，臺灣魏子雲先生給我來信說：「凡所證正，自當一一接納。該書學生書局將再版，再版時自會一一改正之。並致謝意。」魏先生這種虛懷若谷的學者氣度，實在令人欽佩。我以為，在當今的學術界最需要的大概就是這種高尚的精神。

為了使魏先生的大作在再版時更加一無瑕疵，我想從《金瓶梅詞話注釋》中，再抽出一些條目加以辨正，供魏先生改版時作為參考。如果我在辨正過程中存有謬誤，也歡迎魏先生給我以批評。

【例 63】這雌兒等閒不出來。（第三回）

魏解：「等閒」意即成天坐在家中，有空閒也不輕易出門。

芬按：「等閒」，意即平常，也可理解為「在一般情況下」。「閒」不能作「空閒」解，詞中也沒有包涵「成天坐在家中」的意思。

【例 64】近日來也自知禮虧，只得窩盤他些個。（第五回）

魏解：說得文雅些，「窩盤」就是周旋，亦即「虛與委蛇」或應付、籠絡、討好之意。

芬按：「窩盤」一詞，流行於魯南一帶。意思是用安撫的手段把人按捺住。周旋、應付之類的解釋，不甚確切。

【例 65】婦人拭著眼淚道：「我的一時間不是，乞那西門慶局騙了，誰想腳踢中了你心。」（第五回）

魏解：意為被那西門慶設局欺騙了。凡預謀的詐欺，都謂之「局騙」一如今之設圈套。

芬按：「局騙」一詞在魯南較為流行。它是「欺騙」同義詞，無論事先有無預謀，魯南人都說成局騙。

【例 66】因說：「你兩親家都在此，漏眼不藏絲，有話當面說，省得俺媒人們架謊。」（第七回）

魏解：意為凡是看到眼裏的，無論好的壞的，都說在當面，不要留下在背後說。

芬按：「漏眼不藏絲」，本意是「有漏眼的器物是藏不住絲的」，「絲」是「私」

的諧音。這是薛嫂自我表白，說自己在說媒過程中光明正大，沒藏私心。

【例 67】薛嫂道：「好奶奶，就有房裏人，那個是成頭腦的！」（第七回）

魏解：意即他家妻妾雖多，還沒有可成為領頭人的。

芬按：「成頭腦」是「有頭腦」的意思，不可解為「成為領頭人」。吳月娘，早已是領頭人了。

【例 68】張四，你休胡言亂語，我雖不能不才，是楊家正頭香主。（第七回）

魏解：意為她乃楊家正正頭頭的香火主宰，如今楊家只剩下她最長了。

芬按：魏先生的解釋是正確的，但沒有闡釋清楚。魯南風俗，祖宗的牌位要放在老長房家中。逢年過節，全族人都要前來燒香祭祀。所以，老長房稱為「正頭香主」。一般泛指名分正當的人。「正頭香主」一詞，至今仍為魯南蘇北的群眾所常用。

【例 69】張四道：「你這嚼舌頭老淫婦，掙將錢來焦尾巴！怪不的恁無兒無女！」（第七回）

魏解：意為該下拔舌地獄或說該爛去舌頭。

芬按：在魯南，人們把「胡說八道」稱為「嚼舌頭」。「你這嚼舌頭老淫婦」，意思是「你這胡說八道的老淫婦」，沒有「下地獄」或「爛舌頭」的意思。

【例 70】姑娘急了，罵道：「張四賊，老蒼根，老豬狗！」（第七回）

魏解：老蒼根亦即「老娼根」，等於說你家世世代代都是婊子養的。

芬按：魏先生的第一句話是對的，但下一句值得商榷。魯南蘇北人在罵人時常說：「娼根生的，娼根養的。」即此可見，「娼根」就是娼妓的意思，談不上「世世代代」。

【例 71】武二一交跌翻在席子上，……聽那更鼓，正打三更三點。回頭看那士兵正睡得好，於是咄咄不樂。（第九回）

魏解：自言自語，喃喃不休。

芬按：此處是寫武松在夢中知道哥哥被藥死之後的情態。以武松的性格而言，得此消息絕不止是「自言自語」。而咄咄的本意是氣勢洶洶，但此時武松又找不到發洩的對象，因而「咄咄」可以解為「氣呼呼的」。

【例 72】知縣出來，便叫武松道：「……你不可造次：須要自己尋思，當行則行，當止則止。」（第九回）

魏解：急遽匆忙之意。《論語》：「造次必於是，顛沛必於是。」

芬按：「造次」一詞有兩種解釋，魏先生所說是其一。第二種解釋是「魯莽，輕率」。如《紅樓夢》第三十回：「寶玉自知說的造次了，後悔不來。」《金瓶梅》此一例句中的「造次」，也作如是解。

【例 73】你早仔細好來，困頭兒上不算計，圈底兒下卻算計。（第十四回）

魏解：意為「好處不算歹處算」。

芬按：囷，讀群，指穀倉。圈，指糧圈，也是穀倉的意思。這句話完整說來，就是：在倉裏糧食冒尖的時候不算計，到了只剩下一點底兒的時候卻算計起來了。魯南蘇北，至今仍有「囷頭上不算計，囷底下卻算計」的說法。

【例 74】要不是，過了午齋我就來了，因與眾人在吳道官房裏算帳，七擔八柳，纏到這咱晚。（第十四回）

魏解：意即七事八事雜七雜八的。

芬按：如果單從字面上看，魏先生這樣解釋亦無不可。但在方言中，「七擔八柳」是「七擔八攔」的意思，簡言之即是耽擱。

【例75】月娘道：「就別要汗邪，休要惹我那沒好口的罵的出來！」（第十四回）

魏解：「汗」字，似不可作「汗」，在此語中已見端底。此字應讀如漥，即低漥之意。……吳月娘口中的「汗邪」一詞，意指下流，「別要汗邪」意即不要想那下流的念頭。在《史記》及《荀子》中，「汗邪」均作低下之意。如作「汗邪」，則不成語矣。

芬按：「汗邪」一詞在《金瓶梅》中出現不止十次八次，不能「讀如漥」。並且在魯南方言中，就有「汗邪」一詞。準確的解釋是「發熱燒的」，猶「熱昏」。句中「別要汗邪」，就是「不要像發熱燒的一樣」。

【例76】等了半日，沒有一個人牙兒出來，竟不知怎的？（第十七回）

魏解：稱小孩謂「人牙兒」，比喻不見一人。或說：「連個人星兒也無有。」

芬按：在魯南這個詞使用較多。「人牙兒」，應解作「人影兒」，即人，不是「小孩」。

【例77】月娘道：「你看是個有槽道的？這裏人等著，就不進來了。」（第五十回）

魏解：意即胡行亂走。如水之不在河道中流而氾濫。喻意是不走正經的人。

芬按：「槽道」一詞，嶧縣人常說。槽，指驢槽；道，指磨道。沒槽道，是說牲口不走正道。因而，「槽道」可解作「規矩」。

【例 78】先是玉樓勸西門慶，說道「你娶將她來，一連三日不往他房裏去，惹他心中不歹嗎？」（第十九回）

魏解：意為惹他心中不生歹意嗎？

芬按：在嶧縣，有人遇到失面子的事情，表情尷尬叫「臉上歹乎乎的」，心中覺得難堪，叫「心裏歹得慌」。可見，「歹」不是指「歹意」，而應解作「尷尬、難堪」。

【例 79】且說西門慶在床上，倒胸著身子哭泣，見他進去不起身，心中就有幾分不悅。（第十九回）

魏解：此一形態，可以想像他是坐在床上，把整個前身都彎下去，臉埋雙膝間痛哭

的樣子。

芬按：不一定是「臉埋雙膝間」。在魯南，上身倒垂叫「倒聳」。但，聳、孫、酸等以「S」作聲母的字，魯南人在讀時把聲母換為「X」，讀作：胸、熏、宣。所以，「倒胸著身子」就是「倒聳著身子」，「胸」是「聳」的代用字。在《金瓶梅》中，這種表現出魯南特殊方音的例子很多。這也證明了《金瓶梅》的作者非魯南人莫屬。

【例 80】那老馮，老行貨子，喒喒磕磕的，獨自在那裏，我又不放心。（第二十回）

魏解：意指年紀大了，思想遲頓，做事也不俐落。

芬按：「喒喒磕磕」，是象聲詞，用來形容老年人說話的聲音，如「那老頭說話喒喒磕磕的。」所以，「喒喒磕磕」就是「磕磕巴巴，斷斷續續，含混不清」。

【例 81】金蓮道：「一件九鳳鈿兒，滿破使了三兩五六錢金子勾了。」（第二十回）

魏解：潘金蓮說這九兩重的金絲髮髻，改打成九鳳鈿兒，夠用的有多餘了。

芬按：魯南人所說的「滿破」一詞，是「最多也不過……」的意思。魏先生大概沒有聽人說過這詞，所以解釋起來有些含糊。

【例 82】月娘便向玉樓眾人說：「我開口，又說我多管；不言語，我又驚得慌。一個人也拉剌將來了，那房子賣吊就是了，平白扯淡，搖鈴打鼓的看守甚麼？」（第二十回）

魏解：「驚得慌」一如今日之說「悶得慌」，也說「閉得慌」。關於「拉剌將」意為不得已，只好拖拉著腳出來。

芬按：「驚得慌」，有時也可解作「悶得慌」，但，此處作「氣得慌」解。「拉剌」就是「拉」。魯南蘇北人，常在某些動詞後加「剌」，而意義不變。如：提剌、搭剌、拔剌等。「拉剌」，亦屬此類。句中「一個人也拉剌將來了」，意思是「一個人也拉來了」，是指別人被拉來了，不是吳月娘自己「拖拉著腳出來」。

【例 83】你既收了他許多東西，又買了房子，今日又圖謀他老婆，就著官兒也看喬了。（第二十回）

魏解：「看喬了」，意為「看錯了」，歪的看成正的。

芬按：在魯南蘇北，木頭變形叫「變喬了」。瞧不起人，把人看扁了，也叫「看喬了」。例句中的「看喬了」，應屬後一種解釋。

【例 84】金蓮在旁拿抿子與李瓶兒抿頭。（第二十回）

魏解：即梳頭的梳子。……稱「抿子」是方言，此一方言可能使用地域頗廣。

芬按：我在魯南調查時，老奶奶們告訴我，抿子是形如今之牙刷而毛稍長的小刷子。舊時代的農村婦女常用水泡榆樹皮、刨花之類，以代髮油。用此水時，即拿抿子（小刷子）蘸著抿頭髮。又查，《紅樓夢》第四十二回：「忙開了李紈的妝奩，拿出抿子來，對鏡子抿了兩抿，仍舊收拾好了。」

【例 85】誰這裏替你磕頭哩？俺每磕著你，你站著，羊角蔥靠南牆——越發老辣。（第二十一回）

魏解：……「羊角蔥」亦稱「龍角蔥」。蔬菜名，「樓蔥」的異名。……此說靠南牆老辣，或是指靠牆曬的太陽多，自比別處生長的越發老辣些，意為越發老練了。不知是否？

芬按：不是。羊角蔥是越冬的大蔥。在魯南蘇北一帶，春節前不把畦中的大蔥挖出，經冬後原來的蔥葉盡乾掉，入春長出新芽，形似羊角，稱為羊角蔥。這種蔥因為是經冬的，所以比一般溫暖的季節的蔥更辣。靠南牆，也就是靠在背陰處，根本見不到太陽，氣溫更冷。所以靠南牆的羊角蔥更加老辣。魏先生正好解釋顛倒了。

【例 86】那雪娥鼻子裏冷笑道：「俺們是沒時運的人兒，漫地裏栽桑，人不上。」（第二十三回）

魏解：「桑」讀如「搡」，「栽搡人」，意即使人上當，硬派之謂。「漫地裏」，指隨時隨地、任何地方。此語在此則意謂「隨時隨地都來栽給我的難題做，栽不上也硬栽。」這話筆者兒時習聽之，通常，如果我們感覺到誰在硬拉我們參加什麼，往往說：「幹啥，你栽搡我」！

芬按：錯。這是一句歇後語。漫地，指空曠之地。在空曠之地栽一棵桑樹，遠近都能看得見，人也就不敢上去偷桑葉桑椹了。這是孫雪娥自比，說沒有人來靠近她。

【例 87】惠蓮道：「賊囚根子，六月債兒熱，還得快。就是，甚麼打緊，教你雕佛眼兒。」（第二十四回）

魏解：意為要工作快些，像六月債一樣，田裏有收成，賴不久，別像雕刻佛眼，那樣慢條斯理的。

芬按：前文惠蓮吆喝畫童，讓西門慶把畫童罵了一頓。接著畫童就批評惠蓮「磕下怸一地瓜子皮」。惠蓮認為畫童對她報復太快，所以就說了一句歇後語：「六月債兒熱，還得快」。「就是」二字，是針對「一地瓜子皮」而言，亦即是：「我就是磕下一地瓜子皮，甚麼打緊」。「教你雕佛眼兒」，是「讓你在細處挑毛病」的意思。

【例 88】論起就倒倒茶兒去也罷了，巴巴坐名兒來尋上灶的，上灶的是你叫的！（第二十四回）

魏解：急急的遣小廝來指名要誰做。

芬按：「巴巴」不能解作「急急」。在魯南方言中，作「偏偏」講。

【例 89】從後子起，金蓮屋裏怎的做窩巢，先在山子底下，落後在屋裏打撅。（第二十五回）

魏解：「窩巢」指暗中收下來作歹事。

芬按：在魯南，房子叫「窩巢」，又叫「巢窩」。在此句中，因前有「屋裏」字樣，因此可轉解為「巢穴」「處所」。意思是西門慶和宋惠蓮把潘金蓮住的屋子作為通姦的巢穴。

【例 90】與他幾兩銀子本錢，教他信信脫脫，遠離他鄉做買賣去。（第二十五回）

魏解：意為口服心服，毫無抱怨。

芬按：信信脫脫，與停停妥妥同義，都是順順當當的意思。

【例 91】到明日，蓋個廟兒，立起個旗杆來，就是個謊神爺。你謊乾淨，順屁股喇喇。（第二十六回）

魏解：屁股喇喇，意為拉屎不揩屁股，乾淨不了。

芬按：「謊乾淨」，意思是西門慶說的話全部是謊話。屁股，是指西門慶的嘴，喇喇，是指西門慶的話像大便一樣淌。所以，「順屁股喇喇」，是說西門慶「信口胡說」，猶如「順屁股淌屎」。

【例 92】你就賴他做賊，萬物也要個著實才好，拿紙棺材糊人，成個道理？（第二十六回）

魏解：紙糊的棺材盛不得人。喻意是紙糊的棺材「唬」得了人嗎？「糊」諧「唬」，騙不了人的。

芬按：「拿紙棺材糊人」，翻譯出來就是「用捏造的罪名誣陷人」。

【例 93】得人不說出來，大家將就些便罷了，何必撐著頭兒來尋趁人？（第二十六回）

魏解：意為何必非把名姓道出來去向人找碴不可呢？

芬按：意為：「何必硬著頭皮來主動地侮辱別人呢？」

【例 94】賊不逢好死的淫婦王八羔子，我的孩子和你有什麼仇？他才十一二歲，曉的什麼？（第二十八回）

魏解：「王八羔子」與今仍流行的「烏龜王八旦」同意。「羔子」即山羊也。「王八羔子」即「忘八」的子孫。

芬按：魏先生之意，「王八羔子」一詞，僅在明代流行，至今已不流行了。其實，在今日的魯南蘇北農村，天天都有人使用這個詞。「王八羔子」就是「龜兒子」的意思。

【例 95】甚麼稀罕物件，也不當家化化的，怪不的那賊淫婦死了墮阿鼻地獄！（第二十八回）

魏解：意為兒戲，不當一回事去辦，輕慢造孽之意。《瓶外卮言》說：「《帝京景物略》作不當價，如吳語云罪過也。《紅樓夢》二十八回王夫人聽了道：『阿彌陀佛，不當家花拉的。』注曰：北人俗語為輕慢造孽，《兒女英雄傳》亦同。」

芬按：魯南人把「心口窩」稱為「當間兒」，諧讀為「當家」。又，魯南人把「在

心裏想想」說成「在心裏化化」或「在心裏化拉化拉」。所以，「也不當家化化的」，意思是「也不在心口窩想想的」。

【例96】原來你家沒大了，說著你，還釘嘴鐵舌的！（第三十回）

魏解：「沒大」，意為你家裏沒有老的活著了，所以你才恁沒教養。

芬按：「大」，在魯南蘇北讀作「答」，是父親的意思，不包括祖父叔伯。魏先生解作「老的」，不確切。

以上，也供魏先生參考。

魏著《金瓶梅詞話注釋》辨正（三）

下面，對魏先生《注釋》中的其他訛誤，再作辨正。

【例 97】西門慶道：「你們試估估價值。」伯爵道：「這個有什麼行款，我們怎麼估得出來。」（第三十一回）

魏解：意指市價。沒有市價自然估不出來。

芬按：行款，在魯南是個常用方言詞。意思是款式、標準。如「這房子造得不合行款」，這裏是指款式。例句中，西門慶讓應伯爵等給通天犀估價，應伯爵說「這個有什麼行款」，這則是指標準。「行」，讀「杭」。「款」，不是指錢，也不是指市價。

【例 98】你就拜認與爹娘做乾女兒，對我說了便怎的；莫不攙了你什麼分兒？（第三十二回）

魏解：意為長了輩分。李桂姐拜吳月娘為義母，應伯爵等人自然長了輩分了。

芬按：例句中的「你」是指李桂姐，「我」是指吳銀兒，與應伯爵無干。句中的「分兒」，是指「分子」，不是「輩分」。

【例 99】伯爵道：「你這小淫婦，道你調子曰兒罵我，我沒的說，只是一味白鬼，把你媽那褲帶子也扯斷了。」（第三十二回）

魏解：「白鬼」，或為藥物名，揆其語意，似為春藥，故能使人扯斷女人褲帶。

芬按：「一味」，意思是「一個勁的」，如「一味遷就」，「一味推託」等。「白鬼」是平白地鬼混人。前文，鄭愛香罵應伯爵是「望江南、巴山虎、汗東山、斜文布」，即「王八汗邪」。應伯爵則反譏她是，一味地白「鬼混」人，扯出這一篇話來，把她媽那褲帶子也扯斷了。魏先生誤認白鬼為春藥，是沒有看懂原文。

【例 100】鄭愛香笑道：「這應二花子，今日鬼酉兒上車——推醜！」（第三十二回）

魏解：鬼酉合字為醜，鬼酉兒推醜，醜到一塊兒去了。

芬按：所謂「鬼酉兒上車」，就是「醜上車」，讓別人推它，就叫「推醜」。其中，沒有要醜來推的意思。「推」，在魯南方言中，是「太」的意思。如「這屋子推小了」，「這孩子推聰明了」。所以，「推醜」，是太醜，不是「醜到一塊兒了」。

【例 101】桂姐罵道：「怪攮刀子的，好乾淨嘴兒，攔人的牙花也磕了。」（第三十二回）

魏解：「牙花兒」，即牙齦，亦稱牙肉，牙上周的肉。「磕」，碰著了。

芬按：「牙花」，不單指牙上周的肉，也指下牙周的肉。特別要指出的是，魏先生避而不談「擺」字，這是不對的。在魯南蘇北，人們讀「把」作「擺（四聲）」或「拜」。所謂「擺（四聲）」或「拜」，就是「把」的意思。如：擺小孩惹哭了，拜瓶子打碎了，等等。

【例102】月娘道：「你枉恁的口拔舌罵人，你家孩兒吃了他藥好了，還恁舒著嘴子罵人！」（第三十三回）

魏解：「枉恁的口拔舌罵人」，怎麼用這樣狠的語氣拔起舌根來罵人家。

芬按：萬曆《詞話》本，把「恁的枉口拔舌罵人」，誤刻為「你枉恁的口拔舌罵人」魏先生由於不懂魯南方言，所以沒有看出來。而崇禎本的整理者卻看出來了，把錯誤改了過來。「枉口拔舌」也屬常用方言詞語，魯南人有時也說成「紅口白舌」，意思是毫無根據，毫無理由地罵或說。不是「狠的語氣拔起舌頭」。

【例103】平安道：「娘每要過去瞧，開著門哩。來興哥看著兩個圣工，在那裏做活。」（第三十三回）

魏解：粉刷牆壁的工人。應作「墡」，讀如善。

芬按：圣，讀笨，是刨土意思。圣工，就是刨土的工人，不是粉刷牆壁的工人。墡，讀愕，不讀善。

【例104】迎春道：「你拉我怎麼的，拉撇了，這火落在氈條上。」（第三十四回）

魏解：意為把手拉偏了……有折斷之意。如把我的手拉斷了，手上的熨斗掉下來，就會燒壞了氈條。

芬按：此處的「撇」，是拋撇、拋撒的意思。「拉撇了」就是「拉撒了」。沒有「折斷」的意思，也不是偏。是熨斗中的炭火撒出來，不是「熨斗掉下來」。

【例105】韓道國便向袖取去，連忙雙膝跪下。（第三十四回）

魏解：韓道國，諧「寒到骨」（國字北人讀如「圭」，南人讀如「鍋」，此諧音蓋南人音也）。

芬按：韓道國，諧「韓搗鬼」。韓道國的弟弟，外號就叫「韓二搗鬼」，可證。恰如魏先生所說，這是北人讀音。所以，我說，這與南人無關。

【例106】平白寫了垓子點頭那一年才還他。我便說垓子點頭，倘忽遇著一年地動，怎了？（第四十二回）

魏解：「垓」子本為土地之義，此說「垓子」不知何意？得非指土地老兒乎？未明。總之，似是指的永遠也點頭不了的人物或鬼神。

芬按。垓，此處作石臺階講。《史記·封禪書》：「壇三垓。」裴駰集解引徐廣曰：「階次也。」王三官借帳立契，祝日念代他出主意賴帳。文書上原寫著：「垓子點頭（石

臺階點頭）那一年才還」，但又擔心，「倘忽遇著一年地動（地震），怎了？」土地老兒云云，錯。

【例107】誰叫你惹他來，我倒替你捏兩把汗，若不是我在根前勸著挪石鬼，是也有幾下子打在身上。（第四十三回）

魏解：「若不是我在根前勸著，挪石鬼是也有幾下子打在身上。」此語的「挪石鬼」似指正在搬石頭中的鬼們。

芬按：魏先生點錯了句讀，因而理解也就出了偏差。挪石鬼，泛指有力氣的人。在這句話中則是指西門慶。吳月娘說，若不是我勸挪石鬼（西門慶），就會有幾下子打在（你潘金蓮）身上。

【例108】須臾，拿上春檠，按酒。（第四十五回）

魏解：當是指春日流行的時饌肴饌。斯時正元霄節下也。「春檠」或是指的春日肴饌。「按酒」，下酒饌也。

芬按：檠，讀情，又讀競，作「燈架」講，代指燈。不是指「肴饌」，也不能用來下酒。蘇軾〈侄安節遠來夜坐〉詩：「夢斷酒醒山雨絕，笑看饑鼠上燈檠」。魯迅〈別諸弟〉詩：「最是令人凄絕處，孤檠長夜雨來時」。「按酒」，擺酒也。

【例109】只是吃了比肩不和的虧。（第四十六回）

魏解：明說李瓶兒受到比舍而居的潘金蓮欺凌。

芬按：比肩，並肩的意思。《漢書·路溫舒傳》：「比肩而玄。」引申為地位相等。《三國志·吳志·吳粲傳》：「雖起孤微，與同郡陸遜、卜靜等比肩齊聲矣。」例句中的「比肩不和」，是說李瓶兒和潘金蓮都是妾，地位相等，卻相互矛盾。不是「比舍而居」。

【例110】問其始末情由，卻是揚州苗員外家童，在洪上被劫之事。（第四十七回）

魏解：俗俚口中的河川，一如前回說的淮洪。

芬按：此指徐州呂梁洪，非泛說也。沈德符《野獲編》：「徐州呂梁，為宇內險道。自唐尉遲恭開鑿，始通舟楫。至宋元祐間，漸成通渠。本朝遂以為運河。然其下亂石如鱷齒排連，驚湍如蛟涎噴薄。孔子觀瀾處，稱為懸流三千仞，流沫四十里者，即此地也……余幼時侍先人過此，聞其險已漸夷。然猶用縴夫二百人挽一舟，老稚相顧無人色。」由此可見，徐州呂梁洪，在明朝中期，還相當湍急。《金瓶梅》所寫，不為虛也。苗員外本是在徐州被害死的，最後事情卻轉到清河去了，作者當另有深意在。

【例111】我學生再辭，顯得迂闊了。（第四十七回）

魏解：本意應為繞大圈子；此則喻為丟棄了，或見外了，把情誼看遠了之意。

芬按：「迂闊」是常用詞，形容人的言行不切合實際。《三國志·魏志·杜畿傳》：「今之學者，師商韓而上法術，竟以儒家為迂闊，不周世用。」《漢書·王吉傳》：「上

以其言迂闊，不甚寵異也。」這裏，根本沒有丟棄，見外，看遠的意思。

【例112】姐姐沒正經，自家又沒得養，別人養的兒子，又去強遭魂摳相知，呵卵脬。（第五十三回）

魏解：「呵卵孵」，粗活，亦逢迎巴結的喻意。此語在吳越地帶極為流行。脬，讀如拋。

芬按：魯南人，包括我自己，從不說「沒得」，也根本不懂強遭魂、摳相知、呵卵脬是什麼意思。原因何在？沈德符說：「《金瓶梅》原缺五十三回至五十七回，陋儒補以入刻，時作吳語。」此一例句，恰在第五十三回中。原來，例句中的四個詞，是南方陋儒補寫的。這有力的反證了，《金瓶梅》中的其他九十五回，是北方作家的作品。有人用這五回中的例子，來證明《金瓶梅》的作者是南方人，是錯誤的。這只能說五十三回至五十七回，是南人的作品。

【例113】你笑話我老，我那裏放著老？我這半邊俏，把你這四個小淫婦兒還不夠擺佈。（第五十八回）

魏解：揆諸語意，應伯爵的此一「半邊俏」一詞，似是指的酒意，行動起來，像中風的人半身不變的東倒西歪著。

芬按：「半邊俏」，指男子陽物，又稱「左邊的」。星象學家稱北方七宿為玄武（又稱真武），為北方之神，手下有龜蛇，龜左蛇右。「左邊的」即指龜，而龜又是男性生殖器的隱語，就再引申「半邊俏」。《金瓶梅》第五回：「我笑你只會扯我，卻不道咬下他左邊的來。」

【例114】玳安道：「雖故俺大娘好毛司火性兒，一回家，好娘每親親噠噠說話兒。」（第六十四回）

魏解：意為臭脾氣。「毛司」乃廁所。「火性兒」，火燒的性格。

芬按：「毛司火性兒」，是魯南流行方言，形容人性格火爆。「毛司」，是毛燥的意思，不是廁所。這句話是誇「俺大娘」，雖然性格火爆，但對我們「親親噠噠」。

【例115】自古旋的不圓砍的圓，你我本等是瞞貨，應不上他的心。（第七十三回）

魏解：「旋的不圓砍的圓」，喻意是捨本逐末。一如今之語「情人眼裏出西施」。

芬按：「旋」，即「鏇」，意思是用古代人工車床車削。車削的木頭，自然很圓。用刀斧砍的木頭，自然不圓。「旋的不圓砍的圓」，是顛倒是非的意思。

【例116】玉樓道：「你看恁少條尖教的，又來打上輩！」（第七十三回）

魏解：意為無法（少條）無天，教得出了格（尖出來了），「又打我的上輩我的娘來了」。

芬按：「少條尖教」，是「少調失教」的誤刻，意思是缺少調理教育，是魯南流行

方言。不是「尖出來了」。

【例117】誰叫他拿班做勢的，他不罵的他，嫌腥？（第七十五回）

魏解：意為不罵他讓他腥的難聞下去哪！

芬按：意為他怎能不罵他，嫌他腥嗎？

【例118】西門慶道：「你睡下，等我我替你心口內撲撒撲撒，管情就好了。」（第七十五回）

魏解：意為用手去按摩按摩，舒展舒展。

芬按：此處是誤刻，應為「撲撒撲撒」。現在的魯南群眾口語中，還保存著這個詞，意思是用手拉起皮肉再鬆開，反復進行，使皮膚現出血色，以減輕病痛。

【例119】月娘道：「你看就是了，潑腳子貨，別人一句還沒說出來，你看他嘴頭子就像准洪一般。」（第七十五回）

魏解：動不動就發潑的貨色。意為惡婆娘。

芬按：「潑腳子貨」，原指應拋棄的殘茶剩飯之類，用來比喻無用的人。此詞，至今在魯南仍然流行。

【例120】你見你主子與了你好臉兒，就料毛兒，打起老娘來了。（第七十六回）

魏解：指禽獸之類，一旦起意要抗拒，是都會抖掠起毛羽來。料，借作掠。

芬按：「料」是「抖」的誤刻。「料毛兒」應為「抖毛兒」。貓狗虎狼之類，要發威，先抖毛兒。喻人的顯威風，裝神氣。

【例121】琴童在大門首揚聲道：「省恐殺人，不知爹往那裏去了，白尋不著，大白裏把爹來不見了。」（第七十七回）

魏解：「省恐殺人」一詞，在此上下語中，不知何意？似為一般人的口頭語，但喻意實難猜測。

芬按：「省」，是「真」的誤刻。「真恐殺人」，即「真嚇死人」。

【例122】今日他沒了，莫非推不知道？灑土也眯了後人眼睛兒也。（第八十回）

魏解：此語意為，「灑土也眯不了後人眼兒」……

芬按：西門慶死了，應伯爵招集幫閒兄弟商量，湊分子去祭吊，說過去吃他的，用他的，借他的，「今日他死了，莫非推不知道？」所以，大家權當灑把土眯住後人的眼睛，也應該湊錢去祭吊一番。魏先生理解顛倒了。

【例123】你在這裏快活，你老婆不知怎麼受苦哩，得人不化白你來，你落得為人。（第八十一回）

魏解：今日常言之「遇人不淑」，平白遇見了這種男人。說得粗魯些，則是你媽怎麼養出你這個人來。「得人不化」，指還沒有成其為人，便生下來了。

芬按：魏先生點錯了句讀，錯會了原意。胡秀挨了韓道國的罵，不服氣，就揭韓道國的短，說西門慶正和他老婆通姦（受苦），難得別人不宣揚你（得人不化白你），你才落得為人。

【例 124】海棠使氣白賴又灌了半鐘酒。（第九十五回）

魏解：意同「勒揸著」，費盡了辦法也非得逼著對方做到不可。

芬按：「使氣白賴」，就是俗語「死乞白賴」。

【例 125】春梅安他兩口坐帳，然後出來，陰陽生撒帳。（第九十九回）

魏解：從此一婚俗之寫，亦略可蠡而知之此書作者是何處人士。此婚俗，吾鄉則未有也。盼知者補述之。

芬按：坐帳、撒帳的婚俗，流行於魯南蘇北，凡四十歲以上的人都知道。坐帳，就是一對新人面對福神方向，坐在有紗帳的婚床上。撒帳，就是陰陽生或老年婦女把紅棗、花生撒在新人身上，喻早（棗）生（花生）貴子。

至此，我對臺灣魏子雲先生的《金瓶梅詞話注釋》所作的辨正，可以告一段落了。我的這三篇文章，發表於《徐州師院學報》和《淮海論壇》，共辨正了魏先生書中所存在的一百二十多錯訛之處。如果我的這些意見，能夠為魏先生在再版《金瓶梅詞話注釋》時作些參考，我就感到十分高興了。當然，我更歡迎魏先生，對我作出反批評。

《金瓶梅》方言詞音義辨析

　　張岱《陶庵夢憶》云：「甲戌（1634）十月攜楚生往不繫園看紅葉，容不期而至者八人：南京曾波臣、東陽趙純卿、金壇彭天錫、諸暨陳章侯、杭州楊與民、陸九、羅三、女伶陳素芝。余留飲。章侯攜縑素為純卿畫古佛，波臣為純卿寫照，楊與民彈三弦子，羅三唱曲，陸九吹簫。與民復出寸許界尺，據小杌用北調說《金瓶梅》一劇，使人絕倒。」

　　張岱，字宗子，號陶庵，四川劍州人，後遷居浙江山陰。文中所述之事，發生在崇禎七年（甲戌，1634）。人物共十個，籍貫分屬於劍州、南京、東陽、金壇、諸暨、杭州。「用北調說《金瓶梅》一劇，使人絕倒。」我理解這裏所隱含的意思是：在明末江南各地的文人和藝人的心目中，《金瓶梅》是北方人用北方土語寫成的書。這和沈德符在《野獲編》中的認識是一致的。

　　然而，沈德符和張岱都沒有明確指出，這「北方」具體是何處。我在《金瓶梅新證》中，提出蘭陵笑笑生是山東嶧縣人賈三近。證據之一是《金瓶梅》中運用了大量的魯南方言。現在，我想再就《金瓶梅》中部分方言詞彙的音義作進一步的探討。

　　對《金瓶梅》中方言詞彙的解釋，有兩種情況：一是解釋者在沒有讀《金瓶梅》之前，對所解釋的詞從沒有聽說過，更沒有親自用過，只是根據上下文加以揣摩和推測，或者望文生義主觀臆斷，這都是很不保險的。二是解釋者在沒有讀《金瓶梅》之前，不但已經聽人說過，自己也親自用過，而且可以找到當地群眾加以印證，這種方法才比較科學。在本文中，筆者願取後一種方法。

　　過去，我曾對《金瓶梅》中數百個詞作過解釋，現在借此機會，再舉 50 例加以辨析，方便之處，是這次國際會議是在棗莊召開，我相信這 50 個詞以及我過去所解釋的數百個詞，都是可以在本地群眾中得到驗證的。

　　【例 1】那大蟲又饑又渴，把兩隻爪在地上跑了一跑，打了個歡翅……（第一回）

　　歡翅，魯南人把「打哈欠」說成「打歡翅」或「打哈翅」，翅（chi）要讀輕聲。此一詞，若用普通話去讀，結果，「哈欠」的詞義，也隨之消失了，讓人感到不知所云。所以嚴格說來，讀《金瓶梅》只有用準確的方音去讀，才能真正傳達出原意來。這是楊與民「用北調說《金瓶梅》」的原因。

　　【例 2】那婦人氣生氣死，和他合了幾場氣。（第二回）

合氣，方言應讀作「歌氣」絕不可讀作「和氣」，否則就不成話。魯南蘇北人把吵嘴打架都稱作「合氣」。

【例3】這西門慶連忙將身下去拾箸，只見婦人尖尖翹翹三寸恰半扠一對小小金蓮，正放在箸邊。（第四回）

扠，在普通話裏，「扠」通「叉」，讀若「查」。但，這裏的「扠」，魯南方言讀作「剳」，是說明長度的。在魯南，大拇指和中指同時張開伸直，兩指之間的距離稱作「一扠（箹）」。例句中「半扠（箹）」是說潘金蓮的腳只有「一扠（箹）」的一半長，形容潘金蓮的腳小。

【例4】婆子罵道：「賊娘的小猢猻，你敢高則聲，大耳刮子打出你去。」（第四回）

則聲：魯南方言中讀作「吱聲」，「聲」讀輕聲。則，如果按普通話注音讀若「澤」，也失去了方言詞的本義。在魯南方言中人說話或發出其他聲音，都叫做「吱聲」。例句中的「高則聲」就是高聲說話或叫喊的意思。《紅樓夢》中也寫作「吱聲」。

【例5】婆子道：「今日他娘潘媽媽在這裏，怕還未去哩！」（第六回）

媽媽，在魯南是老年婦女的通稱，即「老太婆」，方音讀作「馬馬」，第二個「媽」字讀輕聲。如果按普通話讀，並理解為母親，都是錯的。例句中說的很明白：「今日他娘潘媽媽。」魯南人稱母親為娘，不叫媽媽。

【例6】薛嫂道：「我和老人家這等計議相看不打緊。如今他家，一家子只是姑娘大。」（第七回）

姑娘，用在此處是姑母、姑媽的意思。在魯南農村，歷史上無人把與自己沒有關係的年輕女孩子或者自己的女兒稱做姑娘的，只稱「閨女」。例句中的「姑娘」，正是指孟玉樓原來丈夫的姑媽。按魯南稱謂習慣，孟玉樓應稱她為「婆婆姑娘」，即「婆婆家的姑媽」的意思。

【例7】王婆便叫道：「師父，紙馬也燒過了，還只摙打怎的？」（第八回）

摙，字書中無此字，這是作者自造出來的記音字。方音讀作「扁」，作「摔打」講。摔，普通話讀「衰」，魯南土音讀「扁」，如：這個瓶子摔（音扁）碎了。這正說明《金》的作者是魯南人。此外，《金》中還有「仰摙著」，「浪摙著」，這兩個「摙」都是方言語助詞，無義。如「仰巴」的「巴」字。

【例8】西門慶旋用十六兩銀子買了一張黑漆歡門描金床，大紅羅圈金帳幔，寶象花揀妝，桌椅錦面，擺設整齊。（第九回）

旋，即「現」，作臨時、當場解釋。魯南人把「現」讀作「旋」（四聲），如「旋蒸旋賣」。再如第三十六回的「施捏佛施燒香」，「施」是「旋」的誤刻，應為「旋捏佛旋燒香」。

【例9】那日把席子椅子坐折了兩張。（第十二回）

折，在普通話中讀若「哲」。但這個字在魯南方言中讀若「舌」，是斷了的意思，讀第一聲。

【例10】月娘便道：「你看，恁不合理，不來便了，如何去罵小廝來？」（第十二回）

合理，魯南方言讀若「各理」，不可讀作「禾理」。是不在理，不懂理，不講理的意思。「合」和「理」連用讀若「各」。而前述「合氣」的「合」，方言則讀若「歌」。

【例11】昨日使丫頭替了吳家的樣子去了，今日教我捎了這一對壽字簪兒送你。（第十三回）

替，讀若「剃」，意思是按樣剪裁。把已有的鞋樣釘在一張紙上，依樣剪一張，魯南人叫「替鞋樣子」。「替」字的這種用法，可能別處也有。

【例12】把個見見成成做熟了飯的親事兒，吃人掇了鍋去了。（第十八回）

掇鍋，就是端鍋。魯南人稱全部抓住或全部拿走叫掇鍋。如：那幾十個日本鬼子，叫咱游擊隊給掇了鍋。他家的東西叫小偷給掇了鍋。見見成成，即現現成成。

【例13】西門慶道：「想必那矮王八打重了，在屋裏睡哩，會勝也得半個月，出不來做買賣。」（第十九回）

會勝，《金》中有時還寫為「渾深」。意思有三個：一是估量之詞，有約莫、大概的意思，如此例。鄉人對話，甲說：「你看他有多大年紀？」乙說：「會勝也有三十五六歲。」二是作應該講，並含有催促的意思。如：孩子一面吃飯，一面看小人書，拖了時間，媽媽說：「你渾深吃呀！」看電影的時間快到了，可丈夫還遲遲不動身，妻子說：「你趕緊走呀，渾深！」三是作反正講，如第七十六回，平安道：「怎麼樣兒，娘們會勝看不見他。」

【例14】先是玉樓勸西門慶，說道：「你娶得他來，一連三日不往他房裏去，惹他心中不歹嗎？」（第十九回）

歹，魯南人作「難堪」解。他人的言行，使自己心中難堪，叫心裏很歹。表現在臉上，叫「臉上歹乎乎的」。

【例15】且說西門慶見婦人在床上，倒胸著身子哭泣，見他進去不起身，心中就有幾分不悅。（第十九回）

胸，是聳的代用字，作聳講，方音讀若「胸」（二聲）。在普通話中，一部分以 S 作聲母的音節，魯南人讀出來，S 就變成了 X，如：松讀作胸，梭讀作雪，孫讀作熏，等等。在《金》的這個例句中，笑笑生讀聳作胸，恰好證明了他是魯南人。

【例16】金蓮說：「就是揭實枝梗，使了三兩金子滿篡，綁著鬼還落他二三兩金子，勾打個甸兒。」（第二十回）

滿纂，是誤刻，應為滿纂，在第八十七回中就是用的「滿纂」。魯南方言讀「纂」為「卷」，意思是用手滿把握住，引申義為「頂多」。例句中，「使了三兩金子滿纂」是倒裝，準確的意思是「頂多使三兩金子」。人們若不懂方言，是很難準確理解「滿纂」二字的。此外，魯南人還說「滿破」，「滿貫」，用法與「滿纂」同。

【例 17】你既收了他許多東西，又買了房子，今日又圖謀他老婆，就著官兒也看喬了。（第二十回）

喬，魯南方言，喬有兩義：一是物體變形稱喬，如：這木板被太陽曬喬了。二是「扁」的意思，如：例句中的看喬了，就是看扁了。

【例 18】月娘道：「他是恁不是才料處窩行貨子，都不消理他了，又請他怎的！」（第二十三回）

處窩行貨子，魯南方言讀作「揣歪熊黃子」，不能按原文字面讀。「揣歪」是無用的意思。行貨子，也不能按字面讀，應讀成熊黃子，是熊東西的意思，可指物，亦可指人。處窩（揣歪）行貨子（熊黃子），就是無用的熊東西。

【例 19】李瓶兒道：「媽媽子，一瓶兩瓶取了來，打水不渾的，勾誰吃，要取一兩罈兒來。」（第二十四回）

打水不渾，有人解釋為「要打水，如果只打水面，沉不到水底去，水便不渾，打的水也就少。」[1]此解釋不對。原意是麵粉太少，水太多，麵粉放到水裏去攪動（打）也不能讓水變渾，比喻需要太多，供應太少，這是魯南的常用語。媽媽子，指老年女僕。文中的瓶、罈，說的是酒。

【例 20】婦人道：「賊短命，你是城樓子上雀兒，好耐驚耐怕的蟲蟻兒。」（第二十四回）

蟲蟻兒，魯南人稱小鳥為小蟲蟻兒，但在大多數情況下，是專指麻雀，如例句。

【例 21】老婆（宋惠蓮）道：「著來，親親，隨你張主便了。」（第二十六回）

著來，著，魯南方音讀如「照」。著來，意思是對著哩。甲說的話，乙表示同意，乙就說「著來！」這是在魯南。而徐州則說：「驗來！」魯南人還常把名詞「主張」，倒讀為「張主」，作動詞「決定」講，如此例。

【例 22】鄭愛香笑道：「這應二花子，今日鬼酉上車兒——推醜。」（第三十二回）

推，魯南人把「太」讀作「推」。把太好了，太熱了，太甜了等，讀為推好了，推熱了，推甜了。推醜，就是太醜的意思。

【例 23】桂姐罵道：「怪囊刀子，好乾淨嘴兒，擺人的牙花也磕了。」（第三十二回）

1　《金瓶梅鑒賞詞典》，546 頁。

擺，魯南人讀「把」作「擺、拜」。如：將「把門關上」，說為「拜門關上」；將「把他趕走」，說為「拜他趕走」，等等。《金瓶梅》中，有時用「擺」，有時用「拜」，都是記音字，用「拜」最為準確妥當。

【例 24】（韓道國）自從西門慶家做了買賣，手裏財帛從容，新做了幾件圪蚫皮，在街上虛飄說詐，掇著肩膊兒就搖擺起來。（第三十三回）

圪蚫皮，魯南方言，原指從依附體上掉下來的乾燥的屑片。在魯南鍋碗沒有刷，殘留在裏面的稀飯乾結了，就稱鍋圪蚫、碗圪蚫。人體生瘡，愈後出現一層乾結的壞死物，稱瘡圪蚫。「蚫」是「巴」的變音。此句的「圪蚫皮」喻指韓道國穿的衣服。

【例 25】抹過香棚，兩邊松牆。松牆裏面，三間小卷棚，名喚翡翠軒，乃西門慶夏日納涼之所。（第三十四回）

抹，此字在魯南方言中有四個讀音，四種用法。以《金》中的句子為例：一、「一抹都看在眼裏，」這句中的「抹」，魯南人讀如「莫」，一抹是全部的意思。二、「恰是那一個兒就沒些嘴抹兒。」（第二十一回）這句話中的「抹」，魯南人讀第二聲，且要兒化。「抹兒」是本領的意思。如：這人抹兒很高。三、「抹過木香坍」這句話中的「抹」魯南人讀如「馬」，有時是二聲，有時是三聲，按說話的語境決定。抹過就是越過的意思。如：「抹過曲阜就是泰安。」四、抹，在魯南還有第四個解釋，作「遺漏」解，如：「能抹一村，不抹一家。」

【例 26】月娘道：「嗔他恁亂唧嘛叫喊的，只道打什麼人，原來打他，為什麼來？」（第三十五回）

唧嘛叫喊，唧嘛，在魯南，呻吟，哼唱，說話等，都稱唧嘛。如：「你唧嘛什麼。」有人解釋為「極頭麻花」的省詞，錯。極頭麻花，魯南人也說，那是指精神緊張，暈頭轉向。

【例 27】婦人道：「情知是誰，是韓二那廝，見他哥不在家，便要錢輸了，吃了酒，來歐我。」（第三十八回）

歐，即嘔。在魯南，二人相互使氣叫作嘔氣，這是常用語。歐我，就是故意氣我。如：這孩子就會跟他娘歐氣。

【例 28】西門慶道：「等韓夥計來家，你和他計較，等子獅子街那裏，替你破幾兩銀子，買下房子。」（第三十八回）

等子，即等著。當「著」用在動詞後面時，魯南人常把「著」讀為「子」。如：吃子飯。這本書你先拿子。等等。

【例 29】見一月之間，西門慶也來行走三四次，與王六兒打的一似火炭般熱。（第三十九回）

見，讀音與普通話相同。但在魯南方言中，作「每」解。如：見月也得花一百元錢。見天也得喝半斤酒。等等。

【例30】兜肚斷了帶子，沒得絆了。（第三十九回）

絆，在魯南，讀派兒，是指各種起扣聯作用的帶子。如：鞋袢兒，兜肚袢兒。這裏，是一句歇後語，「沒得袢了」，就是沒有可盼的，沒有希望了。

【例31】月娘道：「……況你這蜜褐色挑繡裙子不耐汙，撒下點子倒了不成。」（第四十四回）

汙，魯南人讀如「臥」，作污染解。不耐汙，就是容易顯現污染的意思。在魯南農村，人們要每天勞動，多不穿淺顏色的衣服，原因是不耐汙。而黑藍色的東西，髒一點卻看不出來，則稱為「耐汙」。

【例32】賊跌折腿的三寸貨強盜，進他門去正走著，蛇齊的把那兩條腿歪（左加提手）折了，才見報了我的眼。（第四十三回）

搖，魯南話讀第二聲，作扭傷講，如：歪了腳，歪了腰。但，歪，魯南人有時讀「忤」音，如：忤了腳，腳忤了，等。

【例33】西門慶向桂姐說：「你和銀兒亦發過了節去，且打發他兩個去吧。」（第四十四回）

亦發，在魯南是一同、一起的意思，「亦發過了節去」，就是「過了節一同去。」

【例34】話說西門慶因放假，沒往衙門裏去，早晨起來，前廳看看，差玳安送兩張桌面與喬家去。（第四十五回）

桌面，魯南人把可以擺滿一桌子的菜肴，食品，水果等，稱為一張桌面。誰家有紅白喜事，親友們往往要送一張桌面。這是送禮的一種形式。

【例35】明日他請俺們晚夕賞燈，你兩個明日絕早，買四樣好下飯，再著上一罈子金華酒。（第四十五回）

著，魯南人讀「張」，與普通話裏的「張」音相同。著上，就是添上，加上，放上的意思。如湯談了，再著上點鹽。

【例36】那韓金釧見他（蔡御史）一手拉著董嬌兒，知局就往後邊去了。（第四十九回）

知局，魯南人把能洞察內情，叫知局。那韓金釧，見蔡御史拉著董嬌兒，就看透了蔡的心思，於是知趣地往後邊去了。

【例37】那書童把頭髮都揉亂了，說道：「要便要，笑便笑，髒兮兮的屍水子吐了人恁一口！」（第五十回）

屍，魯南人讀「熊」。魯南人把男人的精液稱熊，或熊水子。

【例38】那老子一路揉眼出來，上了馬還打盹不住，我只怕突了下來。（第五十四回）

突了，魯南人作滑落解。如：從馬上突了下來。打屋頂突了下來，等等。

【例 39】金蓮道：「賊小肉兒，你拿不了作兩遭拿，如何恁拿出來，一時叮噹了我這鏡子怎的？」（第五十八回）

叮噹，魯南人常把象聲詞「叮噹」作為動詞打碎，毀壞用。如：把碗給叮噹了。叮噹了我這鏡子。這事被他鬧叮噹了，等等。

【例 40】西門慶令左右打開盒兒觀看，四十個大螃蟹，都是剔剝淨了的，裏面釀著肉，外用椒料，薑蒜米兒……（第六十一回）

蒜米兒，就是蒜泥，魯南人把蒜泥稱作蒜米兒。米兒，方言讀第一聲。

【例 41】西門慶道：「你這歪狗才，不要惡識他便好。」（第六十一回）

惡識，在魯南，把羞辱，誹謗他人，稱為「惡識」，讀如「惡子」。

【例 42】到明日我也不在家，信信拖拖，往那院裏且住幾日去罷。（第六十七回）

信信拖拖，魯南人說信信拖拖，就是順順當當的意思。

【例 43】西門慶看著迎春擺設嘠飯完備，下出匾食來，點上香燭，使繡春請了後邊吳月娘眾人來。（第六十七回）

匾食，即扁食，魯南人把餃子稱為扁食。下出扁食來，就是煮出餃子來。

【例 44】文嫂便把家中倚報會茶，趕臘月要往頂上進香一節，告訴林氏。（第六十九回）

頂上，指泰山頂上。這樣的省略用語，只有泰山周圍地區的人才能說得出，寫得出。

【例 45】他嘴裏砒裏剝刺的，教我一頓卷罵。（第七十二回）

卷罵，此處的卷，魯南人讀第二聲，有三種解釋，一是罵的意思，但是不直接罵，而是繞圈子罵人。如第五回：（鄆哥）看看武大道：「這幾時不見，吃得肥了！」武大歇下擔兒道：「我只是這等模樣，有甚麼吃得肥處？」鄆哥道：「我前日要糴些麥稃，一地里沒糴處，人都道你屋裏有。」武大道：「我屋裏不養鵝鴨，那裏有這麥稃。」鄆哥道：「你說沒麥稃，怎的棧得你恁肥苔苔的，便顛倒提起你來也不妨，煮你在鍋裏也沒氣？」武大道：「含鳥猢猻，倒罵得我好！我的老婆又不偷漢子，我如何是鴨？」——以上是鄆哥罵武大老婆偷漢子，但不直接罵，而是說他是鴨（戴綠頭巾）。魯南人把這種情況叫「卷人」。二是卷又作踢講，如：卷了他幾腳。三是卷還作騙講。如：「他被人卷了。」例句中的卷，是第一種用法。

【例 46】月娘道：「這等，叫劉婆子來瞧瞧，吃他服藥，再不頭上剁兩針，由他自好了。」（第七十六回）

剁，普通話，是用刀向下砍的意思，讀第四聲。但魯南人把「用針扎」叫「用針剁」，此處的「剁」，方言讀第三聲，如「掇」。

【例47】杏庵道：「這個小的，不瞞尊師說，只顧放心，一味老實本分，膽兒又小，所事伶範，堪可作一徒弟。」（第九十三回）

伶範，在魯南，青少年聰明伶俐，人稱伶範；工具使起來很靈便，也稱伶範。

【例48】月娘道：「怪小囚兒，休胡說白道的。那羔子，赤道流落在那裏討吃，不是凍死就是餓死。」（第九十七回）

羔子，原指羊羔，魯南人引申為男孩子。如：這是誰家的賊羔子？我那小羔子就是不聽話。等等。

【例49】管情見一月，你穩拍拍的有百十兩利息，強如做別的生意。（第九十八回）

穩拍拍的，穩當當的，保險，肯定的意思，魯南人常如此說。

【例50】那老婆婆炕上柴灶登時做出一大鍋稗稻插豆子乾飯。（第一百回）

插：魯南人做較稠或較乾的飯叫「插」，幾種糧菜同時煮也叫「插」。如：煮稠粥叫插糊塗。臘月初八，煮臘八粥叫插臘八粥。用青菜和豆瓣放在一起煮，就叫插菜豆腐。做大米乾飯，則叫插乾飯。

以上50例，闡釋的目的有兩個，一是證明《金瓶梅》作者一定是魯南人。二是為閱讀、翻譯《金瓶梅》的人，提供準確的依據。此外，我還想列舉另外50例，以證明《金瓶梅》的許多詞語，山東其他作家也是經常使用的。

1. 《金》第二回的「貝戎兒」，見《醒世姻緣傳》第八十六回。

2. 《金》第三回的「行貨」，見《聊齋俚曲集·禳妒咒》。

3. 《金》第七回的「管情」，見《蒲松齡集·鍾妹慶壽》。

4. 《金》第七回的「三窩兩塊」，見《醒》第四十回。

5. 《金》第七回的「了子」，見《醒》第六十七回。

6. 《金》第七回的「差遲」，見《醒》第二回，《聊齋俚曲集·翻魘秧》。

7. 《金》第七回的「扯淡」，見《醒》第二回。

8. 《金》第八回「谷都」，見《醒》第三回。

9. 《金》第八回的「吉聒」，見《醒》第八十八回。

10. 《金》第九回的「強人」，《醒》第二回有。

11. 《金》第十一回的「多咱」，見《聊齋俚曲集·禳妒咒》。

12. 《金》第十二回的「麻煩」，見《醒》第十一回。

13. 《金》第十二回的「撈」，見《醒》第七十三回。

14. 《金》第十三回的「頭上打一下，腳底板響」，見《醒》第九十五回。

15. 《金》第十三回的「定油」，見《醒》第四十八回。

16. 《金》第十四回的「汗邪」，見《醒》第八十七回。

17.《金》第十五回的「壓羅羅」，見《聊齋俚曲集·翻魘秧》。

18.《金》第十五回的「快刀兒割不斷的親戚」，見《醒》第九回。

19.《金》第六回的「河水不礙船」，見《醒》第九回。

20.《金》第十九回的「采著毛」，見《醒》第二十三回。

21.《金》第二十回的「拿長鍋鑊（烀）吃了你」，見《醒》第四十四回。

22.《金》第二十一回的「木木的」，見《醒》第八十回。

23.《金》第二十一回的「踩」，見《聊齋俚曲集·磨難曲》。

24.《金》第二十二回的「褶兒」，見《醒》第四十四回。

25.《金》第二十四回的「蟲蟻兒」，見《醒》第六十回。

26.《金》第二十五回的「枉口拔舌」，見《醒》第九回。

27.《金》第二十六回的「燈草拐棒兒，原拄不定」，見《醒》第九十六回。

28.《金》第二十六回的「老婆當軍，充數罷了」，見《醒》第八十八回。

29.《金》第二十七回的「達」，見《醒》第四十八回。

30.《金》第二十七回的「摭舃兒」，見《醒》第二十一回。

31.《金》第二十九回的「花花黎黎」，見《聊齋俚曲集·增補幸雲曲》。

32.《金》第二十九回的「舃了他的頭」，見《聊齋俚曲集·增補幸雲曲》。

33.《金》第三十二回的「曹州兵備管事寬」，見《醒》第四十八回。

34.《金》第三十五回的「雀兒只揀旺處飛」，見《醒》第四回。

35.《金》第三十七回的「坐家女兒」，見《醒》第四十五回。

36.《金》第三十九回的「隔牆掠肝」，見《醒》第八回。

37.《金》第三十九回的「不當家化拉的」，見《醒》第八回。

38.《金》第四十一回的「不般陪」，見《聊齋俚曲集·翻魘秧》。

39.《金》第四十一回的「不因不由」，見《醒》第六十三回。

40.《金》第四十二回的「淡嘴」，見《醒》第十一回。

41.《金》第四十三回的「漢子臉上有狗毛」，見《醒》第八回。

42.《金》第四十六回的「駁雜」，見《聊齋俚曲集·磨難曲》。

43.《金》第四十七回的「火頭」，見《醒》第八十一回。

44.《金》第五十一回的「有要沒緊」，見《醒》第五十一回。

45.《金》第五十三回的「卵孵」，見《醒》第一回。

46.《金》第五十四回的「做個明府」，見《醒》第六十九回。

47.《金》第五十五回的「餓眼瓜皮」，見《醒》第八十二回。

48.《金》第三回的「賤累」，見《醒》第五十回。

49.《金》第四回的「旮」，見《醒》第七十二回。

50.《金》第四十二回的「躼」，見《醒》第二十六回。

本文分兩個部分，一是對魯南方言詞作音義辨析，二是將《金瓶梅》和蒲松齡、西周生的作品作比勘。二者證明了，《金瓶梅》語言成分的主體，是魯南方言和更大範圍的山東方言。山東以外的作家，是寫不出《金瓶梅》的。

《金瓶梅》詞語選釋

　　《金瓶梅》在運用方言詞語方面所取得的成就是極為突出的，其數量之多和範圍之廣，均在《三國演義》《水滸傳》和《紅樓夢》之上。這不但增強了小說的生動性和現實感，而且形成了《金瓶梅》所獨有的作風和氣派。

　　總的來說，《金瓶梅》是以北方官話為基礎寫成的，同時吸收了大量的魯南方言、北京方言、華北方言，以及元明戲曲中的語彙。進一步分析，《金瓶梅》中那些最難懂的方言詞語，大多屬於嶧縣方言。為此，我先後於 1980 年 8 月和 1981 年 2 月，帶著從《金瓶梅》中找出的八百個詞語，兩次到嶧縣作了方言調查。下面所作的注釋，大部分是這兩次調查的成果。其餘則是從各種典籍中查出的。

　　《金瓶梅》的語言問題，早已引起了中外學者的注意。清代順康時徐州張竹坡在一百回本《張竹坡評金瓶梅》中，就附了一篇題為〈趣談〉的文字，這是由書中摘錄出的精彩口語集合而成的。1964 年，上海古籍出版社印行了陸澹安先生的《小說詞語匯釋》，這部書也對《金瓶梅》中的部分難懂詞語作了解釋。但是，由於陸先生不是魯南人，所以每當涉及這一地區的方言，就有的解釋錯了，有的解釋不確切。在日本，較早研究《金瓶梅》語言的著作，是上野圖書館收藏的手抄本《金瓶梅的難詞、難句解》。此外，1978 年，日本光生館又出版了鳥居久靖的《金瓶梅俏皮話之研究》。這些事實都說明了語言問題是《金瓶梅》研究的一個重要部分。特別是，目前世界上許多國家都翻譯了《金瓶梅》，如果我們不對原書中的難懂詞語作出準確的解釋，那麼，在翻譯過程中就很難保持住這部偉大現實主義作品的原貌。

　　《金瓶梅》中的難懂詞語較多，通過一兩次閱讀很難搜羅完備，因此，這裏所解釋的只能說是其中的一部分，可謂之選釋。再者，凡陸澹安先生在《小說詞語匯釋》中解釋錯的，我就直接用嶧縣群眾的解釋加以取代，不再逐一說明。

　　最後，需要特別強調的是，在這一部分我的目的還不僅是為了把《金瓶梅》中的難懂詞語解釋清楚，更重要的是，我要用其中嶧縣的方言詞語和例句，來再一次證明《金瓶梅》的作者肯定是嶧縣人。我之所以不同意其他有關《金瓶梅》作者的許多說法，就在於那些假定的作者，他們不可能如此準確透徹地理解並純熟自然地運用這麼多的嶧縣方言。

一　畫

【一力】一個勁兒地。含有「一再用力」的意思。

    (1)　一力攛掇武大吃了飯，挑擔出去了。（第四回）

【一尺水十丈波】形容人說話誇張的成分太多。

    (2)　到底是媒人嘴，一尺水十丈波的。（第八十八回）

【一巴掌】一夥，一幫，不一定是指五個人。

    (3)　家中還有一巴掌人兒。（第六十九回）

【一事兒】幾件事合在一起辦，嶧縣叫一事兒。

    (4)　他娘子出月初二生日，就一事兒去罷。（第七十二回）

【一抹兒】全部。在魯南一帶，有時把「這一回」或「這一次」也叫做「這一抹兒」。此外則作「全部」講。

    (5)　這婦人一抹多（「都」的轉音）看到在心裏。（第九回）

【一陣風】時間很短，行動迅猛。

    (6)　趕人鬧裏，七手八腳，將婦人床帳、妝奩，箱籠，搬的搬，抬的抬，一陣風都
        搬去了。（第七回）

【一條提】一股腦兒。

    (7)　若不教奴才老婆漢子一條提撐的離門離戶也不算，恒屬人挾不到我井裏頭。（第
        五十九回）

【一條腿】即一條心。

    (8)　老身知道，他與我那冤家一條腿兒。（第七十八回）

【一替】一趟。

    (9)　由著後邊一替兩替使了丫鬟來叫，只是不出來。（第二十六回）

【一箭上垛】一行動，就成功。

    (10)　大官人若見了，管情一箭就上垛。（第七回）

【一壁打鼓，一壁磨旗】從兩方面採取行動。一壁，一邊，一面。

    (11)　咱一壁打鼓，一壁磨旗，幸說他若好了，把棺材就捨與人，也不值什麼。（第
        六十二回）

【一頭】一面，一邊。

    (12)　這小猴子打那虔婆不過，一頭哭，一頭走，一頭街上拾梨兒。（第五回）

【一鍋粥】亂七八糟，一塌糊塗。

    (13)　家裏老婆沒會（料到）往那裏尋去，尋出沒會（料到）打成一鍋粥。（第四十六回）

【一攬果】幾件事或幾樣東西合在一起。

(14) 只等你尋下房子，一攬果和你交易。（第五十六回）

二 畫

【丁當】原為象聲詞，嶧縣人常把這個詞用作動詞，意思是打碎。

(15) 一時丁當了我這鏡子，怎了？（第五十八回）

【七八】大約，可能，差不多。

(16) 這咱晚（時候），七八有二更，放了俺們去罷了。（第五十八回）

【七個八個】許多個，或這個那個。

(17) 此是上房裏玉簫和書童兒小廝，七個八個，偷了這壺酒和些柑子、梨，送到書房中與他吃。（第三十一回）

【了得】即了不得。

(18) 那街坊鄰舍都知道西門慶了得，誰敢來管事？（第五回）

【二尾子】中性的人。尾，嶧人讀作「以」。

(19) 一個人說：「倒像個二尾子。」（第九十六回）

【人牙兒】人影兒，即人。有人誤解為小孩，錯。

(20) 等了半日，沒一個人牙兒出來，竟不知怎的？（第十七回）

【入港】達到目的，多用來形容男女關係。有時也指雙方談話很投機。

(21) 可哥今日婦人倒明開了一條大路，教他入港。（第十三回）

【八怪七喇】稀奇古怪的醜事。

(22) 三姐，你聽著，到明日弄出什麼八怪七喇出來。（第二十八回）

【刁刁的】撮起嘴唇，一點點地喝，像鳥兒飲水一樣，所以稱為「刁刁的」。

(23) 我偏教你吃這一大鍾，那小鍾子刁刁的，不耐煩。（第三十三回）

【刁厥】指性情頑劣古怪。

(24) 他性兒也有些刁厥些兒。（第九十二回）

【又吃紂王水土，又說紂王無道】吃裏爬外。

(25) 又吃紂王水土，又說紂王無道，他靠那裏過日子？（第二十五回）

【又放羊又拾柴】男人有意讓妻子外遇，謂之又放羊又拾柴。其目的，有的是求孕，有的是圖錢。

(26) 誰不知他漢子是個明忘八，又放羊又拾柴。（第六十一回）

三　畫

【三不知】什麼情況都不了解，毫無精神準備。

　　(27)　那西門慶三不知正進門，兩個撞了滿懷。（第十三回）

【三不歸】沒有歸宿之處。

　　(28)　到明日，沒的把這些東西兒吃人暗算奪了去，坑閃得奴三不歸。（第十四回）

【三打不回頭，四打連身轉】形容人遲鈍無能。

　　(29)　奴家平生快性，看不上這樣三打不回頭、四打連身轉的人。（第一回）

【三茶六飯】泛指吃喝，內含細心照顧的意思。

　　(30)　照顧你一個錢也是養身父母，休說一日三茶六飯扶持著。（第二十二回）

【三等九格】地位或品質低下。

　　(31)　他就惱，我也不怕他，看不上那三等九格的。（第七十三回）

【三窩兩塊】一個家庭的人分成幾夥。

　　(32)　常言道說得好，三窩兩塊，大婦小妻，一個碗內兩張匙，不是湯著，就是抹著，如何沒些氣兒？（第七十六回）

【三層大二層小】家庭人口眾多，地位不同，難以照顧全面。

　　(33)　大人家的營生，三層大二層小，知道怎樣的？（第三十七回）

【下程】路途上的花銷。

　　(34)　別處人倒也好情分，還該送些下程與他。（第五十三回）

【下落】嶧縣人把奚落說成「下落」。

　　(35)　昨日我對你說的話兒，你就告訴與人，今天教人下落了我恁一頓。（第二十三回）

【上門】找上門，即找到人家門上。

　　(36)　三姑娘慌怎的，上門怪人家？（第四十六回）

【上紙】給別人家的死人燒紙錢，又稱「燒紙」。

　　(37)　本府胡爺上紙來了，在門首下轎子。（第六十回）

【上緊】抓緊，加緊。

　　(38)　我的哥哥，你上緊些。（第十七回）

【上頭上臉】在他人面前，言談舉動張狂，不合自己身分。

　　(39)　待要說是奴才老婆，你看把他逗的沒張置的，在人跟前上頭上臉的。（第二十六回）

【乞乞縮縮】衣著寒酸，神情猥瑣的樣子。有時也用來形容冷得發抖。

(40) 想著他來時，餓的個黃臉皮兒，寒瘦的乞乞縮縮。（第七十二回）

【叉口】布袋。

(41) 右手拿著一條棉花叉口，望著只管跑。（第六十一回）

【大官】對別人的小孩或童僕的愛稱。

(42) 蔡狀元問道：「大官，你會唱紅入仙桃？」（第三十六回）

【大發】超過限度。

(43) 大娘，你今日怎的，這等惱的大發了。（第七十六回）

【大滑答子貨】壞東西。嶧縣一帶，人們多以煎餅為主食。烙煎餅時，由於開始火候難於
　　掌握；最初幾張總烙不好，這種又厚又破的煎餅叫做「滑答子」。當地群眾常拿
　　來比喻行為不端的人。

(44) 你好人兒，原來你是個大滑答子貨。（第二十三回）

【大廝不道】傲慢無禮。

(45) 會那等大廝不道，喬張致，呼張喚李。（第九十一回）

【小狗骨禿兒】小狗骨頭，即小狗，罵人的話。猶如「賊骨頭」即是指賊。

(46) 就是你這小狗骨禿兒的鬼，你幾時往後邊去，就來哄我。（第二十回）

【小眼薄皮】看見小利就眼饞的人。

(47) 他還說我小眼薄皮，愛人家的東西。（第七十八回）

【小頑】小孩兒。

(48) 正是小頑還小哩，房下恐怕路遠，唬著他，來不得。（第三十九回）

【弓兒扯滿】比喻事情做絕。

(49) 將就些兒罷了，怎的要把弓兒扯滿了。（第五十九回）

四　畫

【不出材】不成材。

(50) 俺們都是劉湛兒鬼兒麼？比那個不出材的？那個不是十個月養的哩？（第三十
　　九回）

【不伏燒埋】性情倔強，不聽管教。

(51) 一個使的丫頭，和他貓鼠同眠，慣的有些褶兒？不管好歹就罵人，倒說著你嘴
　　頭子，不伏個燒埋。（第七十五回）

【不合理】嶧縣人把「合」讀作「各」，但仍是不合乎道理的意思。

(52) 月娘道：「你看，恁不合理，不來便了，如何又罵小廝？」（第十三回）

【不拘】不局限於，不論。

(53) 有好人才女子，不拘十五六歲上下，替我尋一個送來。（第三十一回）

【不倒口】一口咬定，不改變原來的說法。

(54) 王婆只推他大娘子分付，不倒口要一百兩銀子。（第八十七回）

【不得閑】忙，沒有閒暇。

(55) 常時也想著要往宅裏看看姑娘，白不得個閑。（第十二回）

【不割不截】沒到一個段落，就不了了之。

(56) 你家孤老今天請俺們賞菊飲酒，吃的不割不截的，又邀了俺們進來。（第十三回）

【不發心】不暢快。

(57) 原不知你在這咕溜搭剌裏住，教我抓尋了個不發心。（第六十八回）

【不搬陪】不般配。雙方條件懸殊，不能相配。

(58) 做親也罷了，只是有些不搬陪。（第四十一回）

【不當】別以為。

(59) 官人在上，不當老身意小，自古，先說斷後不亂。（第七回）

【不當家化化的】這個詞在《紅樓夢》《兒女英雄傳》《醒世姻緣傳》中也被用過，被寫成「不當家花拉的」或「不當家豁拉的」。「不當」原為對神靈褻瀆不敬的意思。「家（或價）」和「化化的」是語助詞。劉侗《帝京景物略·春勘》：「夜不以小兒女衣置星月下⋯⋯亦不置洗滌餘水，為夜遊神飲馬也，曰『不當價（家）』。」紀昀云：「如吳語云罪過。」所以，這個詞用普通話來說，就是「不怕得罪神靈」。在嶧縣，「當家」就是「當中間兒」，指心。「化化」就是「劃劃」，即「想想」。因此，「不當家化化的」，也可譯為「不在心裏想想的」，亦通。

(60) 攬著些字紙和香兒一處放著，甚麼稀罕物件，也不當家化化的。（第二十八回）

【不葷不素】既不算葷的，也不算素的，比喻人或事沒有正當的名分。

(61) 你放在家裏，不葷不素，當做什麼人兒看成？（第二十六回）

【不斷頭】絡繹不絕。

(62) 人來人去，一日不斷頭。（第三十一回）

【匹手】迅速出手。

(63) 人拿著氈包，你還匹手奪過去了。（第四十七回）

【少條失教】缺乏調理教育。條，即調理。

(64) 好大膽丫頭，新來乍到，就恁少條失教的。（第四十回）

【巴斗】盛糧食的筐。

(65) 一個急急腳腳的老小，左手拿著一個黃豆巴斗。（第六十回）

【支調】應付。

(66) 那石道士躲去一邊,只教徒弟來支調。(第八十四回)

【欠肚兒親家】兒媳婦不能生孩子,公婆就把媳婦娘家的爹娘稱為欠肚兒親家。比喻對不起人。

(67) 他往你屋裏去了,你去罷,省得欠肚兒親家是的。(第五十回)

【欠情】有恩未報。

(68) 白來搶舉手道:「一向欠情,沒來望哥。」(第三十五回)

【比對】即對比,引申為指責。

(69) 比對我當初擺死親夫,你就不消叫漢子娶我來家。(第十一回)

【水皮子】河面。

(70) 相我水皮子上顧瞻,將這許多銀子貨物來家。(第八十一回)

【水客】在河道上來往做買賣的人。

(71) 才知道那漢子潘五是個水客,買他來做粉頭。(第九十四回)

【水頭兒】念頭兒,想法。

(72) 我猜姐姐管情又不知心裏安排著要起什麼水頭哩!(第七十五回)

【火家】夥計。

(73) 一面來到武大門首,只見那幾個火家正在門首伺候。(第六回)

【火裏火發】焦急得心裏冒火。

(74) 著來,你去,省的屈著你那心腸兒,他那裏正等得你火裏火發。(第六十一回)

【火燎腿】臨時抱佛腳的意思,形容人火不燎腿不行動。

(75) 我說你是個火燎腿行貨子,這兩三個月你早做什麼來?(第六回)

【火頭】伙夫,即今天所謂炊事員。

(76) 怪油嘴兒,要飯吃,休要惡了火頭。(第四十七回)

五 畫

【凹上】交結上。

(77) 這裏無人,你若與他凹上了,愁沒吃的、穿的、使的、用的?(第三十七回)

【半邊俏】此是隱語,指男子陽物。

(78) 你笑話我老,我那裏些放著老?我半邊俏,把你這四個小淫婦還不夠擺佈。(第五十八回)

【去處】所到之處,即處處。嶧縣人稱「地方」亦曰「去處」。如:這是什麼去處?

(79) 西門慶笑道:「賊小油嘴幾,去處掐個尖兒。」(第四十回)

【叨貼】搜刮。

    (80) 這一家子那個不叨貼他娘些兒？可是說的，饒叨貼了娘的，還背地不道是。（第六十二回）

【四水兒活】手段多，門路廣，各方面應付自如。

    (81) 休說你們隨機應變，全要四水兒活，才得轉出錢來。（第七十二回）

【四脯】四肢。趴在地上，嶧縣人稱為四脯著地。有時，也用這四個字比喻人遭遇悲慘。

    (82) 一旦他先死了，撇的奴四脯著地。（第九十九回）

【囚根子】囚是「朽」的轉音，嶧縣人把「朽」讀作囚。囚根子，就是朽爛的樹根，比喻壞人。

    (83) 李瓶兒在簾外聽見，罵涎臉的囚根子不絕。（第十三回）

【外合裏差】明裏說合，暗裏挑撥。

    (84) 你說你恁行動，兩頭戳舌，獻勤出尖兒，外合裏差。（第四十六回）

【失花兒】由疏忽大意而造成的錯誤。

    (85) 我做老婆不曾有失花兒，憑你怨我，也是枉了。（第五十回）

【失張】慌張。

    (86) 怪囚，失張冒勢，恁唬我一跳，有要沒緊，兩頭來回遊魂哩。（第三十回）

【平不答的】平平常常，沒有曲折。答，嶧縣人讀「塌」。

    (87) 你不出來見俺們，這事情還要銷繳。一個緝捕問刑衙門，平不答的就罷了。（第六十九回）

【打水準】鋪地面，通陰溝。

    (88) 老媽慌了，尋的他來，多與他酒飯，還秤了一錢銀子，央他打水準。（第十二回）

【打牙犯嘴】言語調笑。

    (89) 或吃茶吃飯，穿房入屋，打牙犯嘴，挨肩擦膀，通不忌憚。（第十八回）。

【打平和】平均分東西，或平均湊錢買東西再平均分配，嶧縣人都稱打平火，即打平和。

    (90) 西門慶家中這些大官兒，常在房屋打平和吃酒。（第七十七回）

【打底】先吃點東西在肚子裏墊底。

    (91) 薛嫂道：「你且拿了點心與我，打個底兒。」（第九十五回）

【打抹】打量，從旁觀察。

    (92) 西門慶聽見笑得慌，跪在神前，又不好發話，只顧把眼睛來打抹。（第五十三回）

【打油飛】四處撈點易得的油水（食物錢財等），可謂之揩油。

(93) 這經濟害怕,就不大敢回廟來,又沒臉見杏庵王老,白日裏到處打油飛,夜晚間還鑽入冷鋪中存身。（第九十六回）

【打背工】中間人,瞞住兩頭,暗中扣錢留自己。亦稱打背。

(94) 誰知應爵背地與何官兒砸殺了,只四百二十兩銀子,打了三十兩背工。（第三十三回）

【打要】設若。

(95) 書童道:「早是這個罷了,打要是個漢子兒,你也愛他罷!」（第三十一回）

【打張雞兒】心中明明知道,卻假裝吃驚。或作「打張驚兒」,三十五回有「伯爵反打張驚兒」的句子。

(96) 你看他還打張雞兒,瞞著我黃貓黑尾,你幹的好䕶兒。（第二十八回）

【打旋磨】固定在一個中軸上轉動。下面的例子是說,來旺媳婦跪在地上,潘金蓮向哪裏走,她就轉向哪裏磕頭。可引伸為軟磨硬纏。

(97) 落後,媳婦子走到屋裏,打旋磨跪著我,教我休對他娘說。（第十五回）

【打軟腿兒】屈膝作揖,稱打簽兒,或打千。

(98) 不一時,李銘朝上同眾人磕下頭去,又打了個軟腿兒。（第二十一回）

【打响瓜兒】原意是兩隻手扣在一起,手心不相貼,打人時再碰在一起,這樣既不能把人打疼,又能發出很響的聲音,謂之「打響瓜兒」。一般是指用手打人發出較大的聲響。

(99) 你倒和李桂姐兩個,把應花子打得好響瓜兒。（第七十七回）

【打開後門說】沒有顧忌,把事情徹底說清楚。猶如打開窗戶說亮話。

(100) 對著你家大官府在這裏,越發打開後門說了吧!（第三十四回）

【打勤勞】幹不要報酬的事。

(101) 人家孩兒在你家,每日起早睡晚,辛辛苦苦,替你家打勤勞兒。（第十八回）

【打網】制定計謀。

(102) 一條索子把宋仁拿到縣裏,反問他打網詐財,倚屍圖賴。（第二十七回）

【打撒手】撒開手不管不問。

(103) 昨日七月內打中元醮,連我只三四個人兒,倒沒個人拿出錢來,都打撒手兒。（第三十五回）

【打牆板兒翻上下】在魯南用泥土造牆,稱為踩牆或打牆,打牆用的板子,這次用在上面,那次就可能用在下面。比喻人的命運無常。

(104) 自古世間打牆板兒翻上下,掃米卻做管倉人,既在他簷下,怎敢不低頭。（第九十回）

【打簽兒】禮節的一種，即打千。

　　(105) 那小廝打了個簽兒，慢慢低垂粉頸，呷了一日。（第三十五回）

【扒灰】公公與兒媳通姦，稱為扒灰。

　　(106) 他有名叫做陶扒灰，一連娶三個媳婦，都吃他扒了。（第三十三回）

【本等】實際的等級，即本來面目，可作「本來」用。

　　(107) 你我本等是瞞貨，應不上他的心，隨他說去罷了。（第七十三回）

【正頭香主】魯南風俗，祖宗的牌位要放在老長房家中。逢年過節，全族人都要前來燒香
　　祭祀。所以，老長房稱為正頭香主。一般泛指名分正當的人。

　　(108) 張四，你休胡言亂語，我雖不能不才，是楊家正頭香主。（第七回）

【犯牙兒】反駁，爭論。

　　(109) 賊奴才，還要說嘴哩，我可不這裏閑著和你犯牙兒哩。（第四十六回）

【犯嘴】鬥嘴，相互譏刺。

　　(110) 兩個又犯了回嘴，不一時拿將壽麵來，西門慶讓吳大舅、溫秀才、伯爵吃。（第
　　七十三回）

【生死】鬧到要死要活的地步，形容好不容易。

　　(111) 於是生死把大妗子留下了，然後作辭上轎。（第四十一回）

【白眉赤眼】煞有介事的樣子。

　　(112) 此是我姨娘家借來的釵梳，是誰與我的？白眉赤跟見鬼到，死囚根子！（第二
　　十五回）

【皮子】狐狸精。

　　(113) 他娘子鎮日被皮子纏著哩！（第六十七回）

【立馬蓋橋】又謂立馬疊橋，形容辦事迅速。

　　(114) 討了房契去看了，一日就還了原價，是內臣性兒，立馬蓋橋就成了。（第七十
　　一回）

【立逼】急切逼迫。

　　(115) 立逼著撺他去了，又不叫小廝領他，十分掃興人不過。（第七十六回）

六　畫

【丟搭】不加過問。

　　(116) 如今丟搭的破零二落，石頭也倒了，樹木也死了。（第九十六回）

【亦發】越發。

　　(117) 一面起來坐在枕上，亦發叫他在下。（第十八回）

【仰八叉】兩腿叉開，仰面跌倒。

　　(118) 把蔣竹山仰八叉跌了一交，險不倒栽進洋溝裏。（第二十回）

【吊子曰】擺道理，耍聰明。子曰，即孔子曰。

　　(119) 你還來我手裏吊子曰兒。（第二十五回）

【吊嘴】隨意爭辯頂撞。

　　(120) 你問聲家裏，這些小廝們那個敢望著他雌牙笑一笑兒，吊個嘴兒。（第二十二
　　　　回）

【吐口】答應，同意。

　　(121) 這婆子見他吐了口兒，坐了一會，千恩萬謝去了。（第三十七回）

【向燈向火】兩方發生矛盾，旁觀的人有的向著這方，有的向著那方。

　　(122) 常言路見不平，也有向燈向火。（第五十回）

【合氣】吵架、打架。合，嶧縣人讀作「歌」，不能讀「和」。

　　(123) 大舅快去，我娘在方丈和人合氣哩。（第八十四回）

【合當】該當。

　　(124) 也是合當有事，西門慶行到後面……（第二十一回）

【因風吹火】借風吹火，順水推舟的意思。

　　(125) 這李嬌兒聽記在心，過了西門慶五七之後，因風吹火，用力不多。（第八十回）

【回爐復帳】比喻男女之間重新修好。

　　(126) 叫了去，不知怎的撮弄，陪著不是，還要回爐復帳，不知涎纏到多咱時候。（第
　　　　二十一回）

【多咱】專用於時間。在口語上，「多咱」就是「什麼時候」的同義語。在書面上，有時
　　　　還要加個「時候」。

　　(127) 不知涎纏到多咱時候？（第二十一回）

【好生】仔細認真。

　　(128) 等他來家，娘好生問他。（第五十回）

【扣身】緊身。

　　(129) 梳一個纏髻兒，著一件扣身衫子，做張做勢，喬模喬樣。（第一回）

【扛】頂嘴。「扛了兩句」，就是頂了兩句嘴。

　　(130) 你討得頭錢，分與那個一分兒使也怎的，交我扛了兩句走出來。（第五十二回）

【早時】早些時候。

　　(131) 沒腳蟹行貨子，藏在那大人家，你那裏尋他去？早時我說，叫將賁四來，同他
　　　　去了。（第五十八回）

【曲心矯肚】心腸邪惡。行，讀杭，作剛講。

  (132) 曲心矯肚，人面獸心，行說的話，轉頭就不承認了。（第七十六回）

【汗邪】猶熱昏，形容人言行失度，好像處在發燒昏迷狀態一樣。

  (133) 汗邪的油嘴，他可可看人家老婆的腳。（第十九回）

【老林】即木木的，形容人麻木不仁。

  (134) 當初因為你的事起來，你做了老林，怎麼還恁木木的？（第二十一回）

【耳刮子】巴掌。

  (135) 你宅上大娘子得知了，老婆子這臉上，怎能吃幾個耳刮子哩！（第四回）

【行記】商業店鋪，行，讀若「杭」。

  (136) 怪不的你這狗才行記中人只護行記中人，不知這當差的甘苦。（第四十六回）

【行財】雇用來的財務幫辦。

  (137) 我不才，是他家女婿嬌客，你無故只是他家行財，你也擠撮我起來。（第八十六回）

【行貨子】方音讀作熊黃子，即熊東西。有時用來罵人，有時用來罵物。

  (138) 大娘，你看他，好個沒來由的行貨子，如何吃著酒，看見扮戲的哭起來？（第六十三回）

【行款】標準或款式。行，讀若「杭」。

  (139) 這個有甚麼行款，我們怎麼估得出來？（第二十一回）

【阡張】祭祀神明或祖先時，所燒的錫箔。

  (140) 你師父不消備辦，我這裏連阡張香燭一事帶去。（第三十九回）

【忔搊】蹙起疙瘩。應讀作「各宙」。

  (141) 頭裏一來時，把眉頭忔搊著，焦的茶兒也吃不去。（第五十一回）

七　畫

【作頭】各種匠人的頭目。

  (142) 老媽便問作頭：「此是哪裏的病？」（第十二回）

【冷合合】即冷呵呵。人在天冷時呼吸急促，發出呵呵的聲音。

  (143) 冷呵呵的，睡了罷，怎的只顧端詳我的腳。（第二十三回）

【冷鋪】古時乞丐住的，最低等的旅店。

  (144) 那個上蘆帶的肯幹這營生？睡冷鋪的花子才這般所為。（第七十六回）

【冷鍋中豆兒爆】事情發生的很突然，出乎意料，冷鍋中原不能豆兒爆，偏偏豆兒爆。

  (145) 今日，忽刺八又冷鍋中豆兒爆，我猜想是你六娘沒了，已定教我去替他打聽親

事。（第六十八回）

【坊子】妓院。

  (146) 源來這條巷喚作蝴蝶巷，裏邊有十數家，都是開坊子。（第五十回）

【坑閃】坑害拋閃。

  (147) 到明日，沒的把這些東西兒吃人暗算奪了去，坑閃得奴三不歸。（第十四回）

【屁股大吊了心】掉了心，失了魂，即心不在焉。

  (148) 你抱執壺兒，怎的不見了？敢屁股大吊了心怎的？（第三十一回）

【尿泡種】對別人孩子的辱罵之辭。晌午錯，太陽西斜。

  (149) 到明日，只交長遠倚逞那尿泡種，只休要晌午錯了。（第三十四回）

【弄剌子】耍滑頭。

  (150) 把我當什麼人兒，在我手裏弄剌子。（第七十五回）

【弄鬼】搗鬼。

  (151) 原來都是他弄鬼，如今又幹辦著送他去了。（第四十五回）

【弄磣兒】磣，即硶。食物中夾雜著砂子，嚼起來牙齒不舒服，叫牙磣。弄磣兒，就是幹令人感到不舒服的事情。

  (152) 好嬌態的奴才淫婦，我肯看他在那屋裏頭弄磣兒？（第三十五回）

【抄花子】乞丐，討飯的。

  (153) 誰教他不拿個棍兒來，我如今抄花子不見了拐捧兒，受狗的氣了。（第六十回）

【抖毛兒】抖威風。

  (154) 你見你主子與了你好臉兒，就抖毛兒打起老娘來了。（第七十六回）

【抖擻】把東西提起來不停地抖動叫抖擻。比喻數說別人的不是。

  (155) 姐姐，幾時這般大了，就抖擻起人來！（第九十四回）

【折剉】折磨。

  (156) 你想起甚麼來？中了人的拖刀之計，把你心愛的人兒這等下無情折剉。（第十二回）

【改常】改變常態。

  (157) 吳大妗子道：「他倒也不改常忘舊。」（第八十九回）

【沒來頭】沒見識，沒出息。

  (158) 大娘，你看他好個沒來頭的行貨子，如何吃著酒，看見扮戲的哭起來？（第六十三回）

【沒張置】沒規矩。

  (159) 待要說是奴才老婆，你看把他寵的沒張置的，在人跟前上頭上臉。（第二十六

回）

【沒搭煞】沒正形。

> (160) 你日後，那沒來回，沒正經，養婆兒，沒搭煞，貪財好色的事體，少幹幾椿也好。（第五十七回）

【私肚子】私通而懷孕。

> (161) 不消幾日，家中大小都知道金蓮養女婿，偷出私肚子來了。（第八十五回）

【見面鞋腳】即鞋襪。新娶的媳婦把做好的鞋襪，送給丈夫家的人，作見面禮。

> (162) 走來後邊大娘子吳月娘房裏，拜見大小，遞見面鞋腳。（第九回）

【角妓】美妓。徐文長《西廂記》眉批：「宋人謂風流蘊藉為角，故有『角妓』之名。」

> (163) 平康巷、青水巷這些角妓，人人受他恩惠。（第五十五回）

【角兒】用籠蒸的兩頭尖的大包子，如蕎麥角兒，發麵角兒。

> (164) 又做了一籠餡肉角兒。（第九回）

【谷都】象聲詞，谷谷都都，即嘟囔。心中不滿，含混不清地說話。有時，也作個別形容詞的語助詞，如熱谷都，渾谷都。

> (165) 盼不到西門慶到來，嘴谷都的罵了幾句負心賊。（第八回）

【赤巴巴】赤裸裸。

> (166) 在真人面前赤巴巴弔謊，難道我便信了你？（第十三回）

【赤道】誰知道的意思。

> (167) 我的馬走得快，你步行，赤道挨磨到多咱晚，惹的爹說。（第六十八回）

【赤緊的】吃緊的，當緊的，最重要的。

> (168) 赤緊的因說閒話，把海樣深情一旦差。（第八十三回）

【走口】走漏消息。

> (169) 那日小的聽見；鈸安跟了爹馬來家，在夾道內，嫂子問他，他走了口。（第二十六回）

【走百病】北京方言。《帝京景物略》：「（元宵夜）婦女相率宵行，以消疾病，曰走百病。」

> (170) 出來跟著眾人走百病兒，月光之下，恍若仙娥。（第二十四回）

【走滾】變卦，滑脫。

> (171) 我幾次戲他，他口兒且是活，及到中間又走滾了。（第二十八回）

【身量】身體的高矮粗細。

> (172) 這孩子倒也好，身量不像十五歲。（第六十六回）

【邪皮】不正經。

(173) 我不是那不三不四的邪皮行貨，教你這王八在我手裏弄鬼。（第二十二回）

八　畫

【佯打耳睜】假裝沒聽見。

(174) 他佯打耳睜不理我，還拿眼兒瞟著我。（第五十八回）

【佯佯不睬】對人傲慢，不願理睬。

(175) 那陳經濟也不跪，轉把臉兒高揚，佯佯不睬。（第八十六回）

【使氣白賴】即死乞白賴，意謂不停地糾纏。

(176) 海棠使氣白賴又灌了半盅酒，見他嘔吐上來，才收過傢伙去，不要他吃了。（第九十五回）

【兩頭活番】兩頭充好人。

(177) 單管兩頭活番，曲心矯肚，人面獸心。（第七十五回）

【刮剌】勾搭。

(178) 我說與你罷，西門慶刮剌上賣炊餅的武大老婆，每日只在紫石街王婆茶房裏坐的。（第四回）

【取便】隨自己方便。

(179) 吳月娘在上房擺茶，眾姊妹都在一處陪侍，須臾吃了茶，各人都取便坐了。（第七十三回）

【呵卵脬】呵他人的卵脬，猶拍馬屁。句中「沒得」「強遭魂」「搕相知」「呵卵脬」都不是魯南方言，是南方話。這些詞，只出現在「陋儒補以入刻」的第五十三回中。

(180) 自家又沒得養，別人養的兒子，又去強遭魂的搕相知，呵卵脬。（第五十三回）

【和剌】巴結。

(181) 人也不知死那裏去了，偏有那些佯慈悲，假孝順，我和剌不上。（第七十三回）

【周】小孩長足一歲，嶧縣人稱一周。周半就是一歲半。

(182) 那李瓶兒孩子，周半還死了哩！（第八十五回）

【官兒】丈夫，猶今之稱丈夫為先生。有時稱別人的男孩，也叫大官兒。

(183) 你家官兒不在，前後去的恁空落落的，你晚夕一個人兒不害怕麼？（第三十七回）

【尚氣】賭氣。

(184) 自是以後，西門慶與月娘尚氣，彼此睹面都不說話。（第十八回）

【忽剌八】突然。《宛署雜記》：「倉卒曰忽喇八。」

(185) 今日忽喇八又冷鍋中豆兒爆，我猜見你六娘沒了，已定教我去替他打聽親事。

（第六十八回）

【房下】妻妾。

(186) 正是小頑還小哩，房下恐怕路遠，唬著他，來不得。（第三十九回）

【拉些兒】差一點兒。

(187) 雪娥道：「你罵我奴才，你便是真奴才。」拉些兒不曾打起來。（第十一回）

【拉刺】拉扯。

(188) 一個人也拉刺將來了，那房子賣吊了就是了，平白扯淡，搖鈴打鼓的看守什麼？

（第二十回）

【抵盜】連續偷盜

(189) 賊淫婦，你如何抵盜我財物與西門慶？（第六十回）

【抱窩】母雞孵小雞，稱抱窩。有的雞，沒有蛋，也要孵，稱抱空窩。這裏是比喻人，沒
有懷孕，裝成懷孕的樣子。

(190) 平白噪剌剌的，抱什麼空窩！（第三十三回）

【拆白道字】把一個字拆開來說的語言遊戲。如木邊目、田下心等皆屬此類。黃庭堅〈兩
同心詞〉云：「你共人女邊著子，爭知我門裏挑心。」就暗喻「好悶」二字。

(191) 哥哥不知道，這正是拆白道字，尤人所難。（第五十六回）

【放水】破壞，搗鬼。

(192) 第二的不知高低，氣不憤，走這裏放水，被他撞見了，拿到衙門裏，打了個臭
死。（第三十八回）

【放死放活】時而像死，時而像活。

(193) 剛看時，西門慶也走進房來，見了官哥放死放活，也吃了一驚。（第五十三回）

【旺跳】形容身體血脈旺盛，強壯有力。

(194) 你指著旺跳的身子發個誓，我方信你。（第八回）

【東淨】廁所。

(195) 這老婆懷著鬼胎走到前邊，正開房門，只見平安從東淨裏出來。（第二十三回）

【枉口撥舌】胡說亂道。

(196) 是那個嚼舌根的枉口拔舌，調唆你來欺負老娘。（第二十五回）

【油回磨轉】團團轉。芝麻油要用磨來磨，磨轉而不出油，在嶧縣叫油回磨轉，形容人急
得亂轉圈，想不出辦法擺脫困境。

(197) 急得敬濟只是油回磨轉，轉眼看見金蓮身底下露出鑰匙帶兒來。（第三十三回）

【放屁辣騷】說不乾不淨的話。

(198) 他若放屁辣騷，奴也不放過他。（第十七回）

【油樣】油光水滑的樣子。

(199) 睃見了武大這個老婆，打扮油樣，粘風惹草，被這干人在街上撒謎語，往來嘲
戲。（第一回）

【狗油】浪蕩閒散。

(200) 老漢前者丟下個兒子，二十二歲尚未娶妻，專一狗油，不幹生理。（第五十八
回）

【直蹶蹶】直直的。

(201) 又去裏邊哀告婦人，直蹶蹶兒跪在地上。（第二十回）

【知局】認清局面。

(202) 玳安知局，就走出來了，教二人自在說話。（第六十九回）

【花栲栳】用竹篾或柳條編成的盛物器具，有梁。唐寅〈題崔娘詩〉：「琵琶寫語番成怨，
栲栳量金買斷春。」

(203) 來到房子內，吳大舅與來召正掛著花栲栲兒，發賣油絹、絨線、絲棉。（第十
七回）

【花麗狐哨】原指色彩雜亂，引伸為言行不端。

(204) 他自己吃人家在他跟前那等花麗狐哨，喬龍畫虎的兩面三刀哄他，就是千好萬
好了。（第二十回）

【虎磕腦】老虎頭似的帽子。

(205) 武松定睛看時，卻是個人，把虎皮縫作衣裳，戴著虎磕腦。（第一回）

【迎面兒】對面相逢，引申為一開始。

(206) 你看他迎面兒就誤了勾當，單愛外裝老成，內藏奸詐。（第十九回）

九　畫

【信人調，丟了瓢】信人挑撥，自己受害。

(207) 正是割股的也不知，撚香的也不知，自古信人調，丟了瓢。（第八十一回）

【保山】媒人。

(208) 婆子聽見，便道：「阿呀，保山，你如何不先來說聲？」（第七回）

【促忙促急】匆匆忙忙。素手，空手。

(209) 你應二爹今日素手，促忙促急，沒帶的甚麼在身邊。（第二十二回）

【冒冒勢勢】冒冒失失。

(210) 不想大娘正送院裏李奶奶出來門首上轎，看見他冒冒勢勢走到跟前，與大娘磕

頭。（第四十九回）

【刺八】兩腿分開，不能並在一起走路。

(211) 那蔣竹山，打的兩腿刺八著。（第二十回）

【則聲】說話。

(212) 武松也不則聲。（第二回）

【咬蛆】即嚼蛆。指說壞話。

(213) 西門慶笑道：「這小淫婦單管咬蛆兒。」（第二十七回）

【咬群】原指牲口而言，比喻傷害他人的行為。

(214) 行事兒有些勉強，恰似咬群出尖兒的一般。（第七十六回）

【咱晚】早晚，時候。

(215) 我吩咐明日來接，這咱晚又接做什麼？（第十八回）

【扁食】嶧縣人把餃子叫做扁食。

(216) 這供養的扁食和酒，也不要收到後邊去。（第七十二回）

【拜錢】拜見他人時，攜帶的禮金或禮品。

(217) 明日吳大妗子家做生日，掠了個帖子兒來，不長不短的，也尋什麼件子與我做
　　　拜錢。（第三十五回）

【按家伏業】安家理業。

(218) 奴按家伏業，才把這活兒來做，誰承望你哄我。（第九十一回）

【指山說磨】指著遠處的山，來說石磨。喻以大比小。

(219) 如何遠打周折，指山說磨，拿人家來比奴？（第十回）

【挑嘴吃】騙東西吃。挑，讀喠。

(220) 沒的扯臊淡，不說來挑嘴吃罷了。（第三十五回）

【架舌頭】嚼舌頭，造謠生事。

(221) 旁人見你這般疼奴，在奴身邊來的多，都氣不忿，背地裏架舌頭，在你跟前調
　　　唆。（第十二回）

【架謊鑿空】說無事實根據的謊話、空話，騙人。

(222) 專一嚓風賣雨，架謊鑿空，抓住人家的本錢就使。（第九十二回）

【歪刺骨】壞傢伙。徐渭《四聲猿·狂鼓更》眉注謂：歪刺是牛角中臭肉，娼家用以比無
　　　用之妓。《通俗編》引洪邁《俗考》謂：瓦刺國人最醜惡，故俗詆婦女之不正者
　　　為「瓦刺國」，又轉音為「歪刺貨」或「歪刺骨」。

(223) 賊歪刺骨，我使他來要餅，你如何罵他？（第十一回）

【洋】漾，溢出。小孩吐奶，稱洋奶。

(224) 灌了他些藥兒，那孩兒方才睡得穩，不洋奶了。（第三十二回）

【流沿】器皿中的液體滿滿的，和邊沿兒一樣齊。

(225) 春梅做定科範，取了個茶甌子，流沿邊斟上，遞與他。（第三十三回）

【活埋人】陷害人。

(226) 你的六包銀子，我收著原封兒不動，平白怎的抵換了？恁活埋人，也要個天理。（第二十六回）

【相】相看，端詳。在嶧縣，男女結婚之前，要相互看像貌，謂之相。

(227) 婆子道：「我家侄媳婦兒，不用大官人相。」（第八回）

【看家的】最拿手的看家本領。

(228) 我還有兩個兒看家的，是銀錢名〈山坡羊〉，亦發孝順你老人家罷。（第三十三回）

【秋胡戲】妻子。元曲有《秋胡戲妻》，後人即用「秋胡戲」代指妻子。

(229) 你家第五的秋胡戲，你娶他來家多少時了？是女招的，是後婚兒來的？（第二十三回）

【耶喲】即咦喲，感歎詞。

(230) 薛嫂慌道：「耶喲，耶喲，又一場！」（第八十六回）

【背哈喇子】即背旮旯子，指偏僻的角落。

(231) 我在這背哈喇子誰曉的？（第二十一回）

【胡枝扯葉】胡說八道。

(232) 你這小淫婦，單管胡枝扯葉的。（第二十二回）

【胡博詞】琵琶。《長安客話》：「相傳王昭君琵琶壞，使胡人重造，造而其形小，昭君笑曰：『渾不似。』遂以名。《元史》以為火不思，今以為胡撥思，皆相傳之訛。」

(233) 勾引的這夥人，日逐在門前彈胡博詞。（第一回）

【胡歌野調】亂唱不正經的曲調。

(234) 坐在門首，胡歌野調，夜晚打磚，百般欺負。（第三十四回）

【苦豔豔】苦味很濃。豔，即釅。頓，煮。著，放。

(235) 你叫春梅來，教他另拿小壺兒，頓些好甜水兒，多著些茶葉，頓的苦豔豔我吃。（第七十三回）

【茄袋】手袋。

(236) 便向茄袋裏取出來，約有一兩一塊，遞與王婆，交備辦酒食。（第三回）

【風月】男女情愛。

(237) 這西門慶，是頭上打一下，腳底板響的人，積年風月中走，甚麼事兒不知道？

（第十三回）

【風火事】緊急的事情。

(238) 月娘道：「一個風火事兒，還像尋常慢條斯禮的。」（第三十回）

【風車】古人用的人力風扇。

(239) 四面撓起風車來，那旁邊水盆裏浸著沉李浮瓜。（第二十七回）

【風風勢勢】瘋瘋顛顛。

(240) 俺三嬸老人家風風勢勢的，幹出什麼事？（第五十二回）

【咭咶】說個不停。

(241) 回到家中又被葛翠屏咭咶。（第九十八回）

【昵瞅】斜視。

(242) 便昵瞅了西門慶一眼，說道：「我猜你沒別的話。」（第五十一回）

【虼蚤臉】跳蚤臉。形容臉小，即面子小。

(243) 昨日吳大舅親自來，和爹說了，爹不依。小的虼蚤臉，好大面皮兒。（第三十
四回）

【恒豎】橫豎的諧音，是反正的意思。

(244) 恒豎人挾不到我井裏頭。（第二十九回）

十　畫

【借汁兒下麵】即借湯下麵條，猶借風使船。

(245) 借汁兒下麵，也喜歡的你要不的。（第七十三回）

【倒反帳】吃進胃裏的東西向上漲。

(246) 伯爵道：「哥往後邊去，捎些香茶兒出來，頭裏吃了大蒜，這回子倒反帳兒，
惡泛泛起來了。」（第五十二回）

【倒坐】南屋，嶧縣人稱倒坐。

(247) 薛嫂推開朱紅隔扇，三間倒坐，客位上下椅桌光鮮。（第八回）

【倒路】即路倒，指死在路上的人。

(248) 怪倒路死猴兒，休要是言不是語，到家裏說出來，就交他惱我一生。（第四十
八回）

【倒踏門】男方嫁到女方，稱招女婿。

(249) 到次日，就使馮媽媽通信過去，擇六月十八日大好日期，把蔣竹山倒踏門招進
來，成其夫婦。（第十七回）

【倒頭】死。

(250) 王婆道，「你哥哥一倒了頭，家中一文錢也設有……」（第十回）

【倘來物】即儻來物，指偶然而來或不意而得之物。《莊子·繕性》：「物之儻來，寄者也。」成玄英疏：「儻者，意外忽來者耳。」

(251) 常言道，世上錢財倘來物，那是長貧久富家？（第七回）

【唇說】用嘴唇說話，變唇為陳，即陳說，敘述的意思。

(252) 西門慶道：「怪奴才，八十歲媽媽沒有牙，有那些唇說的。」（第三十八回）

【㕮酒】吃酒的惡稱。㕮，讀「臧」。

(253) 每日牽著不走，打著倒退的，只是一味㕮酒，著緊處卻錐紮也不動。（第一回）

【害磣】怕磣。磣，牙齒嚼了沙子。

(254) 你這賊材料，說來的牙疼咒，虧你口內不害磣。（第八十二回）

【家活】工具、器皿等。例句中指茶具。

(255) 不一時和他姑娘來到，兩個各道了禮數，坐下同吃了茶，收過家活去。（第四十三回）

【差池】差錯。

(256) 你只顧放心，但有差池，我就來對哥說。（第三十八回）

【師範】師傅。

(257) 原來家中教了十二名吹打的小廝，兩個師範領著上來磕頭。（第七十一回）

【拿班做勢】裝腔做勢。

(258) 見他在人前鋪眉苫眼，拿班做勢，口裏咬文嚼字。（第五十回）

【挨坊靠院】遊逛妓院。

(259) 不許你挨坊靠院，引誘人家子弟，詐騙財物。（第六十九回）

【挨磨】拖延。

(260) 你叫下畫童兒那小奴才，和他快拿去，只顧還挨磨甚麼？（第六十三回）

【料莫】估計。

(261) 等俺們出去，料莫天也不著餓老鴉兒吃草。（第八十一回）

【書帕】明朝官場中，習慣用書籍、手帕作禮物，後來雖改用金銀珠寶，仍稱書帕。

(262) 今日有東昌府下文書快手往京裏，順便捎了一封書帕來。（第三十六回）

【格地地】發抖。

(263) 提起他來，就疼的你這心裏格地地的。（第七十三回）

【氣不憤】對不平的事情表示氣憤。

(264) 李嬌兒眾人，見月娘錯敬他，都氣不憤。（第十回）

【浪】女子作風不正派。

(265) 說起這淫婦來，比養漢老婆還浪。（第十二回）

【烏眼雞】發怒的雞，血紅眼睛的雞。

(266) 如今把俺們也吃他活埋了，弄得漢子烏眼雞一般，見了俺們便不待見。（第十一回）

【粉嘴】善於花言巧語的人。

(267) 你這老花娘！老奴才！老粉嘴！（第七回）

【索落】教訓，即數落。

(268) 不是我索落你，事情已是停當了，你爹又替你縣中說了，不尋你了，虧了誰，還虧了我。（第五十二回）

【納鞋】縫鞋底。

(269) 我不得閑，與娘納鞋哩！（第二十三回）

【羔子】嶧縣人稱小男孩或男青年，為羔子。

(270) 那羔子知道流落在那裏討乞？（第九十七回）

【起解】立身的本領。

(271) 你嫁別人，我也不惱，如何嫁那矮王八？他有什麼起解！（第十八回）

【送茶】送禮物。

(272) 金蓮問：「喬大戶家昨日搬了去，咱今日怎不與他送茶？」（第三十三回）

【迷留摸亂】不知如何是好。

(273) 當時林氏被文嫂這篇話說的迷留摸亂。（第六十九回）

【酒太公】賣酒的人。

(274) 炕上有兩個戴白氈帽子的酒太公，一個炕上睡下，那一個才脫褁腳。（第五十回）

【釘嘴鐵舌】嘴硬，極力抗辯。

(275) 原來你家沒大了，說著你還釘嘴鐵舌。（第三十回）

【馬泊六】亦稱馬伯六。男女間不正當關係的牽線人。褚人獲《堅瓠集·廣集》卷六：「俗呼撮合者曰馬泊六，不解其義。偶見《群碎錄》：『北地馬群，每一牡將十餘牝而行，牝皆隨牡，不入他群……愚合計之，亦每伯（百）牝，用牡馬六匹，故曰馬伯六。』」

(276) 閑常也會做牽頭，做馬泊六。（第二回）

【馬前健】當著主人的面，格外賣力。

(277) 兩個小廝見西門慶坐地，加倍小心，比前越發有些馬前健。（第五十四回）

【骨禿】花苞，即骨朵兒，沒有開放的花朵。打骨禿，形容行動遲緩。

(278) 人問他要，只像打骨禿出來一般，不知教人罵多少。（第二十一回）

【鬥分子】幾個人湊等量的錢辦一件事。

(279) 都鬥分子來與武大人情，武大又安排了回席。（第一回）

【鬥葉兒】鬥紙牌。

(280) 王婆不在，就和王潮兒鬥葉兒，下棋。（第八十六回）

【鬼胡油】陰謀詭計。

(281) 人情裏包藏鬼胡油，明講做兒女禮，暗結下燕鶯儔。（第八十二回）

【鬼精靈】精靈鬼。

(282) 搽得濃濃的臉兒，又一點小嘴兒，鬼精靈兒是的。（第三十七回）

【砢磣】羞，難受。

(283) 麻著七八個臉彈子，密縫兩個眼，可不砢磣殺奴罷了。（第六十八回）

十一畫

【乾生子】乾兒子。

(284) 但拜太師門下做個乾生子，也不枉了一生一世。（第五十五回）

【乾淨】簡直就，乾脆是。

(285) 這天殺，原來連我也瞞了，嗔道路上賣了這一千兩銀子，乾淨要起毛心。（第八十一回）

【乾號】大聲的哭，而沒有眼淚。號，嚎。

(286) 當下那婦人乾號了半夜。（第六回）

【乾霍亂】白白地忙亂。

(287) 唬的經濟氣也不敢出一聲兒來，乾霍亂了一夜。（第八十二回）

【停停脫脫】利利索索。

(288) 左右破著把老婆丟與你，坑了你的頭子，拐的往那頭裏停停脫脫去了。（第二十五回）

【做分上】看面子，盡力幫忙。

(289) 胡知府已受了西門慶、夏提刑囑託，無不做分上。（第四十九回）

【做功德】反語，意指動刑法。

(290) 這少死的花子，等我明日到衙門裏，與他做功德。（第三十八回）

【做模樣】裝模樣。

(291) 他雖故是江西人，倒也沒甚蹊蹺處，只是今日初會，怎不做些模樣？（第四十九回）

【兜】對準。對準臉，叫兜臉。對準腿襠。叫兜襠。

    (292) 武二氣不過，兜襠又是兩腳。（第十回）

【兜膽】斗膽，大膽。

    (293) 你不知道這小油嘴，他好不兜膽的性，著緊把我也擦扛的眼直直的。（第七十
        九回）

【副東】次要的東道主，或東道主的助手。

    (294) 到後日，俺兩個還該早來，與哥做副東。（第三十二回）

【唱揚】張揚。

    (295) 西門慶道：「怪狗才，休要唱揚一地裏知道。」（第十六回）

【啜哄】哄騙。

    (296) 他要了人家漢子，又來獻小殷勤兒，啜哄人家老公。（第十三回）

【執古】固執。

    (297) 二娘好執古，俺眾人就沒些分上兒？（第十四回）

【娼根】猶「老破鞋」。在嶧縣，這是常能聽到的罵人話，多用來罵已結婚的婦女，對男
    人或小孩，則曰：「娼根生的」。也有極少數的情況把男人也罵做「娼根」，《金
    瓶梅》中的例子即是。

    (298) 姑娘急了，罵道：「張四，賊老娼根！」（第八回）

【張主】作主。

    (299) 我破著老臉，和張四那老狗做臭老鼠，替你兩個硬張主。（第七回）

【強口】硬說。或身分低的人反駁身分高的人。

    (300) 俺桂姐，今日不是強口，比吳銀兒好多著哩！（第十五回）

【得地】嶧縣人把命運好轉稱為得地，不得地就是時運不濟。

    (301) 敢說你家娘，當初在家不得地時，也虧我尋人情救了他性命。（第二十六回）

【惜情】留情。

    (302) 你老人家摸量惜些情兒，人身上穿著恁單衣裳，就打恁一下。（第四十八回）

【掠】即撂，丟的意思。

    (303) 分付春梅：「趁早與我掠出去！」（第二十八回）

【捱】肚子飽了，還硬要繼續吃，嶧縣人叫捱飯。

    (304) 春梅笑道：「好歹與我捱了！」（第九十五回）

【排磕】排擠打擊。

    (305) 往常時我排磕人，今日卻輪到我頭上，你休推睡裏夢裏。（第八十五回）

【旋】臨時，即現，嶧人讀旋。

(306) 旋又邀應伯爵、謝希大來打雙陸。（第二十回）

【梯己】體己。在大家庭中過日子，個人私蓄的錢財，叫私房錢或體己錢。

(307) 這個都是老公公在時梯己，交與奴收著的物，他一字不知，官人只顧收去。（第十四回）

【涎瞪】呆著看。

(308) 那韓二搗鬼把眼兒涎瞪著，又不去。（第三十八回）

【涎臉涎皮】嘻皮笑臉。

(309) 你真個恁涎臉涎皮的，我叫丫頭進來。（第三十八回）

【涎纏】拖延。

(310) 還要回爐復帳，不知涎纏到多咱時候。（第二十一回）

【清省白淨】清醒明白。

(311) 那春梅道：「娘清省白淨，那討酒來？」（第七十三回）

【清減】清瘦。

(312) 爹清減的恁樣的，每日飲饌也用些兒？（第七十九回）

【淒】很。淒，嶧縣人讀若西。如淒疼，淒冷，淒甜。

(313) 人家這裏淒疼的了不得。（第七十六回）

【牽家打活】摔東西，打罵人。

(314) 他又氣不忿，使性潑氣，牽家打活，在廚房內打小鸞，罵蘭香。（第九十一回）

【瓶落水】打水不成瓶落水，偷雞不成蝕把米的意思。

(315) 你平日只認得西門大官人，今日求些周濟，也做了瓶落水。（第五十六回）

【盛價】對別人僕役的尊稱。

(316) 四泉，今日酒太多了，令盛價收過去罷。（第四十九回）

【第二的】二弟。

(317) 第二的不知高低，氣不憤，走這裏放水，被他撞見了。（第三十八回）

【紮罰子】編排罪名，以來攻擊對方。

(318) 六姐，並無此事，都是日前和李嬌兒、孫雪娥兩個有言語，平白把我的小廝紮罰子。（第七十二回）

【細疾】少見的病。

(319) 卓丟兒我也娶在家做了第三房，近來得了個細疾，白不得好。（第三回）

【船多不礙路】相互不妨礙。

(320) 自古船多不礙路，若他家有大娘子，我情願讓他做姐姐，奴做妹子。（第七回）

【這咱】這時候。「多咱」，什麼時候。

(321) 拿馬接你應二爹去，只怕他沒馬，如何這咱還沒來。（第三十九回）

【陪話】賠禮道歉。

(322) 等武大將息好了起來，與他陪了話，武二回來，都沒言語。（第五回）

【頂窩】頂空缺。

(323) 我來有一件親事，來對大官人說，管情中得你老人家意，就頂死了的三娘的窩。
　　　（第七回）

【掂言試語】閒言碎語，說短論長。

(324) 到明日少不的教人掂言試語，我是聽不上。（第三十三回）

【摳相知】硬和別人結交。南方話。

(325) 自家又沒得養，別人養的兒子，又去強遭魂的摳相知。（第五十三回）

【掐尖兒】抓便宜，占上風。去處，處處，有時作「地方」解。

(326) 西門慶笑道：「賊小油嘴兒，去處掐個尖兒。」（第四十回）

【舀】讀瓜，這是作者自造的字。嶧縣人把舀水說成舀水，讀作瓜水。

(327) 只見書童出來，與西門慶舀水流手。（第三十四回）

十二畫

【博浪】風流俊俏。

(328) 婦人便慌忙陪笑，把眼看那人，也有二十五六年紀，生的十分博浪。（第二回）

【嗇嗇磕磕】說話斷斷續續，含糊不清。

(329) 那老馮老行貨子嗇嗇磕磕的，獨自在那裏，我又不放心。（第二十回）

【喝囉】吆喝。

(330) 今日，縣裏皂隸又拿著票喝囉了一清早，起去了。如今坐名兒只要我往東京回
　　　話去。（第五十一回）

【喂眼兒】供人看。

(331) 平白放出來做什麼，與人喂眼兒？（第四十六回）

【喇喇連連】連續不斷地囉嗦。

(332) 那二搗鬼口裏喇喇連連罵淫婦，直罵出門去。（第三十八回）

【喃】往嘴裏塞。

(333) 我見他早時兩把搲去，喃了好些。（第六十八回）

【單丁】獨個。

(334) 我就單丁兒擺佈不起你這小淫婦兒，你休笑話，我半邊俏還動的。（第五十二
　　　回）

【喬人】嶧縣方音讀作強人，即壞人。

(335) 逐日搭著這夥喬人，只眠花臥柳，把花枝般媳婦兒丟在房裏，通不顧。（第六十九回）

【喬作衙】擺架子，耍威風。《勘金環》一折〔油葫蘆〕曲：「他每日在家中喬作衙，將人來欺負殺。」

(336) 李瓶兒背地好不說姐姐哩，說姐姐那等虔婆勢，喬作衙。（第五十一回）

【喬龍畫虎】裝龍變虎。

(337) 他自吃人在他跟前那等花麗胡哨，喬龍畫虎的，兩面三刀哄他，就是千好萬好了。（第二十回）

【啾唧】原意是小聲叫喚，引伸為身體有病。

(338) 嗔道孩子成日恁啾啾唧唧的，原來都是這願心壓的。（第三十九回）

【堪可】可以。

(339) 猛然想起間壁賣茶王婆子來，堪可如此如此，這般這般。（第五回）

【尋拙智】自殺，或其他不理智的行為。

(340) 西門慶怕他思想孩兒，尋了拙智，白日裏吩咐奶子、丫鬟和吳銀兒相伴他，不離左右。（第五十九回）

【惡水缸】髒水缸。比喻經常受埋怨的人。

(341) 自古宰相肚裏好行船，當家人是個惡水缸兒，好的也放在你心裏，歹的也放在你心裏。（第五十一回）

【惡訕】即惡識，污辱，得罪。

(342) 鬱大姐在俺家這幾年，大大小小，他惡訕了那個來？（第七十五回）

【惡識】污辱。嶧縣人讀作「惡淬」。

(343) 你這歪狗才，不要惡識他便好。（第六回）

【插】煮飯，嶧縣人謂之插飯。如：插糊塗（稠飯），插乾飯。

(344) 那老婆婆炕上柴灶，登時造出一大鍋稗稻插豆子乾飯。（第一百回）

【揭白】給死人畫像。白，即帛。揭白，是把蓋在死人臉上的布或紙揭起，然後再畫。

(345) 西門慶與他行畢禮，說道：「煩先生揭白，傳個神兒」。（第六十三回）

【散話】閒話。

(346) 姐夫，你原來醉了。王十九，自吃酒，且把散話革起。（第八十六回）

【散彈】即散誕，浮薄的意思。

(347) 他滿心正經要你和他尋個主子，卻怎的不捎封書來，倒寫著一支曲兒，又做的不好，可知道他才學荒疏，人品散彈。（第五十六回）

【湃】冰鎮。嶧縣人把瓜果放在冷水中浸泡降溫，稱湃。

(348) 秋菊掇著果合，合子上一碗水湃的果子。（第二十七回）

【渾谷都】渾濁黏稠。谷都，表示程度嚴重，如稠谷都，油谷都等。

(349) 撒了一泡渾谷都的熱屎。（第十三回）

【焦啍】焦躁。

(350) 我把門拽上，關你和他兩個在屋裏，若焦啍跑了歸去時，此事便休了。（第三回）

【無故】不過。

(351) 你無故只是他家夥計，你也擠撮起我來。（第八十六回）

【猥簑】即猥瑣，鄙陋的樣子。

(352) 人見他為人懦弱，模樣猥簑，起了他個諢名，叫做「三寸丁谷樹皮」。（第一回）

【猴子】小孩。

(353) 那猴子接了果子，一直去了，春梅關了花園門。（第二十二回）

【登時】馬上。

(354) 常言道：「要好不能夠，要歹登時就。」（第七十八回）

【發根】原指樹木增根，比喻人的發展。

(355) 拿銀子到房中，與他娘子兒說：「老兒不發根，婆兒沒帶裙。」（第三十五回）

【發訕】說羞辱人的話。

(356) 桂姐被他說急了，便道：「爹，你看應花子來，不知怎的只發訕人。」（第五十二回）

【硯瓦】硯臺。

(357) 又瞧了瞧桌上，放著個烘硯瓦的銅絲大爐。（第四十四回）

【稀哩打哄】稀哩糊塗。

(358) 你休稀裏打哄，做啞裝聾，自古蛇鑽窟洞蛇知道，各人幹的事，各人心裏明白。（第八十六回）

【絕戶計】嶧縣人把沒兒女的人稱為絕戶頭，而且認為這是沒幹好事的結果。所謂絕戶計，就是指不怕斷子絕孫的毒辣手段。

(359) 你也要合憑個天理，你就信著人，幹下這等絕戶計。（第二十六回）

【絮絮答答】絮絮叨叨，嚕哩嚕嗦。

(360) 一見是潘金蓮與孟玉樓兩個，同靠著欄杆，嗽了聲氣，絮絮答答的講說。（第五十三回）

【聒聒】不停地說話。

    (361) 王婆道：「你兩口子聒聒了這半日，也夠了。」（第九回）

【舒嘴】順著嘴，由著嘴。

    (362) 你家孩兒現吃了他藥好了，還恁舒著嘴頭子罵人。（第三十三回）

【著緊】臨到緊要關頭。

    (363) 雖然老公公掙下這一分錢財，見俺這個兒不成器，從廣東回來，把東西只交付與我手裏收著，著緊還打俏棍兒。（第十四回）

【虛嘴掠舌】說空話、假話。

    (364) 誰信你那虛嘴掠舌的，我到明日死了，你也捨不的我罷？（第六十一回）

【貴降】對他人生日的尊稱。

    (365) 因問：「大娘貴降在幾時？」月娘道：「賤日早哩！」（第十四回）

【買乖兒】得了便宜還說自己有理，對這種行為，嶧縣人稱買乖，賣乖，或耍乖。

    (366) 如今你我這等較論，休教他買了乖兒去了。（第二十一回）

【趁熱】正當熱的時候，就行動。如：趁著天亮，趁著有錢等。趁，還有往或就的意思。《元典章·刑部四》：「為饑荒缺食，將帶老小，流移趁食。」

    (367) 你係娼門，不過趁熱，不過趁些衣飯為生，沒甚大事。（第九十四回）

【雲頭子】繡在鞋子或衣服上的雲彩圖案。

    (368) 你這個，到明日使什麼雲頭子？（第三十回）

【飯時】吃飯的時候。在嶧縣，吃早飯的時候叫清早飯時，吃中飯的時候叫晌午飯時。

    (369) 約摸飯時前後，……（第四十七回）

【黃金入櫃】死人安葬。《大明一統志》：「金櫃山在揚州府南七里，山多葬地。諺云：『葬於此者，如黃金入櫃』，故名。」

    (370) 伯爵道：「好，好，老人家有了黃金入櫃，就是一場事了，哥的大陰騭。」（第七十七回）

十三畫

【債椿】欠債太多的人。

    (371) 我早知道，你這王八砍了頭是個債椿，就瞎了眼也不嫁你這中看不中吃的王八。（第十九回）

【傻才料】傻傢伙。

    (372) 你屄不屄不在於我，我是不管你傻才料。（第十一回）

【圓社】指踢球的組織，或這一組織的成員。

(373) 只見幾個圓社，聽見西門慶老爹進來在鄭家吃酒，走來門首伺候，探頭舒腦，不敢進去。（第六十八回）

【意小】心眼小。

(374) 官人在上，不當老身意小，自古先說斷後不亂。（第七回）

【意意似似】猶猶豫豫。

(375) 見了俺們意意似似，待起不起的。（第二十六回）

【惹蠱子頭上撬】猶惹火燒身。

(376) 我聞得人說，他家房族中花大是個刁徒，潑皮的人，倘或一時有些聲口，倒沒的惹蠱子頭上撬。（第十六回）

【搭剌】下垂。

(377) 通花汗巾兒袖中兒邊搭剌，香袋兒身邊低掛。（第二回）

【搭剌子】旮旯子，偏僻的地方。

(378) 我替你老人家說成這親事，指望典兩間房住，強如住在北邊那搭剌子裏。（第七回）

【搭頭】用梳子理理頭髮。

(379) 姑夫，你好歹略等等兒，娘們攜帶我走走，我到屋裏搭搭頭就來。（第二十四回）

【搖鈴打鼓】張揚。

(380) 既是你喬親家爹主張，兌三百二十兩抬了來罷，休要只顧搖鈴打鼓的了。（第六十二回）

【楞子眼】眼光呆滯發直，形容吃飽的神態。

(381) 落後又是一大碗鱔魚麵與菜卷兒，一齊拿上來與胡僧打散，登時把胡僧吃的楞子眼。（第四十九回）

【楞楞睜睜】失神，發呆，楞睜。

(382) 老婆忙推醒來旺兒，酒還未醒，楞楞睜睜爬起來，就去取床前防身哨棒，要往後邊趕賊。（第二十六回）

【楂兒】此指男女之間的不正當關係。

(383) 不上一年，韓道國也死了，王六兒原與韓二舊有楂兒，就配了小叔，種田過日。（第一百回）

【煞氣】出氣，洩憤。

(384) 此已定是西門官府和三官兒上氣，嗔請他婊子，故拿俺們煞氣。（第三十六回）

【禁害】折磨。《西廂記》：「不良會把人禁害，哈，怎不肯回過臉兒來？」

(385) 口內喃喃說道：「也沒見這浪淫婦；刁鑽古怪，禁害老娘。」（第九十一回）

【禁得】忍受得住。

(386) 他小人有什麼大湯水兒？你若動動意，他怎的禁得？（第七十二回）

【禁聲】別說話，或小聲。

(387) 怪小油嘴兒，禁聲些！（第十三回）

【禁轉】盡轉，老是轉。

(388) 別人睡到日頭半天還未起，你人早在堂前禁轉。（第四十六回）

【窠子】私娼的家。

(389) 南街上又占著窠子卓二姐，名卓丟兒，包了些時，也娶來家居住。（第二回）

【節子】即癤子，膿瘡。有時用來比喻矛盾。

(390) 這個節子終要出膿，只顧籠著不是事。（第六十九回）

【腳手】爬高下低的梯架之類，俗稱腳手架。

(391) 西門慶便用梯凳扒過牆來，這邊早安下腳手接他。（第十三回）

【腳程】路引，旅途的憑證。

(392) 次日，領了知縣禮物，金銀馱垛，討了腳程，起身上路往東京去了不提。（第二回）

【葷笑話】淫穢的笑話。

(393) 俺們只好葷笑話兒，素的休要打發出來。（第二十一回）

【落作】做活的人。

(394) 玳安押著食盒，又早先到廚下，生起火來，廚役落作整備不題。（第八十九回）

【落錢】暗中留錢。

(395) 玳安道：「娘使小的，小的敢落錢？」（第二十一回）

【葫蘆提】糊裏糊塗，馬馬虎虎。關漢卿《竇娥冤》三折：「念竇娥葫蘆提當罪衍，念竇娥身首不完全。」

(396) 一面七手八腳，葫蘆提殮了裝入棺材內，兩下用長命釘釘了。（第六回）

【葬送】詆毀，誣陷。

(397) 他屋裏丫頭親口說出來，又不是俺們葬送他。（第十二回）

【解手】大小便。小便為解小手，大便為解大手。

(398) 西門慶忽下席來外邊解手，金蓮雖相信了，還有幾分疑影在心。（第十四回）

【解粽】吃粽子，過端午節。

(399) 李瓶兒治了一席酒，請過西門慶來，一來解粽，二來商議過門之日。（第十六回）

【話差】鬧矛盾。話說不到一快去。

    (400) 他三娘也說的是，不爭你兩個話差，只顧不見面，教他姑夫也難，兩下裏都不好行走的。（第七十六回）

【賊混沌】糊塗傢伙。

    (401) 賊混沌不曉事的，你賃人家房住，淺房淺屋，可知有小人羅唕？（第一回）

【賊邋遢】邋遢鬼。

    (402) 怪賊邋遢，你說不是，我且踢個響屁股。（第八十六回）

【躲猾兒】偷懶。

    (403) 他在屋裏是躲猾兒，靜悄悄兒，俺們也饒不過他。（第七十六回）

【遊營撞屍】到處遊逛，交結閒人。

    (404) 不知怎的聽見他這老子們來，恰似奔命的一般行，吃著飯丟下飯碗往外不迭，又不知勾引遊營撞屍撞到多咱才來。（第二十一回）

【達達】父親。嶧縣人對父親有四種稱呼：爺，爹，達，達達。在特殊情況下，有人把不是父親的人也稱為爹或達達。如：「我的爹，你怎麼恁難纏？」這句話中的爹就不是指父親。下同。

    (405) 老婆道：「好達達，隨你交他往那裏，只顧去，閑著王八在家裏做甚麼？」（第五十回）

【過犯】過錯。

    (406) 昨日，俺平安哥接五娘轎子，在路上好不學舌，說哥的過犯。（第三十五回）

【過嘴舌】傳話。

    (407) 前日打了你那一頓，拘了你頭面衣服，都是他過嘴舌。（第二十六回）

【酪子裏】暗地裏。《西廂記》：「酪子裏各歸家，葫蘆提鬧到曉。」

    (408) 那春梅從酪子裏伸腰，一個鯉魚打挺，險些兒沒把西門慶掃了一交。（第七十六回）

【隔二偏三】偏遠。

    (409) 何大人便來看你，我扶你往後邊去罷，這邊隔二偏三，不是個待人的。（第七十九回）

【頓】煮。

    (410) 眾婦女進來，旋戳開爐子頓茶。（第二十五回）

【頓挫】折磨。

    (411) 我來你家討冷飯吃，教你恁頓挫我。（第五十八回）

【鼠腹雞腸】胸懷狹窄。

(412) 不是說這賊三寸貨強盜，那鼠腹雞腸的心兒，只好有三寸大一般。（第三十一
回）

【嗔道】怪不得。

(413) 嗔道一向只哄著我，不想有個底腳裏人兒。（第六十九回）

【搊搜】粗魯。董解元《西廂記》：「細端詳，見法聰生得搊搜相。」

(414) 見一個和尚，形骨古怪，相貌搊搜，生的豹頭凹眼，色若豬肝。（第四十九回）

【腜乾就濕】不怕乾濕，形容母親撫育孩子的辛苦。

(415) 想著生下你來，我受盡了千辛萬苦，說不的腜乾就濕，成日把你擔心兒來著。
（第五十九回）

【靳道】韌勁兒。

(416) 玉樓戲道：「六丫頭，你是屬麵筋的，倒且是有靳道。」（第三十五回）

十四畫

【塵鄧鄧】原意是指塵土飛揚，多用來比喻沸反盈天。

(417) 你昨日往那裏去來，實說便罷，不然我就嚷的塵鄧鄧的。（第十六回）

【墓生子】遺腹子。

(418) 都說西門慶大官人正頭娘子生了個墓生子兒。（第七十九回）

【墊舌根】說長道短，橫生議論。

(419) 我是不消說的，只與人家墊舌根。（第四十回）

【慢條廝禮】慢慢騰騰。

(420) 那春梅只顧不進房來，叫了半日，才慢條廝禮，推開房門進來。（第十二回）

【撇閃】拋開。

(421) 負心的賊，如何撇閃了奴，又往哪家另續上心甜兒的了。（第六回）

【摸量】考慮。

(422) 你老人家摸量惜些情兒。（第四十八回）

【摺兒】分寸。

(423) 不與你個功德也不怕，狂的有些摺兒也怎的？（第二十三回）

【摑混】噪音驚擾，嶧人稱「摑得慌」。

(424) 怪強盜，三不知多咱進來，奴睡著了就不知道。奴睡的甜甜的，摑混死了我。
（第二十九回）

【撅溜子】虛假的人。

(425) 我不信你這撅溜子，人也死了一百日來，還守什麼靈？（第七十二回）

【漏眼不藏絲】器物有漏眼，不能藏絲，喻光明正大。絲，即私。

(426) 你兩親家都在此，漏眼不藏絲，有話當面說，省得俺媒人們架謊。（第七回）

【滿破】最多也不過。

(427) 找出五首兩銀子來，共搗一千兩文書，一個月滿破認他五十兩銀子。（第四十五回）

【溜死】濺滅。

(428) 只當兩個把酒推倒了才罷了，卻還嘻嘻哈哈，不知笑的是甚麼，把火也溜死了，平白落了人恁一頭灰。（第四十六回）

【疑齪】疑惑。

(429) 金蓮雖故信了，還有幾分疑齪在心中。（第十三回）

【睡長覺】死。

(430) 賊強人，把我只當亡故了的一般，一發在那淫婦屋裏睡了長覺也罷了。（第三十四回）

【窩盤】安撫，按捺。

(431) 當下西門慶打了雪娥，走到前邊窩盤住了金蓮，袖中取出今日廟上買的四兩珠子，遞與他穿箍兒。（第十一回）

【端切】真切。

(432) 我猜已定還有底腳裏人兒對哥說，怎得知道這等端切的？（第六十九回）

【管耽】保准。

(433) 太太寬心，小媳婦有個門路，管耽打散了這干人。（第六十九回）

【管情】包管。

(434) 我來，有一件親事來對大官人說，管情中得你老人家意。（第七回）

【精攘氣】淨受氣，專受氣。

(435) 我精攘氣的營生，平白的爹使我接的去，教五娘罵了我恁一頓。（第三十五回）

【綠豆皮請退】歇後語。綠豆煮開花之後，青（綠）皮就脫開了。猶如說請你像綠豆皮一樣離開吧。比喻兩方面關係破裂。

(436) 自今以後，你是你，我是我，綠豆皮兒——請退了。（第八十二回）

【緊自】總是，老是。

(437) 西門慶道。「緊自他麻煩人，你又自作要。」（第八回）

【說條念款】一條一款地說。

(438) 你家漢子說條念款，說將來趁將你家來。（第七十六回）

【趕眼錯】趁別人沒看見。

(439) 見西門慶樓子上打盹,趕眼錯把果碟兒帶減碟都收拾了淨光,倒在袖子裏。（第四十六回）

【輕狂百勢】各種輕狂姿態。

(440) 偏你會那等輕狂百勢,大清早晨,刁蹬著漢子,請太醫看。（第五十八回）

【辣菜根子】潑辣的人。

(441) 看不出他旺官娘子原來也是個辣菜根子。（第二十六回）

【雌】拖延。

(442) 我去時還在廚房裏雌著,等他慢條斯理兒才和麵。（第十一回）

【雌牙】張嘴露牙。

(443) 玉簫道:「怪雌牙兒,因甚問著你,看雌的那牙,問著不言語?」（第四十六回）

【韶刀】囉嗦。韶韶刀刀,囉囉嗦嗦。

(444) 可是來,自吃應花子這等韶刀,哥剛才已是討了老腳來,咱去的也放心。（第十三回）

【銚子】燒水用的壺。銚子,嶧縣人讀作吊子。

(445) 把湯盛在銚子裏罷。（第四十四回）

【髻毛】即鬢毛。

(446) 春梅道:「賴在我家,叫小廝把髻毛都撕光了你的。」（第七十五回）

十五畫

【僻格剌子】僻旮旯子,偏僻的地方。

(447) 到明日,房子也替你尋得一所,強如住這僻格剌子裏。（第三十七回）

【劉湛鬼兒】父母不要的孩子。引申為溜債鬼兒,討債鬼兒。

(448) 俺們都是劉湛鬼兒?比那個不出材的?（第三十九回）

【嘈】逗。有時還作坑害講,讀如曹。《金瓶梅》第二十五回:「那個不吃你嘈過?」

(449) 吃了飯打扮光鮮,只在門前簾兒下站著,常把眉目嘈人,雙睛傳意。（第一回）

【嘈戲】調戲。

(450) 被這干人在街上撒謎語,往來嘈戲唱叫。（第一回）

【噎食病】即今日所說食道癌。

(451) 教他生噎食病,把嗓根軸子爛掉。（第三十五回）

【寬杯】大杯。

(452) 教春梅拿寬杯來,篩與你姐夫吃。（第十三回）

【彈】稱東西。《陳州糶米》:「拿來上天平彈著,少,少,少!」

    (453) 先把他討的徐家二十五包彈准了,後把自家二百五十兩彈明了,付與王四李三。(第五十三回)

【影射的】妻妾情人統稱影射的。

    (454) 文嫂道:「怪小短命兒,我又不是你影射的,街上人看著,怪刺刺的。」(第六十八回)

【影影綽綽】隱隱約約。

    (455) 我不知怎的,但沒人在房裏,心中只害怕,恰似影影綽綽有人在我跟前一般。(第六十二回)

【撞蠓子】撞騙人。

    (456) 你莫不是他家女婿姓陳的,來此處撞蠓子。(第八十六回)

【撲撒】把皮肉拉起鬆開。

    (457) 你睡下,等我替你心口內撲撒撲撒,管情就好了。(第七十五回)

【撐】頂掉。

    (458) 在我眼皮子跟前開鋪子,要撐我的買賣。(第十九回)

【撒風】發瘋。

    (459) 那李瓶兒聽了,微笑了一笑兒,說道:「這媽媽子單管只撒風。」(第六十二回)

【撒迷語】講隱語。

    (460) 被這干人在街上撒迷語,往來嘲戲唱叫:「這一塊羊肉如何落在狗口裏?」(第一回)

【撒野火】泄怒氣。

    (461) 餓不死的殺才,你那裏味醉了,來老娘這裏撒野火。(第三十八回)

【樣範】樣式。嶧縣人讀如「樣法兒」。

    (462) 朱紅彩漆,都照依官司裏的樣範。(第四十六回)

【槽道】驢槽磨道,喻規矩。

    (463) 月娘道:「你看是個有槽道的?這裏人等著,就不進來了。」(第五十回)

【歐作攘亂】打架吵鬧。

    (464) 為他和俺姐夫在家裏歐作攘亂,昨日差些兒沒把俺大娘氣殺了哩。(第八十六回)

【潑才料】潑腳子貨,垃圾。

    (465) 夥計,你只安心做買賣,休要理那潑才料,臭屎一般丟著他。(第八十六回)

【潑皮賴肉】潑皮無賴。

(466) 那潑皮賴肉的，氣的我身子軟癱熱化。（第七十五回）

【潑丟潑養】放心大膽地撫養（孩子），不要太嬌慣。

(467) 休怪小的說，倒是潑丟潑養的還好。（第三十四回）

【潑腳子貨】原指拋棄的殘渣剩水，用來比喻行為惡劣的人。

(468) 潑腳子貨，別人一句兒還沒說出來，你看他嘴頭子相准洪一般。（第七十五回）

【熱亂】拼命胡鬧。

(469) 這裏前邊，小廝熱亂不提。（第三十五回）

【瞎謅】胡說。

(470) 你這花子單管只瞎謅，倒是個女先生。（第六十一回）

【糊突】糊塗。

(471) 哥也糊突，嫂子又年輕，偌大家室，如何便丟了去，成夜不回家，是何道理？
（第十三回）

【調白】挑撥的諧音。

(472) 有人氣不憤，在後邊調白你大娘，說拿金子進我這屋裏來了，怎的不見了。（第
四十四回）

【調百戲】玩雜耍。

(473) 慌了守備，使人叫門前調百戲的貨郎兒進去，要與他觀看，只是不喜歡。（第
八十八回）

【調跛】調皮，搗鬼。

(474) 這三行人不見錢眼不開，嫌貧取富，不說謊調跛也成不的。（第二十回）

【賤累】對自己妻子的謙稱。

(475) 常時節笑道：賤累還恐整理的不堪口，教列位哥笑話。（第六十一回）

【賣富】誇富，擺闊氣。

(476) 西門慶道：「我可惜不曾帶得好川扇來，也賣富賣富。」（第五十四回）

【鞋扇】尚未縫到鞋底上的鞋面。

(477) 拿著針線筐兒，往花園翡翠軒台基兒上，坐著那裏描畫鞋扇。（第二十九回）

【鬧妝】鑲飾物的帶子。明宋濂詩：「南國佳人玉作腰，鬧妝香帶折新雕。」

(478) 西門慶這裏是金鑲玉寶石鬧妝，一條三百兩銀子。（第四十八回）

十六畫

【噪刺刺】亂糟糟。

(479) 倒沒的倡揚的一地裏知道，平白噪剌剌的，抱什麼空窩，惹得人動唇齒。（第三十三回）

【懊惱氣】窩囊氣。

(480) 你也是男子漢大丈夫，房子沒間住，吃這般懊惱氣。（第五十六回）

【整頓】辦理。

(481) 原來那日齋堂管待，一應都是西門慶出錢整頓。（第六回）

【濁才料】糊塗東西。

(482) 呸！濁才料，我不叫罵你的，你早仔細好來。（第十四回）

【激煩】打擾，麻煩。

(483) 吳二哥文書還未下哩，今日巴巴的央我來激煩你。（第三十一回）

【燒糊了的卷子】卷子，花卷。燒糊了，形容人的老醜。

(484) 俺們一個一個只像燒糊了的卷子一般，平白出去，惹人家笑話。（第四十一回）

【瞞貨】劣貨。

(485) 我本等是瞞貨，應不上他的心，隨他說去罷了。（第七十三回）

【輸身】失身，不貞潔。

(486) 排行叫六姐，屬蛇的，二十九歲了，雖是打扮的喬樣，倒沒見他輸身。（第三十七回）

【隨問】隨便，無論。

(487) 我不得閑，與娘納鞋哩，隨問教那個燒燒兒罷，巴巴坐名叫我燒。（第二十三回）

【頭先】先前。

(488) 頭先，爹在屋裏來，向廚裏抽屜內翻了一回去了。（第五十回）

【頭腦酒】明朱國禎《湧幢小品》：「凡冬月客到，以肉與雜味置大碗中，注熱酒遞客，名曰頭腦酒，蓋以避風寒也。」

(489) 到次日，西門慶早起，約會何千戶來到，吃了頭腦酒，起身同往郊外送侯巡撫去了。（第七十六回）

【磣】砂子硌牙，令人難受，叫磣人。常比喻人說話過分，讓人不舒服。

(490) 兩個說了一夜話，說他爹怎的跪著上房上的叫媽媽，上房的又怎樣的聲喚，擺話的磣死了。（第二十一回）

【磣貨】磣人的貨（指人）。

(491) 婦人道：「怪磣貨，我是你房裏丫頭，在你跟前服軟？」（第七十四回）

【蹀裏蹀斜】行動沒有正形。

(492) 雖然有這小丫頭迎兒，奴家見他拿東拿西，蹀裏蹀斜，也不靠他。（第一回）

十七畫

【擠撮】排擠折磨。

    (493) 今日爹沒了，就改變了心腸，把我來不理，都亂來擠撮我。（第八十六回）

【擦扛】頂嘴。

    (494) 你不知道這小油嘴，他好不兜膽的性，著緊把我也擦扛的眼直直的。（第七十九回）

【罄身兒】身上不帶任何東西，又稱空身。

    (495) 你看著到前邊收拾了，教他罄身兒出去，休要他帶出衣裳去了。（第八十五回）

【膿】努力將就，忍耐。

    (496) 你來在俺家：你識我見，大家膿著些罷了。（第十一回）

【蹀】踩在稀濕的東西上，嶧縣人叫蹀。

    (497) 我搊你去，倒把我一隻腳蹀在雪裏。（第十一回）

【蹀】踩。

    (498) 我搊你去，倒把我一隻腳蹀在雪裏，把人的鞋也蹀泥了。（第二十一回）

十八畫

【戳無路兒】戳屋漏、戳壺漏的諧音。在嶧縣，有時作名詞用，意思是調皮鬼。如：「這小孩是個戳無路兒。」有時作動詞用，意思是搗鬼。《金瓶梅》中就是這個用法。

    (499) 走到後邊戳無路兒，沒的拿我墊舌根。（第五十一回）

【趪古調】趔股調的諧音，指迅速地抽腿（趔股）轉身（調）。

    (500) 這老婆一個趪苦調走到後邊。（第二十三回）

【蟲蟻】嶧縣人把小鳥叫做蟲蟻。

    (501) 你是城樓的雀兒，好耐驚耐怕的蟲蟻。（第三十四回）

十九畫

【懷子骨】踝子骨。

    (502) 踹踹門檻兒，教那牢拉的囚根子把懷子骨歪折了。（第三十一回）

【穩拍拍】保准有把握。

    (503) 不消兩日，管情穩拍拍教你笑一聲。（第十九回）

【繭兒】醜事、壞事。

(504) 一夜沒漢子也成不的，背地幹的那䕫兒，人幹不出來，他幹出來。（第十一回）

【關頭】在頭上插簪子，綰住頭髮。

(505) 既無此事，還把這根簪子與我關頭。（第八十三回）

【顛寒作熱】情緒時冷時熱，喜怒無常。

(506) 話說潘金蓮在家，恃寵生驕，顛寒作熱，鎮日夜不得個寧靜。（第十一回）

【騙嘴】有兩義，一是騙東西吃，二是撒謊吹牛。

(507) 頭裏騙嘴，說一百個二百個，才唱兩個就要騰翅子，我手裏放你不過。（第三十三回）

【鏇的不圓砍的圓】比喻世事反常，顛倒是非。

(508) 常言不說的：「好人不長壽，禍害一千年。自古鏇的不圓砍的圓。」（第七十三回）

二十畫

【嚼舌根】無根據地說他人的壞話。

(509) 是那個不逢好死的嚼舌根的淫婦，嚼他那旺跳的身子！（第十三回）

【獻世包】現醜的人，在嶧縣被稱為「獻世包」。

(510) 料他也沒少你這個窮親戚，休要做打嘴的獻世包。（第七十八回）

【飄風戲月】玩弄女性。

(511) 專一飄風戲月，調占良人婦女，娶到家中，稍不中意，就令媒人賣了。（第二回）

【飄灑】拋撒（錢財）。

(512) 家中有幾個奸詐不級的人，日逐引誘他，在外飄灑，把家事都敗了。（第六十九回）

【騰翅子】原指飛，喻指逃走。

(513) 才唱了兩個曲兒，就要騰翅子。（第三十三回）

二十一畫

【囂頭】薄了面子。嶧縣人稱「薄」為「囂」。如：「這布太囂了。」《金瓶梅》第三十五回：「不要那囂紗片子。」

(514) 周大人送來，咱不好囂了他的頭，教他相相，除疑罷了。（第二十九回）

【蠟渣黃】黃得像蜂蠟的渣滓一般。

(515) 見他口裏吐血，面皮蠟渣也似黃了。（第六回）

【護頭】怕剃頭。

(516) 我說這小孩子有些不長俊，護頭，自家替他剪剪罷。（第五十二回）

【顧睦】照顧。

(517) 你便外邊貪酒戀色，多虧隔壁西門大官人兩次三番顧睦。（第十三回）

【顧賣】店堂中的夥計。

(518) 四人坐下，喚顧賣打上兩角酒來。（第五十五回）

二十二畫以上

【囊溫郎當】骨鬆筋軟，渾身無力。嶧縣人又稱軟不郎當。

(519) 搣的人垂頭跌腳，閃的人囊溫郎當。（第八十回）

【聽頭】報警的東西。

(520) 這文嫂輕輕敲了門環兒，原來有個聽頭。（第六十九回）

【鑊】甩鍋煮，嶧縣人稱為鑊。鑊，讀作「炸」。

(521) 他進來我這屋裏，只怕有長鍋鑊吃了他是的。（第三十五回）

【攬給】花銷。嶧縣人又稱攬計、澆裏。

(522) 若徵收些出來，斛斗等稱上，也夠咱們上下攬給。（第七十八回）

【驚閨】把幾個長方形的鐵片連綴起來，加上木把，一搖動就發出聲音，謂之驚閨。貨郎用它來招引顧客。

(523) 正說著，只聽見遠遠一個老頭兒斯琅斯琅搖著驚閨葉過來。（第五十八回）

【蠻聲哈喇】形容南方人說話的聲音。

(524) 薛內相道：「那蠻聲哈喇，誰曉的他唱的甚麼？」（第六十四回）

【饞癆痞】嶧縣人形容某人好吃，就說他害了饞癆痞，意思是說他肚子長了一種促使他好吃的痞塊。

(525) 傻花子，你敢害饞癆痞哩！（第一回）

《金瓶梅》探微（一）

　　《金瓶梅》一書所涉及的典章制度、社會風俗、名物典故，為數甚多。對此，前輩學者已做了不少搜隱抉微的工作。但，細考起來，仍有許多令人難以索解之處。近年來，我查閱了一些古代典籍，時有所得。現發表出來，以作前人續補。

一、冷鋪

　　例：那金蓮道：「大娘，那個上蘆蓆的肯幹這營生，冷鋪睡的花子才這般所為。」（第七十六回）

　　按：陸澹安先生在《小說詞語匯釋》中說：「冷鋪，即『郵亭』，是驛卒往來遞文書時駐足休息的地方，大都築在郊外冷僻之處，所以叫冷鋪。」陸先生的這一解釋是錯誤的。查明人謝肇淛《五雜組》一百三十九頁有云：「京師謂乞兒為花子，不識何取義。嚴寒之夜，五坊有鋪居之，內積草秸，及禽獸茸毛，然每夜須納一錢於守者，不則凍死矣。其饑寒之極者，至窖乾糞土而處其中，或吞砒一銖，然至春月，糞砒毒發必死。計一年凍死毒死不下數千，而丐之多如故也。」由此可知，所謂冷鋪並非郵亭，而是北京城裏專為乞丐而設的最低等的旅店。從謝肇淛的語氣來看，在明代，僅是北京「五坊有鋪」，其他城市並不如此。吳晗先生說，《金瓶梅》的作者異常熟悉北京的風土人情，冷鋪可作一證。謝肇淛是萬曆三十年進士，距《金瓶梅》的成書年代不遠，而且他還是《金瓶梅》的最早評論者之一，他的話是可信的。

二、晏公廟

　　例：此去離城不遠，臨清馬頭上，有座晏公廟。（第九十三回）

　　按：明人郎瑛《七修類稿》云：「國初，江岸常崩，蓋豬婆龍於下搜抉故也。以其與國同音，嫁禍於黿。朝廷又以黿與元同音，下旨令撲盡，而岸崩如故。有老漁翁過曰：『當以炙豬為餌以釣之。』釣之而力不能起。老漁翁他日又曰：『四足爬土石為力，爾當以甕通其底，貫釣緝而下之。甕罩其項，必用前二足推拒，從而併力掣之，則足浮而起矣。』已而果然。眾曰：『此黿也。』老漁翁曰：『黿之大者能食人，即世之所謂豬婆龍。汝等可告天子，江岸可成也。』眾問姓名，曰：『晏姓。』倏爾不見。後岸成，太

祖悟曰：『昔救我於覆舟，云為晏公。』遂封其為神霄玉府晏公都督大元帥，命有司祀之。」這段話告訴我們，晏公是一位曾經救助過朱元璋的智者，而晏公廟是根據朱元璋的旨意修建的。隨著時代的變遷，至今晏公廟已不為人知。但，在南京孝陵衛現在還有一條小巷叫晏公廟，想來當是明代晏公廟的一個遺址。《金瓶梅》雖然是一部小說，但它所涉及的一切，都是有現實依據的，晏公廟就是一例。

三、白眉赤眼

例：此是我姨娘家借來的釵梳，是誰與我的？自眉赤眼見鬼到，死囚根子！（第二十五回）

按：「白眉赤眼」，陸澹安先生在《小說詞語匯釋》中解作：「平白無故。」臺灣的魏子雲先生在《金瓶梅詞話注釋》中解作：「怒氣衝衝的，或橫眉豎眼。」此兩說皆不甚確。鄧之誠在《骨董瑣記》中寫道：「《棗林雜俎》引《花鎖志》：教坊供白眉神，朔望用手帕針線刺神面禱之甚謹，謂撒帕著人面，則惑溺不復他去。白眉神即古洪涯先生也，一呼褼神。《野獲編》云：『坊曲白眉神，長髯偉貌，騎馬持刀，與關象略同，但眉白眼赤。京師人相罵曰白眉赤眼兒，即相恨成仇。妓女初薦枕，必同拜此神，乃定情。南北兩京皆然。』」據此可知，「白眉赤眼」是由白眉神的像貌衍生出來的。而白眉神又稱「褼神」，「褼」同「妖」。如《荀子·天論》：「祅怪不能使之凶。」《漢書·睦弘傳》：「妄設褼言惑眾，大逆不道。」所以，「白眉赤眼」是用來形容煞有介事的凶惡樣子的。再加，白眉神是妓女們祭祀的神，因而「白眉赤眼」又具有一種侮辱意味。沈德符在《野獲編》中說：「京師人相罵曰自眉赤眼兒，即相恨成仇。」原因正在於此。

四、窠子

例：南街上又占著窠子卓二姐，名卓丟兒，包了些時，也娶來家居住。（第二回）

按：謝肇淛在《五雜組》中寫道：「今時娼妓佈滿天下，其大都會之地動以千百計，其他窮州僻邑，在在有之，終日倚門獻笑，賣淫為活，生計至此，亦可憐矣。兩京教坊，官收其稅，謂之脂粉錢。隸郡縣者則為樂戶，聽使令而已。唐、宋皆以官妓佐酒，國初猶然，至宣德初始有禁，而縉紳家居者不論也。故雖絕跡公庭，而常充牣里閒。又有不隸於官，家居而賣姦者，謂之土妓，俗謂之私窠子，蓋不勝數矣。」可見，「私窠子」就是土妓私娼。

五、水燈兒

例：去冬十月中，一死屍，從上流而來，本寺因放水燈兒，見漂入港裏。（第四十八回）

按：《北京歲時記》：「七月晦日，地藏佛誕，供香燭於地，積水湖、泡子湖各有水燈。」又《帝京歲時紀勝》：「每歲中元建盂蘭道場，（七月）十三日至十五日放河燈，使小內監持荷葉燃燭其中，羅列兩岸，以數千計。又用琉璃作荷葉燈數千盞，隨波上下。中流駕龍舟，奏梵樂，作禪誦，回瀛臺過金鼇玉蝀橋，繞萬歲山至五龍亭而回。河漢微涼，秋蟾正潔，至今傳為勝事。」此兩段話說明，水燈又稱河燈，是一種漂流在河面上的玻璃燈。放水燈是一種社會風俗，目的在於祭神。從《金瓶梅》看，這種風俗，北京有，山東也有。

六、魚籃會

例：馮媽媽道：「二娘使我往門外寺裏魚籃會，替過世二爹燒箱庫去來，趕進門來」。（第十八回）

按：魚籃會，即盂蘭會，又稱盂蘭盆會。謝肇淛《五雜組》：「七月中元日，謂之盂蘭會，目連因母陷餓鬼獄中，故設此功德，令諸餓鬼一切得食也。人之祖考，不望其登天堂，生極樂世界，而以餓鬼期之乎？弗思甚矣！」又，郎瑛《七修類稿》：「七月十五盂蘭盆之說，諸皆主佛經目連救母，於是日以百味著盆中供佛。然不知何謂盂蘭盆也。及讀《釋氏要覽》云：『盂蘭猶華言解倒懸。』似有救母之說矣。而盆字又無著落，問之博識，不知也。又見《老學庵筆記》：『父老云：故都於中元具素饌享先，織竹為盆盂狀，貯紙錢於中，承之以竹。迨焚，倒以視方隅，而占冬之寒暖，謂之盂蘭盆。』乃知風俗祀先，全無佛氏之意。因而考《夢華錄》亦云：『以竹斫成三腳，上織燈窩，謂之盂蘭盆。又買素食擦米飯享先，以告報秋成，但多買《目連經》，搬其雜劇』數言。反復思之，盂蘭盆實起於風俗，而目連救母之事偶符是日。且佛氏盂蘭盆三字之音又與之同，遂訛為盂蘭盆也。或當是筱籃盆三字，亦未可知。」以上二說相比，郎瑛所言較為可信。盂蘭盆會，原是七月十五日祭祀祖先的一種風俗，而目連救母事也在這一天，於是便產生了謝肇淛所說那種訛傳。

七、雙陸

例：從小兒也是個好浮浪子弟，使得些好拳捧，又會賭博，雙陸象棋，抹牌道字，無不通曉。（第二回）

按：謝肇淛《五雜組》：「雙陸一名握槊，本胡戲也。云：胡王有弟一人得罪，將殺之，其於獄中為此戲以上，其意言，孤則為人所擊，以諷王也。曰握槊者，象形也。曰雙陸者，子隨骰行，若得雙六，則無不勝也。又名『長行』，又名『波羅塞戲』，其法以先歸宮為勝，亦有任人打子，佈滿他宮，使之無所歸者，謂之『無梁』，不成則反負矣。其勝負全在骰子，而行止之間，貴善用之。其制有北雙陸，廣州雙陸，南番北夷之異。《事始》以為陳思王（曹植）制，不知何據？」又，宋人洪遵《譜雙》記載：「相傳由天竺傳入，盛行於南北朝及隋唐時。因局如棋盤，左右各有六格，故名。馬作椎形，黑白各十五枚，兩人相博，骰子擲采行馬，白馬從右到左，黑馬反之，先出完者獲勝。」看來，人們對「雙陸」的理解，並不相同，但也各有根據。

八、馬牙香

例：小人把段箱兩箱並一箱，三停只報了兩停，都當茶葉、馬牙香，櫃上秘稅來了。（第五十九回）

按：馬牙香，即馬牙硝。《本草綱目・朴消》：「集解志曰：『又有英消者，其狀若白石英，作四五棱，瑩澈可愛，主療與芒消同，亦出於朴消，其煎煉自別有法，亦呼為馬牙消。』時珍曰：『川晉之消，則底少而面上生牙，如圭角，作六棱，縱橫玲瓏，洞澈可愛。嘉祐本草所謂馬牙消者也。』」看來，馬牙香是產自四川、山西的一種硝石，可以入藥。

九、鹽引

例：上面寫著：「商人來保、崔本，舊派淮鹽三萬引，乞到日早掣。」（第四十九回）

按：所謂「鹽引」，是自宋代以後，歷代政府給予商人憑以運銷食鹽的專利權證書。《宋史・食貨志》：「今商人入芻糧塞下，授以要券，謂之交引，至京師給以緡錢。」

宋徽宗時，鹽鈔法敗壞，宰相蔡京為維持官府專利以搜刮財賦，於政和三年（1113）改引法。分鹽引為長引和短引，長引銷外路，短引銷本路，確立批繳手續和繳銷期限（長引一年，短引一季），限定裝運重量和鹽價，編立引目號簿。每引一號，前後兩券，後券稱引紙，商人繳納包括稅款在內的鹽價領引，憑引支鹽運銷。明萬曆以前行官專賣引法，即民制、商收、商運、商銷。其時，引是鹽商納錢（或糧）領鹽運銷的憑證。

從宋明兩代的情況可以看出，《金瓶梅》所寫鹽引，並非作者杜撰，而是於史有徵的。

十、火浣布

例：大紅蟒袍一套，官綠龍袍一套，漢錦二十匹，火浣布二十匹，西澤布二十匹。（第五十五回）

按：火浣布，猶如今之石棉布。《列子·湯問》：「火浣之布，浣必投於火，布則火色，垢則布色。出火而振之，皓然於雪乎。」又，《神異傳》云：「南方有火山焉，長四十里，廣四五里，其中皆生不燼之木，晝夜火燃。得雨猛風不滅，火中有鼠，重百斤，毛長二尺餘，細如絲，色白，時時出外，以水逐而沃之則死，取其毛以為布，謂之火浣布。」這兩種記載，後一說自不可信。《金瓶梅》所寫之火浣布，當然也不是這種鼠毛織成的布，而是一種不怕火燒的布。二十匹云云，大概也是小說家的一種誇張筆法。

十一、險道神

例：險道神撞見那壽星老兒，你也休說我的長，我也休嫌你那短。（第四十一回）

按：《三教搜神大全》：「開路神君，乃周禮五方相式，俗名險道神，一名阡陌將軍。神身長丈餘，頭廣三尺，鬚長三尺五寸。頭赤面藍，左手執印，右手執戟，出柩以先行之。」所謂壽星老兒，即是人們常說的老壽星南極仙翁。險道神身長丈餘，而壽星老兒除腦殼碩大之外，高矮與長人無異。兩相比較，長短懸殊，因而也就產生了《金瓶梅》的這一歇後語。

十二、劉湛鬼兒

例：金蓮道：「俺們都是劉湛鬼兒麼？比那個不出材的，那個不是十個月養的哩！」（第三十九回）

按：我在拙作《金瓶梅新證》一書中，曾把劉湛鬼兒解作：溜債鬼兒，逃債鬼兒。這是不正確的，於此聲明更正。因為，最近我又查了《宋書》卷六十九和《南史》卷三十五，發現劉湛是南朝宋人，史中有傳。傳載：劉湛生女輒殺之，為時流所怪。所以，劉湛鬼兒，是為劉湛所殺害的女兒的鬼魂，後人把劉湛鬼兒就當作了爹娘不要的女子的代名詞。這個詞是封建社會重男輕女的舊觀念的反映。

十三、鄭恩

例：經濟道：「五娘，你老人家鄉里姐姐嫁鄭恩——睜著個眼兒，閉著個眼兒。」（第三十九回）

按：這個歇後語，是明代人根據戲曲《龍虎風雲會》創造出來的。鄭恩是宋太祖趙

匡胤的結義兄弟，像貌醜陋凶惡，卻娶了個美貌的妻子陶三春。傳統戲劇《打瓜園》，吳祖光先生的《三打陶三春》，描寫的就是這個「鄉里姐姐嫁鄭恩」的故事。鄭恩相貌醜陋，鄉里姐姐嫁給他，只好睜一隻眼，閉一隻眼。

十四、黨太尉

例：黨太尉吃扁食，他也學人照樣行事欺負我。（第四十一回）

按：日本學者鳥居久靖在《金瓶梅歇後語私釋》中考證說：在清人所編之戲劇集《綴白裘》中，有《黨太尉賞雪》一劇。黨太尉出場獨白曰：「下官姓黨字晉，身為宋將，官居太尉，驍勇絕倫，不識文字。平生豪放，聲若巨雷，目光閃電，望之若神。」又，據《宋史》卷二百六十載：黨太尉名晉，宋馬邑人，開寶中從征太原有功，官至忠武軍節度使。黨太尉雖以武功得高官，但實為粗人，不懂禮儀，舉凡應酬，只好學人照樣行事。然而，在宋人著作中也有相反的例子。傳說宋初學者陶谷有一妾，本是黨太尉家姬。一日大雪，谷取雪水烹茶，顧謂妾曰：「黨家有此景否？」曰：「彼粗人，安識此景。但能於銷金帳下淺斟低唱，飲羊羔美酒耳。」陶谷大慚。想來，《金瓶梅》中的這句歇後語，也是群眾根據戲曲故事之類創造出來的，只取其一點而不及其餘了。

十五、歡門吊子

例：到初五日早，請了八眾女僧，在花園卷棚內建立道場，各門上貼歡門吊子。（第六十八回）

按：所謂「歡門」，在宋代是指紮結的彩門。《夢梁錄》：「且言食店門首及儀式：其門首，以枋木花樣遝結縛如山棚，上掛半邊豬羊，一帶近裏門面窗牖，皆朱綠五彩裝飾，謂之『歡門』。」又，《東京夢華錄》：「凡京師酒店，門首皆縛彩樓歡門。」而所謂吊子，應是今日魯南蘇北農村春節時貼在門楣上的彩色剪紙。宋代的歡門紮起來十分複雜，但到了明代已經簡化成貼彩色吊子了。

十六、艾窩窩

例：婦人與了他一塊糖，十個艾窩窩，千恩萬謝出門。（第七回）

按：「艾窩窩」是北京的一種地方風味食品。《故都小食品雜詠》：「白粘江米入蒸鍋，什錦餡兒粉面搓。渾似湯園不待煮，清香喚作艾窩窩。」詩後注曰：「艾窩窩，回人所售食品之一，以蒸透極爛之江米待涼，裹以各食之餡，用麵粉搓成園球，大小不一，視價而異，可以涼食。」對此，姚靈犀先生在《瓶外卮言》中已作過考證。但，《卮言》已屬罕見，而我又接到幾位讀者來信問及什麼是艾窩窩，現錄此以作答覆。現今，

交通發達，物流四方，我在黑龍江和深圳，都買到過艾窩窩，只是名稱不同罷了。

十七、不立文字

例：王姑子道：「觀音菩薩既聽其法，昔有六祖禪師傳燈佛，教化行西域，東歸不立文字。如何苦功，願聽其詳。」（第五十一回）

按：《五燈會元》：「世尊在雲山會上，拈花示眾。……獨有金色頭陀，破顏微笑。世尊曰：『吾有正法眼藏涅盤妙心，實相無相，微妙法門，不立文字，教外別傳，付諸大迦葉。』」《釋門正統》：「禪宗者，始普提達摩，遠越蔥嶺來此土，初無不立文字之說，南泉普願始昌別傳不立文字見性成佛。」《高僧傳》：「達摩曰：我法心不立文字。」這三節文字，使我們懂得了，所謂「不立文字」是佛家的一種奧義，即重悟而不重說。

十八、裘鴟尾

例：劉哥，你不知道，昨日這八月初十日，下大雨如注，雷電把內裏凝神殿上鴟尾裘碎了，唬死了許多宮人。（第六十四回）

按：鴟尾，就是鴟吻。「裘」字，在人民文學出版社一九八五年版的《金瓶梅詞話》中，已改為「震」。姚靈犀在《瓶外卮言》中說：「事見宋史，不祥之兆也。」但翻閱《宋史》，沒有找到根據。戴不凡先生查《明史·五行志》，認為此處寫的是嘉靖十六年「五月戊戌雷震謹身殿鴟吻」。然而，我以為這距吳晗先生所判定的《金瓶梅》成書時間的上限稍遠了一些。于慎行《穀山筆塵》卷四：「江陵剛愎自用，頗類王安石，亦有三不足之說，為御史傅應楨所劾。然其心術之公，尚不如安石遠矣。一日雷擊奉天吻，臺諫欲上公疏，往請江陵，止之曰：『何必紛紛如此？既是雷電，如何能不擊物？』此其一證也。」張居正當國已是萬曆年間，而《金瓶梅》書成時間的下限是萬曆二十年，所以于慎行的這段記載與《金瓶梅》所寫的雷擊事件最為切近。我在拙作《金瓶梅新證》中提出，笑笑生就是賈三近，于慎行的這段話也可作為證明。因為，于慎行所說的「臺諫欲上公疏」，這諫院之長正是賈三近。由此可見，賈三近不但瞭解這次事件，而且還因此和張居正發生過矛盾。他把此事寫入《金瓶梅》中，則是十分順理成章的了。

十九、馬價銀

例：常言道：世上銀錢倘來物，那是長貧久富家。緊著起來，朝廷爺一時沒錢使，還問太僕寺支馬價銀子來使，休說買賣人家，誰肯把錢放在家裏？（第七回）

按：關於「馬價銀」，《明史》卷七十九〈食貨志·倉庫〉卷九十二〈兵志·馬政〉，

都有記載。而且，吳晗先生還認為《金瓶梅》成書時間的上限不會早於隆慶二年。最近，我又查到有關馬價銀的兩條資料：一是謝肇淛在《五雜組》中的記載：「馬之入價也，漕之改折也，雖一時之便，而非立法之初意也。太僕之馬價，原為江南有不宜馬之地而入價，於北地市之也。漕糧之改折，亦為一時凶荒之極，米價騰湧而入價，以俟豐年之補糴也。今公然以佐官家不時之用矣。捨本色而徵銀，甚便也。馬糧有餘，而見鏹不足，甚利也。然而馬日減少，太倉之粟無一年之積者，折價誤之也。承平無事猶可，一旦緩急，必有執其咎者。」二是朱國禎在《湧幢小品》中的記載：「太僕寺馬價，隆慶年間積一千餘萬。萬曆年間，節次兵餉，借去九百五十三萬。又大禮大婚，光祿寺借去三十八萬，而零星宴賞之借不與焉。至四十二年，老庫僅存八萬兩。每年歲入九十八萬兩，隨收隨放，各支邊軍例尚不足，且有邊功不時之賞。其空虛乃爾，真可寒心！」這兩條資料十分重要，它可以讓我們進一步考察《金瓶梅》的成書年代，吳晗先生說，向太僕寺支借馬價銀始於隆慶二年，因而《金瓶梅》成書不會早於此。這是對的。但是，朱國禎說：「隆慶年間積一千餘萬」。國家財政尚不甚困難。朝廷「大禮大婚」，由光祿寺出面向太僕寺支借馬價銀子，是萬曆朝的事。所以，《金瓶梅》一書必是萬曆年間的作品。這就又把《金瓶梅》成書時間的上限推遲了至少六年。

二十、沈萬三

　　例：潘金蓮道：「南京沈萬三。北京枯柳樹，人的名兒，樹的影兒。怎麼不曉的？雪裏消死屍，自然消他出來。」（第七十二回）

　　按：關於「沈萬三」，上海的陳詔先生曾作過考證，用的是田藝蘅《留青日札》中的資料。但，其中多敘沈萬三後人事，涉及萬三本人的事甚少。現我再補充兩條：一是朱國禎《湧幢小品》中的記載：「沈萬三秀之富，得吳賈人陸氏。陸富甲江左，秀出其門，甚見信用。一日歎曰：『老矣。積而不散，以釀禍也。』盡以與秀，棄為道士，築室陳湖之上。」這裏點明了沈萬三名秀，他的財富得之於陸氏。二是《明史·高后傳》：「吳興富民沈秀者，助築都城三之一，又請犒軍。帝怒曰：『匹夫犒天子軍，亂民也，宜誅。』后諫曰：『妾聞法者，誅不法也，非以誅不祥。民富敵國，民自不祥。不祥之民，天將災之，陛下何誅焉？』乃釋秀，戍雲南。」這裏又交待了沈萬三曾幫助明太祖修築金陵城，卻因此而獲過，被朱元璋以「匹夫不應犒天子軍」為藉口流放到雲南去了。此外，在《七修類稿》和《五雜組》中，也有關於沈萬三的記載，但多屬傳說，不足為信。

　　以上，是我在微觀方面對《金瓶梅》所作的部分考證。限於篇幅，此次先發表這些，其餘待今後陸續公佈。舛誤之處，盼讀者不吝賜教。

《金瓶梅》探微（二）

　　《淮海論壇》創刊號發表了拙作〈金瓶梅探微〉之後，與同道的朋友談起來，大家都說這種文章對讀者和研究者都是有用的，應該繼續寫下去。我很感激朋友們的拳拳厚意，也只好勉力從命，再把一部分資料公佈出來，以就教於方家。

一、真人

　　例：桂姐道：「我也有個笑話回奉列位。有一孫真人，擺著宴席請人，卻教座下老虎去請，……」（第十二回）

　　按：由於劍俠小說的影響，人們對「真人」這個詞頗為熟悉。但若尋根究底，問問這個詞是什麼意思，則很少有人能準確地回答出來。《莊子·天下》：「關尹、老聃乎，古之博大真人哉！」「真人」之說始此。那麼，什麼是「真人」呢？莊子在〈大宗師〉中答道：「古之真人，不逆寡，不雄成，不謀士。若然者過而弗悔，當而不自得也。若然者登高而不栗，入水不濡，入火不熱，是知之能登假於道也若此。古之真人，其寢不夢，其覺無憂，其食不甘，其息深深。真人之息以踵，眾之息以喉。屈服者其嗌言若哇，其嗜欲深者，其天機淺。古之真人，不知說生，不知惡死，其出不訴，其入不距，翛然而往，翛然而來而已矣。不忘其所始，不求其所終，受而喜之，忘而復之，是之謂不以心捐道，不以人助天，是之謂真人。」《楚辭·九思·哀歲》：「隨真人兮翱翔。」王逸注：「真人，仙人也。」簡單地說，所謂真人，就是道家中「修真得道」或「成仙」的人。封建時代，有不少道家人士被帝王贈號為真人，如唐玄宗稱莊子為南華真人，文子為通玄真人，強子為沖虛真人，庚桑子為洞虛真人。宋時，道士也有被稱為真人的，如道士張伯端，號紫陽，後世稱為紫陽真人。在元代，元太祖也曾封丘處機為長春真人。

二、蕤賓佳節

　　例：一日，五月蕤賓佳節，家家門插艾葉，處處戶掛靈符。（第十六回）

　　按：蕤賓佳節，就是農曆五月初五的端午節。蕤賓，原為音樂十二律中的第七律。〈禮月令〉：「仲夏之月，其音微，律中蕤賓。」《漢書·律曆志》：「蕤，繼也。賓，導也。言陽始導陰氣，傳繼養物也。位於午，在五月。」這就是為什麼把端午節稱為蕤

賓佳節的原因。

三、瓦子

例：單表西門慶從門外夏提刑莊子上吃了酒回來，打南瓦子裏頭過。（第十九回）

按：瓦子，又叫瓦肆、瓦舍。宋元時大城市裏娛樂場所集中的地方。有表演雜劇、曲藝、雜技等的勾欄，也有賣藥、估衣、飲食等的店鋪。南宋耐得翁《都城紀勝》：「瓦者，野合易散之意也。」孟元老《東京夢華錄》：「其御街東朱雀門外，西通新門瓦子，以南殺豬巷，亦妓館。」周密《武林舊事》記載，南宋時杭州有著名瓦子二十三處，如南瓦、北瓦、中瓦、大瓦、新門瓦、東山瓦等等。到了明代，在城市中也有沿稱瓦子的地方。

四、投壺

例：那日桂卿也在家，姐兒兩個在傍陪侍勸酒。良久，都出來投壺玩耍。（第十九回）

按：投壺，是我國古代宴會的禮制，也是一種遊戲。《禮記·投壺》：「投壺之禮，主人奉矢，司射奉中，使人執壺。主人請曰：『某有枉矢哨壺，請以樂賓。』賓曰：『子有旨酒佳餚，某既賜安，又重以樂，敢辭。』主人曰：『枉矢哨壺，不足辭也。』……」具體的方法是，以盛酒的壺口作目標，用矢投入。矢有三種長度：室內用二尺，堂上用二尺八寸，庭中用三尺六寸，以投中多少決勝負，負者須飲酒。《後漢書·祭遵傳》：「對酒設樂，必雅歌投壺。」《左傳》《史記》中也有關於投壺的記載。

五、章臺柳　玉井蓮

例：回頭恨罵章臺柳，赧面羞看玉井蓮。（第二十一回）

按：章臺，一指戰國時秦國渭南離宮的章臺，舊址在今長安縣故城西南角。《史記·秦始皇本紀》：「諸廟及章臺、上林皆在渭南。」又〈廉頗藺相如列傳〉：「秦王坐章臺，見相如。」二指漢代長安章臺街。《漢書·張敞傳》：「時罷朝會，過走馬章臺街。」舊時用為妓院等地的代稱。章臺柳，典出孟棨〈本事詩〉。唐代長安章臺妓柳氏，初許韓翊，天寶末，為番將沙叱利掠去，後被許俊奪回，復歸韓翊。

玉井，星官名，屬參宿，共四星。《晉書·天文志》：「玉井四星，在參左足下。」《後漢書》：「竊見去年閏十月十七日己丑夜，有白氣從西方天苑趨左足入玉井，數日乃滅。」但《金瓶梅》此處所說玉井，似不是指星宿，而是指某妓院。玉井蓮對章臺柳，看來都是暗喻煙花女子。

六、龜兒卦

例：因在大門裏首站立，看見一個鄉里卜龜兒卦的老婆子。（第四十六回）

按：古時，卜用龜甲，筮用蓍草，以占吉凶。《書·大禹謨》：「鬼神其依，龜筮協從。」《禮記·表記》：「君子敬則用祭器，是以不廢日月，不違龜筮。」古人以龜卜，用火燒龜甲，視灼後裂紋占吉凶。但《金瓶梅》此處則不然。下文云：「在二門裏鋪下卦帖，安下靈龜，⋯⋯那老婆把靈龜一擲，轉了一遭住了，揭起頭一張封帖。」姚靈犀《瓶外卮言》說：「地鋪白布一方，界為三十二宮，靈龜移行其上，止於某宮，則抽出爻解，以生造沖剋應合而占卜之。」似是。

七、桑弧蓬矢

例：大丈夫生於天地之間，桑弧蓬矢，不能遨遊天下觀國之光，徒老死牖下無益矣。（第四十七回）

按：桑弧蓬矢，指桑木做的弓，蓬梗做的箭。《禮記·內則》：「國君世子生，告於君。射人以桑弧蓬矢六，射天地四方。」注：「桑弧蓬矢本太古也，天地四方，男子所有事也。」疏：「以桑與蓬皆質素之物，故知本太古也。蓬是御亂之草，桑為眾木之本。」由此觀之，桑弧蓬矢，是上古人的木制武器。後來，據《禮記·射義》記載：「男子生，桑弧六，蓬矢六，以射天地四方。」這就是說，在鐵器出現以後，桑弧蓬矢，只作為男兒志在四方的象徵了。至今仍有人用這個詞來勉勵人應胸懷大志。

八、曾孝序

例：打聽巡按御史在東昌府察院駐紮，姓曾，雙名孝序，乃都御史曾布之子，新中乙未科進士，極是個清廉正氣的官。（第四十八回）

按：曾孝序是歷史上的一個真實人物，事見《宋史·列傳》四五三卷。他是泉州晉江人，曾任懷慶路經略安撫使，因反對蔡京的鹽鈔等法，結果頂著「幾誤軍期」的罪名，竄於嶺表。後遇赦，量移永州。蔡京罷相後，授顯謨閣待制，知潭州。不久，因論徭事，與吳居厚不合落職，知表州，尋復職。徭人叛，曾孝序因平徭有功，進顯謨閣直學士，遷龍圖閣直學士，知青州。高宗即位，遷徽猷閣學士升延康殿學士，後被部將王定害死，享年七十九歲。卒後諡感潛。《金瓶梅》此回，說曾孝序是曾布之子，乃小說家筆法。曾布是曾鞏的弟弟，南豐人，與曾孝序僅同姓而已。這一回裏所寫的「參劾提刑官」，也是作家編出的情節，雖然與歷史有蛛絲馬跡的聯繫，但大部分屬於虛構。

九、海鹽戲

例：西門慶知了此消息，與來保、賣四騎快馬先奔來家，予備酒席，門首搭照山彩棚，兩院樂人奏樂，叫海鹽戲並雜耍承應。（第四十九回）

按：海鹽縣在浙江省北部，瀕臨杭州灣。海鹽戲，是古代的一個戲曲劇種。一般認為淵源於元代，流行在海鹽的「南北歌調」，經楊梓等加工後發展而成。（見元姚桐壽《樂郊私語》）一說早在南宋末期即已形成，係寓居海鹽之張鎡所創始。（見明李日華《紫桃軒雜綴》）明嘉靖年間曾在嘉興、湖北、溫州、台州等地流行，同時，也傳到了北方。在發展過程中，對弋陽腔、昆山腔的演變起了一定的影響。明萬曆以後日趨衰落而絕跡。現海寧皮影戲所唱的「長腔」，有人認為還保存了海鹽腔的成分。

十、簫韶

例：茶湯獻罷，階下簫韶盈耳，鼓樂喧闐，動起樂來。（第四十九回）

按：簫韶，即「大磬」，亦作「大韶」，簡稱「韶」。也稱「韶簫」「簫韶」「韶虞」「昭虞」，或「招」。周代六舞之一，由九段組成，即所謂「簫韶九成」，相傳為舜時的樂舞。周代用以祭祀四望（即四方，一說名山大川，或指日月星海）。魯襄公二十九年（西元前544年），吳季扎在魯國見到「大磬」的演出，歎為觀止。孔子也認為〈韶〉為盡善盡美豹樂舞。

十一、龍媒

例：產下龍媒須保護，欲求麟種貴陰功。（第五十三回）

按：《漢書·禮樂志》：「天馬徠（來），龍之媒。」顏師古注引應劭曰：「言天馬者，乃神龍之類。今天馬已來，此龍必至之立效也。」後因稱駿馬為「龍媒」。李賀〈瑤華樂〉詩：「穆天子，走龍媒。」《晉書·庾亮傳》：「馬稱龍媒，勢成其逼。」張說〈舞馬詞〉：「萬玉朝宗鳳辰，千金率領龍媒。」杜甫〈韋諷錄事宅觀曹將軍畫馬圖引〉：「君不見金粟堆前松柏裏，龍媒去盡鳥呼風。」

十二、角伎

倒：那些小優們、戲子們，個個借他錢鈔，服他差使。平康巷、青水巷這些角伎，人人受他恩惠。（第五十五回）

按：臺灣的魏子雲先生把「角伎」解釋為「玩雜耍的人」，並引用《漢書·武帝紀》：「三年春，作角抵戲，三百里內皆來觀。」這種角抵戲，稱「相撲」或「爭交」類似於現

代的「摔跤」。我以為，魏先生所言，與《金瓶梅》之「角伎」不相符合。此處應是誤刻，「角伎」當為「角妓」，因為摔跤的人不會住在平康巷裡。而若以「角妓」視之，則一切都順理成章了。所謂角妓，即古時的藝妓。夏庭芝《青樓集》：「汪憐憐，湖州角妓，美姿容，善雜劇。」馬致遠《青衫淚》第一折：「這教坊司有裴媽媽家一個女兒，小字興奴，好生聰明，尤善琵琶，是這京師出名的角妓。」西門慶是個色情狂，他只會把恩惠賜給藝妓，怎麼可能賜給膀闊腰粗的摔跤者？《金瓶梅》中的誤刻極多。考證者不可不慎。

十三、五雷法

例：他受的是天心五雷法，極遣的好邪，有名喚做潘捉鬼，常將符水救人。（第六十二回）

按：《宋史·林靈素傳》：「惟稍識五雷法，召呼風霆，間禱雨有小驗而已。」《無為州志》：「吳崇信字忠，嘗遊長沙，得毛真人五雷法，能驅役鬼神。祈禱甚驗，遠近甚異之。」由此觀之，所謂「五雷法」，乃道家的一種法術。又《溫州府志》：「明顧太真遇麻衣道人，授掌心雷法，能指揮雨陽，叱吒風雲。」這又說明，「五雷法」與「掌心雷」相似。例中的「天心」二字，似指上帝之心或天道之心。《尚書》：「克享天心，受天明命」。《鬼谷子》：「懷天心，施德養。」此與《金瓶梅》中的天心，看來是一致的。

十四、林靈素

例：國師林靈素，佐國宣化，遠致神運，北線虜謀，實與天通。加封忠孝伯，食祿一千石，賜坐龍衣一襲，肩輿入內，賜號玉真教主，加淵澄玄妙廣德真人，金門羽客，通真達靈玄妙先生。（第七十回）

按：林靈素，北宋末年道士，字通叟，本名靈噩，溫州（今屬浙江）人。徽宗通道教，他以方術得徽宗崇信，賜號「通真達靈先生」，建上清寶籙宮作居處。徒眾美衣玉食者達二萬人。他設立「道學」，置郎、大夫十等，欲盡廢佛教。旋又加號為「玄妙先生」「金門羽客」。宣和元年（11191 年）京城大水，他上城作法，被役夫舉梃襲擊，倉皇逃走。徽宗覺其虛妄，貶為「太虛大夫」，宣和末死於溫州。

十五、胎教

例：古人妊娠懷孕，不倒坐，不偎臥，不聽淫聲，不視邪色，常玩弄詩書金玉異物，常令瞽者誦古詞，後日生子女，必端正俊美，長大聰慧：此文王胎教之法也。（第七十五回）

按：最近看到報刊上有人寫文章說，目前在西方，母親一懷孕就注意對腹中嬰兒的

教育，稱之為胎教。言下之意，我們中國人民在這一點上應該向西方學習。我讀了這篇文章之後，不禁啞然。請看，四百年前的《金瓶梅》中就提到了胎教，而且進一步上溯到周文王。由此可知，我國重視胎教已有數千年的歷史了。為了說明這個問題，我們不妨再引幾段話。《賈誼新書・胎教》：「青史氏之記曰：古者胎教之道，王后有身，七月而就宴室，太師持銅而御戶左，太宰持斗而御戶右，太卜持蓍龜而御堂下，諸官皆以其職御於門內。」《新書雜事》：「周妃后妊成王於身，立而不跛，坐麗不蹉，獨處不倨，雖奴不罵，胎教之謂也。」《韓詩外傳》：「割不正不食，胎教之也。」《大戴禮記・保傳》：「古者胎教，王后復之七月，而就宴室。」《列女傳》：「古者婦人妊子，寢不側，坐不邊，立不蹕，不食邪味，割不正不食，席不正不坐，目不視於邪色，耳不聽於淫聲，夜令瞽者誦詩道正事。如此則生子形容端正，才德必過人矣。」

十六、海青

例：常言道：娶淫婦，養海青，食水不到想海東。（第八十回）

按：海青，又叫海東青，鳥名，雕的一種，善捕水禽小獸。《本草綱目・禽部》：「雕出遼東，最俊者謂之海東青。」產於黑龍江下游及附近海島。馴服後可成珍貴的狩獵工具。遼代以海東青捕天鵝為皇帝春獵重要專案。經常向女真地區徵索，給女真人帶來很多煩擾，以致成為女真人抗遼的原因之一。金、元時，女真和蒙古貴族也有用海東青捕獵的風俗。

十七、弱水

例：山頭倚檻，直望弱水蓬萊。絕頂攀松，都是濃雲薄霧。（第八十四回）

按：所謂「直望弱水蓬萊」，意思是「可以直接西望弱水，東望蓬萊。」凡水道由水淺或當地人民不習慣造船而不通舟楫，只用皮筏交通的，古人往往認為是水弱不能勝舟，稱「弱水」。輾轉傳聞，遂有力不勝芥或不勝鴻毛之說。古籍關於弱水的記載極多。《書・禹貢》：「弱水既西」，「導弱水至於合黎，餘波入於流沙」。此「弱水」，上源指今甘肅山丹河，下游即山丹河與甘州河合流後的黑河（匯大北河後，稱額濟納河）。《說文》謂此為「弱水」。《山海經・西山經》：「勞山，弱水出焉，而西流注於洛。」此指今陝西北部洛水上遊某支流。此外，《漢書》《後漢書》《晉書》《資治通鑒》《新唐書》中，也都有對弱水的記載。但，皆不是指的同一條河。我們只能說，我國西部的許多河流都曾被古人稱作「弱水」。

以上即是《金瓶梅探微》的續文。當然，《金瓶梅》中需要細考的問題，不止百千，我決心不停地探索下去，但希望有更多的同志來共同研究我國的這部文學瑰寶。

發人所未發　言人所未言

　　《金瓶梅》是一座語言寶庫。舉凡典故、軼聞、方言、俚諺、隱語、行話、拆字、歇後語等等，應有盡有。這就決定了研究《金瓶梅》的語言是一項大工程。本世紀以來，先有姚靈犀、陸澹安兩位先生，做過較為系統的工作。此後，由於歷史原因，中斷了相當一段時日。在臺灣，最早接續上去的是魏子雲先生，他出版了三卷本的《金瓶梅詞話注釋》。在大陸，自 70 年代末以來，《金瓶梅》研究形成熱點，於是注家蠭起，著作迭出。相繼有吉林文史出版社和中華書局出版的兩部《金瓶梅詞典》，上海古籍出版社出版的《金瓶梅鑒賞詞典》，以及白維國、張惠英、傅憎享、李申、張鴻魁等諸位先生的《金瓶梅》的語言研究專著面世。這些著作，其內容的廣度與深度，比前人更上了一層樓。

　　那麼，時至今日，我們能不能說《金瓶梅》中的所有難懂詞語已注釋完畢，抑或上述著作的所有注釋皆是正確的呢？不能。原因有以下幾點：一是《金瓶梅》的作者學識如海，用典至多，吾輩後人難以望其項背。注家稍有不逮，則難見真相，或錯會原義。二是《詞話》本漏刻、錯刻之處俯拾即是，後人往往以假作真，以錯當對，注釋起來豈能正確。三是後世的《詞話》改寫本，諸如崇禎本、張評本、蔣劍人本等等，常有率意妄改之筆，結果混淆眼目，把注家導入誤區。四是注家標點本，句讀之誤在在有之，也為注釋工作造成極大的干擾。五是方言詞彙數量巨大，不是長期生活在某一特定方言區的人，那是很難索解的。因此，應該說已經出版的各種有關《金瓶梅》的語言專著，皆可謂大體正確，功不可沒。同時，也都存在著這樣那樣的錯解。此外，《金瓶梅》中尚有相當數量的詞語，為各家皆未涉及。這就需要我們研究者共同努力，逐字逐句再加考量，從而把《金瓶梅》詞語的闡釋工作，做得更全面、更精確、更透徹。

　　近時，由華夏出版社出版的鮑延毅先生的《金瓶梅詞語溯源》就是這種持續研究方面的一部力作。

　　鮑先生的這部著作，與已有的各家注釋專著皆不相同。傳統的注釋，一般是以注音、釋義、出典、舉例為公式，作簡短的解說。鮑先生擺脫了這一傳統模式的束縛，創出了一種論述性的闡釋形式。對每一個詞語，不是僅僅簡單的釋義，而是追本溯源，上下觀照，縱橫聯繫，古今對比。用鮑先生自己的話來說，就是「力求從歷史演變的角度，揭示出其形態意義等方面的發生、發展、變化的脈絡，以給讀者一個比較清晰和完整的認

識」。如此一來，每解一個詞，就等同於寫出一篇小型論文。所以，《金瓶梅詞語溯源》與其說是一部詞語工具書，不如說是一部論文集。

「毛病兒」一詞，屢見於《金瓶梅》，同時又是我們現代生活中的常用語，歷來不為注家所重視。但，鮑先生卻根據明人徐咸的《相馬經》，指出此詞的本義，是指「馬的旋毛長得有缺陷」，這就找出了「毛病兒」一詞的源頭。然後，再舉出李笠翁的《奈何天》，西周生的《醒世姻緣傳》，吳泳的《鶴林集》，加以論證，得出的結論是：「毛病兒」本指「缺陷」，最後演變為人或物的「一般缺點」。這就比以往的注釋，顯得更加全面透徹了。

於此，我想給鮑先生再補充一句魯南諺語：「頭上兩個頂，氣得爺娘去跳井」。所謂「頂」是人頭頂上的旋毛，正常的人頭上一個旋，如果哪個孩子頭上有兩個或兩個以上的旋，人們就認為他將桀驁不馴，難加管束，要氣死爺娘的。這不也是「毛病兒」嗎？

《溯源》的第二個特點，是鮑先生在釋義的同時，還結合具體的詞語，從理論上作語言學的探討。「先生」一詞，而今朝野通用，似乎僅是一種稱謂而已。但是，鮑先生並沒有輕易放過，而是作了近三千年的縱的歷史考察。指出：在《詩經》中，「先生」是「第一胎生」的意思。這顯然是個口語。到春秋末期，《論語》有云：「有酒食先生饌」，「先生」才成為一個詞，意謂父兄或年長者。戰國時，詞義擴大，用於有德有識的年長的士或師。此後，累代變遷，到了明清，則先輩、同輩、後輩、醫卜、商賈、輿臺、皂隸、妓女、道士、無賴、帳房、藝人、陰陽生、暴發戶等等，幾乎人人皆可稱之曰「先生」。此外，後來還出現了「好好先生」「冬烘先生」「白字先生」「不語先生」，不一而足。而在「文化大革命」中，可稱「先生」的人群，陡然縮小。改革開放之後，「先生」之稱，又滿天飛了起來。據此，鮑先生指出，隨著社會政治歷史的發展變化，「先生」一詞，由口語變為單詞，由單義變為多義，由擴大變為濫施，由褒稱變為貶稱，盈縮之象因時而化，愛憎之情隨世而遷。這不但折射出了社會政治對語言變化的巨大影響，而且證明了語言的感情色彩，並不是純主觀的，它往往還要受到客觀現實的左右。鮑先生的這種做法，便突破了簡單釋義的局限，使《金瓶梅》的詞語研究，上升到了語言學理論的高度，開出了當代訓詁的新生面。

《溯源》的第三個收穫，是對《金瓶梅》中的部分方言詞，作出了可作定論的終極性解釋。《金瓶梅》詞語注釋的重點和難點是方言詞。解釋這些詞，常是無典可查，無據可依，唯一的途徑是到群眾中去調查。在這裏應該指出的是，對「方言」這一概念的界定，必須強調「獨有」二字，亦即是說，某個詞只有此一地方的人懂得並時常運用，而其他地方的人根本不懂，或即使能懂卻從未用過的詞，才可稱為方言詞。過去，我曾帶著《金瓶梅》中的「大滑答子貨」「戳無路兒」「玀古調」「行貨子」「迷留摸亂」「格

地地」「嗇嗇磕磕」等數百個方言詞，到嶧縣農村作調查。每當那些不識字的農民，三言兩語便把某個詞解釋得明明白白之後，常令我無限欣喜。我想，鮑先生在調查方言的過程中，肯定也會有同樣體會的。

《金瓶梅詞話》九十四回中有「苦了子鹹」一詞，後人又把它擅改為「苦丁子鹹」，或「苦鹹」。鮑先生則從調查棗莊、蘭陵方言入手，發現了「×不子×」語式，諸如「苦不子辣」「鐵不子酸」「煞不子白」「苦不子鹹」等方言詞彙。從而斷定：《詞話》本中的「苦了子鹹」為誤刻，原稿應為「苦不子鹹」。這就是一錘定音，徹底解開了《詞話》中「苦了子鹹」之謎。

此外，鮑先生對「刺拉」「瞎曳麼」「流沿兒」「敢說」等詞語的解釋，皆給人以頓然明悟、豁然貫通之感。筆者以為，鮑先生對此類詞的解釋，皆是發前人所未發，言人所未言，而且可認作定論。

此外，《金瓶梅語詞溯源》廣徵博引，言必有據，考證嚴謹詳實，解釋清晰透闢，行文既重視知識性，又重視趣味性，讀來令人殊覺興味盎然。這表現出鮑先生作為學者的科學的實事求是的治學精神，且又能以散文筆法給學術文章添上文學風采，這些是值得我們敬佩和學習的。

順此，我還想表達這樣一點意見：外國學者，無論是美、英、法，還是日、德、俄等等國家的學者，切不可對《金瓶梅》中的方言詞語，單憑上下文，隨意加以判斷。在一次國際學術會議讓，一位研究《金瓶梅》的法國學者，問我「石榴」究竟是什麼東西。如此，又怎麼可能懂得什麼是「瞎曳麼」之類呢？

至於國內學者，在研究《金瓶梅》的方言時，往往以個人所謂認定的作者籍貫為前提，去解釋詞語。以為作者為浙江人者，便找出幾個詞，說這是浙江方言。以為作者是江蘇、山東等省人氏者，做法亦是如此。因此，我想提一個建議，看能否借一次《金瓶梅》學術討論會的機會，大家共同將《金瓶梅》中具有「獨有性」的方言詞篩選出來，然後綜合整理出來，成為一個方言調查方案，分頭到王世貞、屠隆、賈三近、馮夢龍、謝榛、李開先等人的家鄉去調查。這也許對考證《金瓶梅》作者的籍貫會有所裨益的。

當然，這已是由鮑先生的《金瓶梅語詞溯源》所聯想到的題外話了。總之，《金瓶梅》的語言研究，事正多，路正長。我們要像鮑先生這樣，繼續努力做下去。

《賈氏父子詩文選》點評

　　紅學家們，為了研究曹雪芹，不但查尋到了敦誠、敦敏等人的詩作，而且還翻出了曹家和李家的如山的檔案資料。對於賈三近，我們也必須這樣做。因為，只有如此，才能看清一個作家的文化背景，家學淵源，以及創作的基礎和條件。

　　所以，這些年，我一直在搜集有關賈三近和他父親家夢龍（1511-1597）的各種資料。所獲，約有一百多件。現選出一部分，以供同好師友閱讀和研究。

一、賈夢龍詩歌、小令選

西莊小樓避暑

避暑來虛閣，窗含夜氣清。

風從雲路下，月在樹中明。

地迥人無語，山幽水有聲。

晚來秋毫分，窸寐一蓬衡。

日觀峰觀日出

日觀峰頭立，明霞散綺紅。

千山冰雪界，萬國水雲中。

倒影鳥翻海，升霄珠麗宮。

肩輿催客起，賴有上方鐘。

石屋山

雲邊茅屋水邊樓，古道西來杜若洲。

栗里鶯花三月酒，桐鄉風雨一漁鉤。

彩毫遍寫蒼岩壁，青草遙嘶白玉驈。

山色泉聲無限樂，人間此地即丹丘。

青檀寺

耽山未辦買山錢，每為看山一討禪。
灶側分泉茶自煮，雲中掃石鹿同眠。
爾來寺主更新納，舊處留題已十年。
白髮不消芳草綠，春風又到佛燈前。

詠永怡堂落成

你休說道，這園亭不大，儘夠俺漁樵們閒話。這裏有山有水，有風月，無冬夏。有的花雲錦樣遮，柳蔭稠，竹徑斜，有茶有酒，有書劍琴棋畫。一會家，飽飯狂歌來也，有兒童齊和答。聽咱有好客來也，咱更有耍。看咱這一榻風光，只靜坐也瀟灑！

山坡羊

您知道，種蟠桃不如種杏。您知道，做寒官不如做夢。您知道，飲狂藥不如飲水。您知道，用桔槔，呈計巧，不如抱甕。好兄弟，好友生，言可信，意怎憑？夷齊管鮑真和假，誰媒證？曾見嚇鼠屠龍的來也，總不如使斗平，使秤平。前生俺是個慈航圓覺僧，今生做了個坐青氈的甪里翁。

銀紐絲

到冬來，梅枝橫透小窗也麼紗。霏霏白雪正交加，景堪誇，清歌妙舞酒宴奢。爐添寶鴨熏，屏將翠幕遮，試看雪裏梅如畫。遠戍征夫黃塞沙，思婦深閨歡也麼嗟。我的天，牽掛人，人牽掛。

玉包肚
詠　燕

月明如晝，照彭城張家畫樓。想華胥送字傳情，似昭陽姊妹風流。秋千架外粉牆頭，舞盡春風不識愁。

駐雲飛
招　妓

抖擻吟肩，愛著重陽不雨天。舊有登高伴，新整壺漿擔，嗏，風景似東山。指名呼喚，非月非雲，金菊對芙蓉面，共把茱萸一笑看。

勸　酒

吩咐歌童，一曲新詞勸一盅。未飲將歌送，飲罷還斟奉，嗏，劇飲便千盅，從伊乘興。卻不道酒滿陂池，澆不上劉伶塚，休向人間問醉醒。

田家樂

偷桑賊狗，妾家養蠶不出首。椹子離離桑葉肥，女弟持筐桑陌守。可怪前村廝養兒，提籃偷葉椹食口。女兒罵，下樹走，翻身隱入河邊柳，偷桑賊狗！

張評：在明代，賈家是嶧縣望族，曾累代做官。賈三近的高祖賈銘為河南葉縣丞，曾祖賈訪為建昌府推官，祖父賈宗魯為南陽府教授，父親賈夢龍為內丘訓導，他自己是兵部右侍郎。俗話說，三輩子為宦，才懂得穿衣吃飯。《金瓶梅》中許許多多吃穿住用的奢華場面，奴僕成群的日常生活，內外關係的各種糾結，沒有這樣的家庭背景，是根本寫不出《金瓶梅》的。這和曹雪芹寫《紅樓夢》是一樣的。

賈夢龍所著《永怡堂昨夢存稿》，似乎流傳不廣，也未引起當時人的重視，在其他選本中，不見蹤影。但從以上十來首詩和小令來看，不但內容豐富，形式多樣，語言靈動，而且亦莊亦諧，雅俗共賞，並不亞於明代詩歌小令大家的作品。這就是賈三近的家學淵源，以及所受到的文學薰陶。

有人說，《金瓶梅》中有許多小令，賈三近並不熟悉小令。但，我搜集到的賈夢龍所寫的小令有數十首。所用曲牌，有〈駐雲飛〉〈皂羅袍〉〈玉抱肚〉〈山坡羊〉〈朝元歌〉〈折桂令〉〈黃鶯兒〉〈岷江綠〉〈醋葫蘆〉〈江兒水〉〈沽美酒〉〈銀紐絲〉〈月雲高〉〈步步嬌〉〈五更轉〉等十數個。結論是，賈三近當然是十分熟悉小令的。而且，〈詠永怡堂落成〉一首，和《金瓶梅》開頭的四首詞相比，兩者的思想傾向，語言風格，甚至一些句子都是相同的。

有人說，賈三近是高官，不了解妓女生活。可賈夢龍寫妓女的詩和小令有五六首，而且，在明代官僚招妓或下妓院原是一種社會風氣。上面，〈招妓〉和〈勸酒〉，就是證明。

特別要說的是，賈夢龍在〈勸酒〉中寫道：「卻不道酒滿陂池，澆不上劉伶塚」，在《金瓶梅》中，也有一句幾乎和這相同的話。這絕不是一種巧合。

以上，我們從賈夢龍的詩和小令中，看到了賈三近作為《金瓶梅》作者的合理性。

二、賈三近詩文選

同年張侍御以勘泇河駐嶧
暇日共遊仙人洞　五律　二首
玉洞蒼煙古，同君一醉攀。
秋深黃葉盡，雪霽白雲還。

掃石憐僧老，穿林羨鳥閑。
共談塵外事，清興滿禪關。

喜共張平子，捫蘿陟翠微。
登臨從我好，意氣似君稀。
澗水流丹液，岩雲護繡衣。
浮名付杯酒，莫與賞心違。

青檀山　七律

秋風古木前朝寺，僧屋如巢自在棲。
黃葉拍天丹灶冷，青檀繞殿碧雲齊。
幽人到處鳥鳴谷，樵子歸時鹿飲溪。
盡日煙霞看不足，買田結舍此山西。

漕渠奏疏歌

憶昔沛中雲色愁，驚濤萬頃隨陽侯。
漂沙拆岸留孤樹，風雷競怒滄江秋。
蛟龍近郭鸕鷀喜，一望洪川暮煙紫。
郡國尺書走飛電，帝寵司空導河水。
天上秋馳元武車，遙分劍履臨淮徐。
旋沉白馬投玉璧，登山重啟元彝書。
元彝使者真授訣，為掃徐關白浪滅。
金繩照日生榮光，獨抱元主奏芳烈。
留侯祠前煙水準，歌風台下野雲晴。
中流飛輓自來去，河洛千年同頌聲。

　　張評：賈三近留下的詩作甚多，這裏僅選四首，以窺他的文學素養和寫作功力。在前三首中，他流露了厭倦官場、渴望歸隱的思想。事實上，他也確曾辭官歸鄉，在家閑居十年，並且在青檀寺西邊的石屋山中買田築樓，過著以寫作為主的生活。

　　另，從賈氏父子的詩作來看，都是十分高雅的。但在《金瓶梅》中的那些詩，皆非常低俗，尤其是對性的渲染更加不堪。所以，我堅持認為，這些東西都是後人加進去的。

　　全書結尾的一首詩，第一句就是「閑閱遺書思惘然」，這顯然不是作者的口吻，「遺書」二字透露出，《金瓶梅》的作者已不在人世。

〈創修嶧縣誌序〉（節選）

勒成一邑全書，使天下後世曉然，知嶧為鄫承蘭陵之舊疆，匡疏諸賢之故里，不必濯纓滄浪，躡足鳧繹，而遐蹤往躅，燦然指掌也。則茲乘也，未必於邑無補也。嗟乎，山川疆域古今一爾，世代有推遷，而鄫承蘭陵之地猶昔也。

張評：在這裏，賈三近特別強調，嶧縣為蘭陵舊疆，是匡衡和疏廣、疏受的故鄉。雖世代有推遷，而鄫承蘭陵之地，古今一爾。這就坐實了，蘭陵就是嶧縣，嶧縣就是蘭陵。因此，蘭陵笑笑生只能是嶧縣人，絕不是別的什麼地方的作家。

〈滑耀傳序〉

　　游文，字寓言，號滑耀子。其先大虛氏從云，將問道於鴻蒙。鴻蒙曰：「游。」遂以游為姓。世居假人之國，派系不能的考。有四世祖名說者，以縱橫顯諸侯間。說生揚，雅好稱人之善，與楚人曹丘生為介紹見季布，布尊為上客，由此名聞天下。揚生談，喙長三尺，議論風生。太史公馬遷父，竊其名以自高。談與妻同寓於褚先生家，而生文。

　　文始生，眉宇空曠，搖脣鼓舌，若隱然將有言者。談乃召疑始氏筮之，得離之兌。

　　其繇曰：「咸。」其輔頰舌簡牘，是藉為龍為蛇，載鬼一車利用，虛不可以貞。疑始投爻曰：「是子他日豈以滑辯顯乎？」及長，果慕滑介叔之為人，好為微詞隱語，指事類情，令人眩心駭耳，眾遂以滑稽目之。然性喜酒，終日談吐不已。王公貴人每接其論議，往往當食噴飯，咸謂：「人稱匡鼎，說詩解頤，以今觀生，猶為過之。」生英偉特達似漆園老吏，諧謔跌宕似金門歲星，洸洋劇說似齊國贅婿，至窅然空然，芒乎芴乎，人不可知其為何如人也。

　　黃帝見大隗於具茨之山，生時為後車。至襄城之野，與方明昆閽等七聖皆迷，乃問塗於路誇子。路誇子曰：「君非假人游寓言耶？」曰：「然。」「君與顏成子游族遠近？」生應聲曰：「正如君家之於季路也。」聞者莫不絕倒。其揮綽辨捷類如此。

　　寓言有弟二，曰重言、厄言者。重言十七即為耆艾年矣。先厄言日出，至於窮年。獨寓言十九，外論籍甚。人遂以厄言為曼衍，以重言為真，以寓言為廣。獨與天地精神往來，而不傲睨於萬物。蓋有味乎其言也。

　　知北遊於玄水之上，寓言往逢之，相與居無端崖，罄所蘊語焉，落落數千言。參寥叔詭，瑰瑋連犿，假於異物，托於同體，儻然立於四虛之地。知聽其說，崖然未喻其指歸，謂寓言曰：「天地萬物之撰，予昔聞於大沖氏，而知其概矣。如

客所云，是累瓦結繩，竄句遊心於堅白同異之間者也。蒙有猜焉，且大道無象，何為強名？恢詭譎怪，何物何靈？六合之外，聖人莫稱！荒唐恣縱，人曰不經。客何為者，突梯其胸。言諧而隱，時出機鋒。遙蕩轉徙，以虛為宗。旋若鳥羽，還若飄風。役心玄墨，託興管城。妄以文戲，雕刻眾形。汝辭誣善，我心猶蓬。」寓言矍然長笑曰：「褚小者不可以懷大，綆短者不可以汲深。子之謂也，大道廣漠，因形以生。馮閎遊衍，始於混冥。發中款啟，黃帝聽瑩。事肆而隱，理晦而明。蕩蕩默默，至道之精。虛緣葆真，上哲所庸。山可出口，尾可生丁。巨極海若，細入螘蠓。百物萬象，恢焉牢籠。毋謂孟浪，妙道之行。頡滑有實，弟靡不窮。辨匡鼎業，舌鬥七雄。窺豹一斑，談天雕龍。優孟搖首，負薪以封。優旃疾呼，陛楯半更。直詞正說，邈焉莫聽。微言託喻，或達物情。君猶酤雞，隘而不宏。諔芒未解，何疑飲冰？」知聞之，口呿而不合，舌舉而不下，既徐行翔佯而言曰：「今始知子之言，寥廓而不可執，幻曠而不可測矣。顧子獨惡乎聞之？」寓言曰：「聞之簡墨，簡墨聞之諧隱，諧隱聞之鑿空，鑿空聞之轟成，轟成聞之託物假像，託物假像聞之全沖，全沖聞之寥天一知。」於是，載拜稽首而去，乘莽眇之鳥，出六極之外，登隱崒之丘，處曠埌之野，十年而後得道。

寧鳩子聞而歎曰：「古有至人，弘大而辟，深閎而肆，稱名小，取類大，屬書離辭，借物託事，足以諷事感人。」《南華經》曰：「滑疑之耀，聖人之所圖也。」遊文其庶幾乎！遂以滑耀名編。迄今海內學士，數千百家，熙然崇尚其宗旨云。

萬曆商橫執徐歲月應無射
蘭陵散客貞忠居士寧鳩子題

張評：《滑耀傳》，是賈三近所編的一部寓言集，現藏南京圖書館。該書的序文，寫了一個虛構的人物，姓游，名文，字寓言。這是說，《滑耀傳》以遊戲文字，寓言筆法，寫社會人生。《金瓶梅》，何嘗不是如此？而游文，就是賈三近自己。《四庫全書總目》的編者，評價這部書說：「其曰滑耀者，取《莊子》『滑疑之耀，聖人之所圖』語也……以聖賢供筆墨之遊戲，亦佻薄甚也。」這裏直指賈三近，誣巇聖賢，行為佻薄。竊以為，這是莫大的誤解。

那麼，賈三近究竟是個什麼樣的人呢？他以遊文自喻：「英偉特達似漆園老吏，諧謔跌宕似金門歲星，洸洋劇說似齊國贅婿」，「獨與天地精神往來，而不傲睨於萬物」。我們說，只有這樣的人，才會寫出《金瓶梅》這樣的書。

進而，賈三近是怎樣寫《金瓶梅》的呢？他「役心玄墨，託興管城，妄以文戲，雕

刻眾形」，「事肆而隱，理晦而明」，「言諧而隱，時出機鋒，遙蕩轉徙，以虛為宗」。

社會評價《金瓶梅》，「荒唐恣縱，人曰不經」。而賈三近自己認為，「汝辭誣善，我心猶蓬」，「蕩蕩默默，至道之精」。

賈三近在《金瓶梅》中，為什麼只寫社會黑暗和人性墮落呢？他回答說：「直詞正說，邈焉莫聽，微言託喻，或達物情」，「屬書離詞，借物託事，足以諷事感人」。

總之，賈三近借這篇序文，寫出了自己的精神境界，《金瓶梅》的創作方法，以及對社會誤解的自我辯護。

試問，有明一代，哪一位作家，哪一部作品，能與這些文字相契合？！

〈重修淨土禪寺記〉（節選）

今之人，世網粘縛，業根掛礙。擾擾火宅，戀戀情田。流轉六塵，拘攣四相。愛河漂浪之深，欲海沉溺之苦。形骸已變而行甚虎狼，陰崖未墜而心同鬼魅。是造物無造，而四生六相之自造也。……如其解粘釋縛，妄幻掃除，永離蓋纏，脫諸毒苦，則六根四大超然無累，三境九幽皆為樂土，山林朝市到處隨緣，糲飯惡衣均同溫飽。此吾儒謂之無入不自得，佛氏謂之隨順覺性，其為淨土極樂，孰過於是。……《維摩經》云：欲得淨土，先淨其心，則佛土淨。宋尚書孫仲益曰：「世人學佛，皆願生極樂世界。極樂世界安在哉？清心寡欲，淡然無求，一出火宅便是清涼山，一離苦海便是極樂國。」有味乎其言之也。

張評：此文開頭幾句，可以說，是賈三近對西門慶和潘金蓮們的惡行，所作的窮形盡相的概括，他們行甚虎狼，心同鬼魅。此類人怎麼改變自己呢？賈三近認為，只要隨順覺性，自我修為，清心寡欲，淡然無求，便可入極樂世界，幸福平安一生。看來，賈三近對人性還是抱有希望的。其實，人的善惡是有基因決定的，歷來善者自善，惡者自惡，似乎是無法改變的。

〈晉建威參軍劉伶墓記〉（節選）

建威參軍，以壽終嶧東北劉曜村，有公墓在焉。嶧在晉，為蘭陵郡，距沛僅百里。城東北多佳山水，公數往來遊眺，樂而忘歸，此其置鍤處也。塚東南山麓，有兩臺對峙，下有河水一曲，混白類酒，皆以公名命之。謂其臺，曰伶臺。謂其水，曰伶河。土人相傳，皆公釀酒處也。

張評：前面，在賈夢龍的小令〈勸酒〉中，有「卻不道酒滿陂池，澆不上劉伶塚」。《金瓶梅》第十一回中也有相似的句子：「銀釭掩映嬌娥語，不到劉伶墳上去」。這裏，賈三近又專門寫了〈劉伶墓記〉，作具體的介紹。劉伶葬在嶧縣地面，外地人知者極少，

即便有人知道，他也不一定是《金瓶梅》的作者。賈三近把「劉伶墳」寫進《金瓶梅》，既表明自己是《金》的作者，又表明自己是嶧縣人。

以上，我們可以看出，這四段文字，處處與《金瓶梅》相吻合。賈三近就是用這種方法，來凸顯自己《金瓶梅》作者身分的。

《寧鳩子格言選》

朽竹頑塊，世所不珍。露才揚己，復為世瞋。在世間作有用人，處世人作無用人。狂歌放意，內隱禍機。履冰馭朽，終躋坦夷。拂意事只須安舒，快意事更當防閑。

工於術者，多以智窮。巧於謀者，終以拙敗。術綱千目，終以隙漏。坦坦一心，應事無遺。

施與過厚者，終必有缺望。交接過密者，後多成深仇。

過喜過怒最害事。常於此平心檢點，便是養生入聖的階梯。

勤心本業，自是治家常事。每見世人，日夜經營，算及錙銖，只為奉身貽子孫計。不知吾生享用自有定分，子孫賦命自有厚薄。役役勞勞，畢竟無益。

自高者常辱，自滿者常歉。泛交者寡親，泛諾者寡信。常議人者，常為人議。謂人莫己若者，終不若人。

造物有屈伸，人必能屈能伸，方是豪傑。所以，留侯淮陰，圮橋胯下，終建掀天揭地事業。

省事饒人，初似歉弱。久久思之，其味深長。一時暴怒雖快意，終須後悔。

喜極勿多言，怒極勿多言，醉極勿多言。

鷸蚌相持，兔犬共斃。冷眼看來，令人猛氣全消

書屋前，列曲檻種花，鑿方池浸月，引活水養魚。

張評：寧鳩子是賈三近的筆名之一。這些格言，表達了賈三近的人生觀念。《金瓶梅》是對惡人的揭露和批判，他們都沒有好下場。如果要從中引出正面的教訓，則正是這些格言所云。或者說，賈三近寫這些格言的目的，就是對《金瓶梅》中的惡人們所作的正面勸戒。

外　編

中國社會科學院吳世昌教授致張遠芬

張遠芬同志：

　　大作〈金瓶梅新證〉（徐師學報 1982、3）已拜讀全文，我想您的說法完全可信。這個公案得到初步解決，可息四百年來之爭。昔人所造王世貞為報父仇造此書以毒嚴東樓之說，全是臆說瞎造，我以前也不信此說，因書中方言為北方話，與王世貞的江蘇話相去甚遠，但不知作者為誰。友人吳曉鈴認為李開先作，差勝王說。今讀大文乃得豁然貫通。特修此函，表示祝賀。

　　但尚有一些問題，希望您繼續努力，設法解決。即：

　　一、詞話本與張竹坡評本頗有不同。如張本第一回為「西門慶熱結十兄弟」，詞話本第一回為武松打虎，兩者中哪一本為原作？改動是否出於作者之手？抑為傳寫者改變？（張竹坡所據底本也許比詞話本更早？）

　　二、詞話本稱舅母為「妗子」是山西方言，不知嶧縣是否也這樣稱？——詞話本 1931 年北平書賈自山西收購，可能為山西刻本。

　　三、本方言大可研究。我手頭無此二書，口音為吳語，研究不便，安得說魯語或誰語者加以比較？（您）再從方言問題找出內證，則此書作者問題，更得科學的證據，以支持大作結論矣。

　　此致
敬禮

吳世昌　　1982、10、26
北京干面胡同東羅圈十一號

俄亥俄州大學李田意教授致張遠芬

遠芬先生：

　　我們並沒有見過面，恕我冒昧給您寫信。我也是研究中國小說的，但是我並不專研「金瓶梅」，只是對於這部古典小說有興趣而已。我原在美國教書，今年暑假來到北京大學，一方面教點書，一方面作一點研究工作。

　　最近，在「徐州師範學院學報」上，見到您寫的有關「金瓶梅」的三篇大作，詳讀之後不勝欽服。在許多有關這部小說的著作中，您的文章確實最科學，最可信的。除了這幾篇之外，不知道您還在別的地方發表過有關這部小說的文章沒有？您對於這部小說的作者問題，是否有了進一步的結論？今後有新著時，如能賜知，或賜贈一抽印本，那就更好了。如果我有拙作，當亦願呈上，以便請教。

　　在十月八日以前，我的通信地址是：北京大學勺園五號樓 202 號。在十月八日以後，通信地址是：「香港機利文新街十七號，萬有圖書公司」徐炳麟先生轉。

　　在今年十二月，我就要回到美國俄亥俄州大學，地址見附在此信中的名片。

　　餘不多贅。專此　並頌

撰安

李田意謹啟

一九八三年九月二十七日

《金瓶梅》的作者呼之欲出

馬　森

　　對《金瓶梅》素有研究的孫述宇兄嘗言《金瓶梅》的藝術在《紅樓夢》之上。我差不多要同意他的說法，但還有一些捨不得，因為我真愛《紅樓夢》。孫述宇又說：「你們喜歡戲劇的人一定偏愛《紅樓夢》！」說的也是，《紅樓夢》的戲劇性是比較強，但《金瓶梅》的敘事本領實在高明，含意又深沉，比來比去難分高下。其實好的作品，就像人一樣，應該各有所長，有的人瀟灑，有的人深沉，有的人俊逸，最好的方式是見其長而忘其短！

　　近閱《人間》，有程步奎先生一篇有關《金瓶梅》的文章，提到《金瓶梅》的作者問題，認為自 1933 年吳晗的〈金瓶梅的著作時代及其社會背景〉一文發表後，揭穿了以王世貞為作者的「苦孝」說，使「嘉靖間大名士」的說法不能成立，幾乎成為學術界的定論。似乎程先生沒有看到較新的資料。程先生的話只可說對了一部分，另一部分還有些問題。日前雖然大多數研究《金瓶梅》的學者不再相信「苦孝說」，但卻不能完全否認作者可能仍是「嘉靖間大名士」。按明萬曆年間的沈德符在《野獲編》卷二十五所言「聞此為嘉靖間大名士手筆，指斥時事」等語，焉知其所指的大名士不是另有其人？難道王世貞是嘉靖間唯一的大名士嗎？

　　最近（1983 年），濟南齊魯書社出版的張遠芬的《金瓶梅新證》，就提出了另一個嘉靖間的大名士，而且張的考證說服力很強，雖尚不能說是定論，但已使《金瓶梅》的作者呼之欲出矣！

　　在說明張遠芬的《新證》以前，我不得不首先聲明，我寫這篇文字的目的，只不過是為了把我認為具有相當說服力的一種新說介紹給讀者，並不想引起任何筆墨官司。國內的魏子雲先生研究《金瓶梅》的成就很大，不但功力深厚，而且非常細緻，已經出版了好幾冊洋洋巨著。但魏先生一向主張《金瓶梅》的作者是南方人，大陸亦有人認為作者為浙人屠隆。張遠芬的《新證》，也許可以給魏先生作一個參考。

　　以前研究《金瓶梅》的學者，像鄭振鐸、吳晗等，多認為此書乃出自山東人之手，最大的根據乃因此書用了大量山東的方言俚語，連紹興人的魯迅，也認為對話全用山東

方言，非江蘇人的王世貞可為。但是叫人無法苟同的是「山東方言」一詞太過籠統。山東地方很大，語言相當複雜，魯西一帶絕不同於膠東，反倒接近河北、河南和蘇北，因此泛泛地說是山東方言，意義不大。張遠芬的《新證》，正是在這一點上下功夫。最具說服力的就是其中的「方言考」。張遠芬本人是山東嶧縣（古稱蘭陵）人，張在《金瓶梅》中選出了八百個詞語，於 1980 年和 1981 年兩度返嶧縣進行方言調查，發現其中有六百多個詞語全是嶧縣的方言。其餘的一百多個則屬於北京方言、華北一般方言和元明戲曲中常用的詞語。張總結謂：凡是外地人（包括嶧縣以外的山東縣份）不懂的俚語，幾乎全是嶧縣一帶獨有的辭彙。其餘外地人懂的，嶧縣人也用。不但辭彙，連句子的結構和語氣也符合嶧縣人的語言習慣。這種嶧縣的方言和語氣在《金瓶梅》一書中不是偶然的點綴，而是從頭至尾貫穿全書的。因此張遠芬的結論是《金瓶梅》的作者不但是山東人，而且非嶧縣人莫屬。嶧縣既然古稱蘭陵，蘭陵笑笑生的籍貫自然應該是嶧縣了。

同時張遠芬也解決了《金瓶梅》中常見的為人疑為出自南方的金華酒的問題。張舉李時珍《本草綱目》中有一條：「東陽酒即金華酒，古蘭陵也。」也就是李白曾頌讚的「蘭陵美酒鬱金香」的蘭陵酒。一酒而三名。原來嶧縣附近就是古代的東陽邑，所以嶧縣一帶產的酒，既可名蘭陵酒，又可名東陽酒。所以名金華者，以其色正黃，如金花也，花與華相通，非指浙江金華地方。

張遠芬最後的結論：《金瓶梅》的作者就是嘉靖間另一個大名士嶧縣人的賈三近。賈三近生於嘉靖十三年（1534），嘉靖三十七年（1558）舉山東鄉試省魁，文名大噪。隆慶二年（1568）赴京會試中進士。以博學鴻詞選翰林庶吉士，後擢太常少卿，再遷大理左右少卿。因與張居正不睦，辭官返嶧縣。張居正死後，復官光祿寺卿，繼拜都察院右僉都御史，巡撫保定等府。後因父母疾病請告返鄉，即未再出。死於萬曆二十年（1592），享年五十九歲。明史有〈賈三近傳〉。此外焦竑《國朝獻徵錄》、朱彝尊《明詩綜》等也都有賈三近的傳略。

張遠芬所考證的賈三近的生平事蹟，以及宦遊處所、人生經歷、習脾嗜好、著作目錄等，使人覺得蘭陵的賈三近實在是最接近蘭陵笑笑生的一個人物。

近百年來，我們中國人不知為《紅樓夢》的作者澆潑過多少墨水，英美人也為莎士比亞劇作的真正作者爭論不休，幾乎是每隔幾年就要翻一次案。今後怕該輪到《金瓶梅》了吧！

（臺灣《中國時報》1985 年 4 月 24 日）

賈三近與《金瓶梅》

王冠才[*]

　　《金瓶梅》在明朝萬曆年間問世的時候，沒有作者署名，民國成立以後，山西發現新版本，有欣欣子作序，說此書是蘭陵笑笑生所作，於是引發了無休止的對「蘭陵笑笑生」其人的考證。

　　蘭陵有南北兩個。北蘭陵在山東。荀子曾為蘭陵令，人稱古蘭陵。南蘭陵在江蘇，晉室南渡後才有，稱為僑置。蘭陵笑笑生的名字出現以前，都說《金瓶梅》是南方人寫的，順理成章，這個蘭陵是南蘭陵。可是現在說法改變了，這個蘭陵應該是北蘭陵。

　　主張「北蘭陵」者，以徐州教育學院教授張遠芬持論最力，他的《金瓶梅新證》立說舉證，在目前最稱完備。他認為作序的欣欣子，就是笑笑生的另一化名，而欣欣子作序的地方「明賢里」，就是古之蘭陵，今之嶧縣。他更下了許多功夫，把《金瓶梅》使用的嶧縣方言整理出來，得五百二十六條。

　　如果「蘭陵」是北蘭陵、古蘭陵，「笑笑生」又是那一個人呢？古蘭陵的疆界幾經變動，現在的棗莊、嶧城、猶存古名的蘭陵鎮以及滕縣的一小部分，都曾包括在內。《金瓶梅新證》把明季在這個區域裏出現的文士一一進行「審查」。曹操死後有「疑塚」七十二個，教人不知道他的屍體埋在哪裏，但後人有詩：「遍掘七十二疑塚，必有一塚葬君屍。」張遠芬教授對《金瓶梅》作者的發掘是同樣的過程，這個方法可稱之為「究餘推理法」。

　　嘉靖、萬曆年間，嶧縣（今嶧城）有個賈三近，做過大理寺卿、光祿寺卿、都察院右僉都御史，後來退隱家居，編撰嶧縣縣志。張遠芬確認「蘭陵笑笑生」就是賈三近，那方法，我們或可稱為「意識對比法」，作家無論怎樣掩飾，終須在作品中流露他的意識，張遠芬從賈三近的詩文奏疏中尋意識，再從《金瓶梅》中尋意識，指出兩者相呼應，合符節的地方。這種共同和相似，是可以看成這一個是另一個的影子。

　　我對《金瓶梅》的作者並無歡喜感謝之意，不在乎他是不是我的同鄉，但我欽佩張

---

[*]　王冠才，即王鼎鈞先生。

遠芬先生的研究精神。他寫《金瓶梅新證》時，國內的研究條件還極缺乏，據小說家韓秀撰文透露，張氏研究這個問題之初，手頭連一部《金瓶梅》都沒有，必須每天徒步奔波數里到圖書館看書，其艱難可以想像。張氏心極細、極熱，「上窮碧落下黃泉」，於人不疑處有疑，於人不見處有見，是一位難得的學人。現在資料普及，交流密切，《新證》圓熟飽滿，並未顯出有任何因陋就簡的地方。

《新證》也說，認定蘭陵笑笑生是賈三近，目前證據仍不充分。我們借用法律用語，《新證》所提出的是「情況證據」，而非「積極證據」。也許有一天，有某一本古書，某一件文物，上面赫然大書「賈三近別署蘭陵笑笑生」。我們得承認這幾乎不可能。由於《金瓶梅》內容特殊，作者設法隱藏自己，無所不用其極，「敗露」的機會太小了。誰也不敢保證賈三近就是蘭陵笑笑生，但誰也不敢斷定絕對不是。《金瓶梅》的作者已有十七個之多，大家都沒有積極證據，那麼，有情況證據者優於無情況證據者（說王世貞因復仇而作金瓶梅，就連一點證據也沒有）。情況證據多者優於情況證據少者。現在是賈三近的情況證據最多。

我曾這樣想過：寫《金瓶梅》的這個人，一定是非常之自暴自棄，非常之憤世嫉俗，他受的挫折無法復原，他對當時現存的價值系統藐視到極點，他恨所有的人，於是把久藏的一大包瀉藥拿出來，撒到井裏，「他奶奶的，你們喝吧！」依李元芳教授所寫的「一代喬岳賈三近」，賈氏正色立朝，是孔孟道統中的佼佼者，雖然在政治上挫退，仍然能經營園林館閣組織樂隊歌童，優遊林下歲月，那來這十世惡秉，發為百萬長篇的色情描寫？上天似乎沒有逼他走上絕路，成此偉業。

最近，讀到山東嶧城張振平先生一篇文章，對賈三近的死提出質疑，賈氏族譜和地方誌書都說賈三近「疾發於背而死」，張振平提出多項疑問，其中最要緊的，是紅衛兵挖掘了賈三近的墓，墓中竟無骨骸。因此，張振平先生的「質疑」，我們必須傾聽。

張氏採集有關風說，認為賈三近當年是「詐死」，家中出殯虛應故事，他本人逃到南方藏起來了。他為什麼出此「下策」？因為皇帝又要他出來做官，他「寧死」也不幹。我認為張氏提供的材料極有價值，把賈三近和《金瓶梅》的關係拉近了一步，讓我們想一想，詐死是欺君之罪，可能有滅門之禍，賈三近斷然出此，可見他對自己在政治上扮演的角色何等厭惡，對當時的政治舞臺——朝廷——又是何等痛恨，胸中積懣，可想而知。他既然背負著彌天大罪，棄家遠逃，還有什麼出頭之日，對現實社會還有什麼「致君堯舜上，再使風俗淳」的責任感？如此這般，他就有了寫《金瓶梅》的心情。

據說賈三近逃往「南方」，「假如他是真的」，《金瓶梅》全書大約是在「南方」完成，這就難怪「蘭陵笑笑生」所寫的這部小說，其中也有「南方」的方言和風物。

不過「詐死」和「出走」之說，也僅限於「情況證據」，至於在南方隱身成書，就

全出於我們的猜想。賈三近這人似有雙重性向：科舉的謹嚴和名士的放誕，所以，為官治事，似范仲淹，和好朋友飲宴談笑似李卓吾。辭官家居後，前者漸隱，後者漸顯，詐死逃官以後，就「索性」變成一個相反的人了。如果沿此脈絡，把賈三近的一生寫成歷史小說，以之與《金瓶梅》相互滲透，我想一定極為可讀。

（美國《僑報》1994 年 7 月 29 日）

附　錄

一、張遠芬小傳

　　男，1939 年生於山東省棗莊市，1960 年畢業於徐州師範學院，1999 年退休於徐州教育學院。學術成果有：一、提出了《金瓶梅》的作者為賈三近的新說（齊魯書社 1984 年版《金瓶梅新證》）。二、國內第一人對楊朔散文的虛假內容作出了批評（《徐州師院學報》1980 年 3 期〈不真，美就失去了價值〉）。三、首次調查清楚了「五四」作家王思玷的家世生平，茅盾稱其為「午夜彗星」（北京《新文學史料》1982 年 3 期〈一個被歷史淹沒的作家──王思玷〉）。四、1998 年在北京紅旗出版社，出版了與秦含章先生合編的《中國大酒典》，二百五十萬字。在〈序〉中，考證清楚了，我國白酒在元代才開始生產。

二、張遠芬《金瓶梅》研究專著、編著、論文目錄

(一)專著

1. 《金瓶梅》新證，濟南：齊魯書社 1984 年。

(二)編著

1. 《金瓶梅》詞典，長春：吉林文史出版社 1988 年。（與王利器等先生合編）

(三)論文

1. 新發現的《金瓶梅》研究資料初探──兼與朱星先生商榷
   徐州師範學院學報，1980 年第 4 期。

2. 也談《金瓶梅》作者的籍貫──對戴不凡「金華說」的考辨
   徐州師範學院學報，1981 年第 2 期。

3. 《金瓶梅》的作者是山東嶧縣人──再與朱星先生商榷
   徐州師範學院學報，1981 年第 4 期。

4. 《金瓶梅詞話》詞語選釋
   中國語文通訊，1981 年第 2 期。

5. 《金瓶梅》淺識
   抱犢，1982 年第 4 期。

6. 《金瓶梅》作者新證
   徐州師範學院學報，1982 年第 3 期。

7. 蘭陵笑笑生即賈三近
   抱犢，1982 年第 5 期。

8. 《金瓶梅》作者續證
   抱犢，1983 年第 6 期。

9. 我是怎樣考證《金瓶梅》作者的？
   文學報，1983 年 10 月 13 日 2 版。

10. 就《金瓶梅》研究問題答師友
    東嶽論叢，1984 年第 2 期。

11. 也談《金瓶梅》中的一詩一文──與黃霖同志商榷
    復旦學報，1984 年第 3 期。

12. 話說《金瓶梅》
    大風，1985 年第 1 期。

13. 魏著《金瓶梅詞話注釋》辨正——與臺灣魏子雲先生商榷（一）
    徐州師範學院學報，1985 年第 2 期。

14. 魏著《金瓶梅詞話注釋》辨正——與臺灣魏子雲先生商榷（二）
    淮海論壇，1986 年第 1 期。

15. 魏著《金瓶梅詞話注釋》辨正——與臺灣魏子雲先生商榷（三）
    淮海論壇，1986 年第 2 期。

16. 《金瓶梅》探微（一）
    淮海論壇，1985 年第 1 期。

17. 《金瓶梅》探微（二）
    淮海論壇，1985 年第 2 期。

18. 笑笑先生何許人也？
    文史論壇，1986 年第 1 期。

19. 《金瓶梅》與魯南方言
    明清小說研究，第 4 輯。

20. 《金瓶梅》閱讀札記二則
    徐州教育學院學報，1987 年第 3 期。

21. 論蘭陵笑笑生
    徐州教育學院學報，1989 年第 2 期。

22. 《金瓶梅》之謎新解
    橋，1989 年第 6 期。

23. 《金瓶梅》方言詞音義辨析
    徐州教育學院學報，1992 年第 4 期。

24. 發人所未發　言人所未言——《金瓶梅語詞溯源》讀後
    韓國中國小說研究會報，第 34 號，1998 年 6 月。

25. 做不圓的夢
    我與金瓶梅——海峽兩岸學人自述，成都出版社 1991 年版。

26. 談胡適對《金瓶梅》的認識
    徐州師範學院學報，1995 年第 2 期。

27. 賈三近說概述
    古典文學知識，2002 年第 5 期。

後記：我與《金瓶梅》

魯南的那個小山村是美麗的。

村後橫著一架山梁，泉水匯成的小溪，在村邊靜靜地流淌。村裏村外，桃樹，柿樹，棗林，梨園，蔥蔥蘢蘢。

站在村頭向南眺望，八九里外，浩渺的微山湖上飄著隱約的帆影。湖邊，津浦路上的火車，拖著白煙，鏗鏗鏘鏘，馳向遠方。我不知道那遙遠的天際是個什麼樣的世界。

村裏人稱我們家為「永豐堂」，或者叫「煙店」。這是一個有幾十口人的大家庭，祖父有五個兒子，三個女兒。大伯父帶領幾個兄弟，也雇用了不少工人，除去種田之外，還開了一個雜貨鋪子，經營兩個手工作坊。一個生產茶食糕點，一個生產捲煙絲和旱煙絲。捲煙絲生產出來之後，再用手工機子繼續加工為紙煙卷，有五十支的大紅包，也有二十支的裝潢精美的高級香煙。旱煙絲，則由煙販子們一挑一挑地買走，到周圍數十里內的各個集鎮上零售。

祖父讀了一輩子的書，對於店鋪和作坊裏的事務概不過問。而且，兒女皆已成家，紅紅火火，照理他應該安享清福，怡養天年了。而事實上卻不然。幾位伯父生了成群的兒女，可怪的是，凡是女孩都活得很結實，凡是男孩盡皆早夭，一個也沒有活下來。那結果是，祖父年過花甲，竟然膝下無孫。每當有人問他有幾個孫子，他都閉目搖手，臉紅得像喝醉了酒，這使全家人的心靈都蒙上了一層濃重的陰影。

1939 年的農曆十月十一，我降臨到了這個大家庭，祖父的喜悅和激動是可想而知的了。除去請親接友，設宴慶賀之外，最令祖父費腦筋的就是我的名字問題。過去的事實，讓祖父認定自己命中不該有孫，於是就給我起了個女孩兒名，以求瞞過冥冥中的上蒼，保住這條小命，也使祖父自己的晚年有所慰藉。這障眼之法極有神效，不但至今我仍然還隱藏在人間，而且從我之後出生的我的弟弟以及叔伯家的弟弟們，皆因有個女孩名兒，個個都活得十分強健。不過，這極易引起誤解。徐朔方先生稱我為「女士」即是一例。又有位朋友告訴我說，他們的學院裏有人議論道：「研究《金瓶梅》的女人，定然不是好女人。」

祖父藏有不少書畫。相比較而言，他似乎對畫更加珍惜。一捆捆的卷軸，長短參差，粗細不一，累累於幾案之上。每逢佳日晴好，或雅客來飲，老人家總要逐一展開，指點

述說，品味不已。我七八歲時，常常隨侍一旁，半聲不吭，一遍又一遍地看著那些山水人物，花草蟲魚，只覺得心中充溢著一種朦朧的欣悅與暢美。這使我最初知道了宋徽宗、趙子昂、唐伯虎、惲南田、鄭板橋等等大家。然而，最使祖父得意的，倒不是這些古人手澤，而是一位青年學子寫給祖父的一副聯語。其文曰：「一榻清風書葉舞，半窗明月墨花香」。碗口大的正楷，工穩敦厚，一派儒雅氣象。上聯的右上角，赫然寫著祖父的名字，且稱曰先生。下聯左下角的署名是：孔德成。我問祖父：「這是誰？」祖父自豪地對我說：「他就是當今的聖人！」可惜的是，祖父去世之後，世事滄桑，從宋徽宗到孔德成的一大堆天才心力的結晶，盡皆化為了泥土。

祖父的藏書並不太多，然而家中卻曾有過書籍堆積如山的景象。那是因為旱煙販子們在集市上每賣一次煙絲，哪怕是一兩二兩，皆要用紙包起來，用紙量是很驚人的。在農村有一個時期，紙價昂貴，而線裝古書卻比草紙便宜多了。於是，大伯就憑著他的靈感，派人一推一拉，駕著二把手獨輪車，走村串戶購買古書。幾分錢買一部大字木刻本《詩經》，大約是最高價格了。而且也無人去分辨，那究竟是宋元刻本，抑或明清刻本。就這樣，一車一車往家拉，四鄉里累世積存下來的古代典籍，被我們家收來也有幾萬冊吧。這些書連同儲備的煙葉，一起堆在庫房中，儼然是一座書山。每個煙販子來買旱煙絲，大伯都要附送十幾冊古書，以作包煙紙用，因而他的生意也就格外興隆。至於這一行動，是否毀滅了一些善本、珍本、孤本，那就永遠也無法知曉了。此事，自我讀中文專業之後，以至於今，數十年來，每當憶起，胸口總要隱隱作痛。

日本鬼子投降前，五叔在滋陽師範讀書，參加了共產黨，到魯南軍區幹革命去了。家中人口日繁，父輩們便分了家。我的父母遷到距老家東去二十五里的一個小鎮上，單獨經商。但祖父祖母無論如何也要把我留在身邊。當時，官兵匪霸肆虐，日本鬼子時來搶掠。雜貨鋪子，也和茅盾先生筆下的《林家鋪子》一樣，破了產。糕點作坊也撤銷了，只剩下一個煙絲作坊還在艱難地維持著。父親的生意頭幾年還可以，後來迭遭厄運，到我離開老家到父母身邊讀小學的時候，已經窮得連飯也吃不飽了。到土地改革時，祖父和伯父劃為地主。因為我父親救過一個地下黨，而他就是當地搞土改的領導，結果我家定為貧農。反右時，那領導被打成了右派分子，原因與我們無關。到了四清運動的時候，工作組又說我家是漏劃地主。父親十分寧靜地說：「應該的。」這時，我已戴著「貧農子弟」的帽子，順利地穿越了小學、中學和大學，成了一名教師。不然，那真是不堪設想。文革時，此事洩漏，我就被打成了反革命。嗚呼，世事禍福相依，幸也不幸，人生總是變幻莫測的。

1952 年夏天，我在家鄉的小學畢業，考入了徐州市第三中學讀書。六年的中學生活是艱辛而愉快的，生活來源主要靠國家發給的助學金。雖然睡覺鋪蘆葦席，洗臉用紅泥

盆，吃飯喝冬瓜湯，但總覺得自己是沐浴在溫暖的陽光中。在學習時，我大半的精力都投入了課本以外的書籍雜誌之中。閱讀地點極有規律，早晚自修在教室，中午在床上，七八節課在閱覽室，熄燈鐘敲響之後在廁所的茅磴上，而星期日大部分都泡在市圖書館裏。一本又一本，借到什麼讀什麼，狼吞虎嚥，只是滿足欲望，全然沒有目的。但書籍在我面前展開了一幅往古來今上下縱橫的遼闊壯麗的社會人生畫卷，使我的精神時時處在一種狂喜與昂奮的迷迷糊糊的狀態裏。直到初中三年級，我才忽然想起，老家不是還有許多古書可看嗎？這時才意識到，家中糟蹋了那麼多的書籍字畫是多麼令人痛惜！一放假，我立即趕回家中，經史子集全不見了，獨獨的剩下了《三國》《水滸》《石頭記》等等說部。而且，還有我從未聽說過的《金瓶梅》，這大概是祖父的閱讀興趣留下的結果。我翻看了前幾回，覺得和《水滸》差不多，興趣頓消，隨手也就丟開了。現在回想起來，那當是施蟄存先生校點的《詞話》鉛印本，估計是祖父從濟南買回來的。這就是我第一次接觸《金瓶梅》。作者署名，我根本未加注意。

1958 年我由徐州三中高中畢業，又考入徐州師院中文系讀書。初進師院的時候，是甩開膀子煉鋼鐵，放開肚皮吃飽飯，接著是灰飛煙滅，饑腸轆轆。一位同學每咬一口饅頭，總要在嘴裏咀嚼好幾分鐘，我問他這是為什麼，他說：「這是延長幸福的時間。」這心情完全可以理解，平時多吃黴變的地瓜粉做成的糕，滿口苦澀，一旦要吃白麵饅頭，自然捨不得下咽。物質生活的極端匱乏，便由精神產品來加以補充。好在，大學比中學自由得多，特別是晚上，你在教室裏開燈讀一夜，也無人干涉，於是我就日日夜夜地讀書，頭腦發狂地吸收，常常能忘卻腸胃的空虛。這時，在各種文學作品的誘發下，我有了一個想當作家的夢。

第二次接觸《金瓶梅》，是在徐州師院，老師在講授《中國文學史》時介紹了這部書。使我感到驚詫的有兩點，一是我想到了這不就是我老家藏有的那部書嗎？二是它的作者竟然叫做蘭陵笑笑生，而蘭陵正是我們魯南因酒而名聞遐邇的重鎮。幼小時，祖父教我的第一首詩，就是「蘭陵美酒鬱金香」。這使我對這部書頓時產生了一種親近感，激起了要立即去讀它的強烈願望。假期一到，我火速趕回老家，想找到那本棄置的《金瓶梅詞話》，結果是早已不知去向了。返校後，便打起了學校圖書館的主意，通過不正常的管道，輾轉相托，終於拿到那部《古本金瓶梅》。我花了兩天兩夜的時間倉促讀了一遍，便又物歸原位了。那時所生出的感想是，比《紅樓夢》差得遠了，不少情節讀來也令人生厭。使我折服的是，作者把我們家鄉的方言土語，運用的是那樣的貼切自然，出神入化。我強烈地感受到了鄉土的溫馨，從而相信笑笑生定然是蘭陵人。至於他是蘭陵的哪一個人，只是作為一個巨大而神秘的疑問埋在胸中，一個想當作家的人，是不管這些事的。

　　我從徐州師院畢業之後，旋即被分配到邳縣運河師範做語文教師。二十二歲，一臉的書生意氣，滿腔的創造熱情，走進了真實的人生世界。運河師範是個歷史久遠的學校，藏書頗為豐富。來到這裏，我發表的第一個宣言是，三年內要把圖書館中尚未讀過的文史哲書籍全部讀完。文化大革命中，這成了我的一大罪狀。另一個沒有說出口的心願是，十年內要成為一個真正的作家。後生小子，一旦墜此魔道，自然而然地就給自己加了一種沉重的負擔，也令別人覺得不舒服。

　　我最初的嘗試，是給《光明日報》《工人日報》等寫了幾篇短稿，很快都發表了出來。我感到高興，也感到意外，似乎事情不應該如此簡單。

　　1963 年夏天，我又寫了一個題為《清明時節》的獨幕話劇，參加了江蘇省的獨幕話劇評獎。寫作時，確實是認真努力的，但壓根兒沒有存要得獎的奢望，無非是練練筆罷了。因此，寄出之後，也就不再去想這件事，有點逢場作戲的味道。

　　出乎意料的是，1964 年春天，《清明時節》在省作協內部印了出來。不久，省劇協的一位秘書長在徐州找我談話。我這才知道，這次評獎，全省共收到 3900 多個劇本，經過幾輪評議篩選，最後評出了九個獲獎劇本，我的《清明時節》得了個第一名。我的心頭生出一陣大歡喜，因為這證明了我是可以當一個作家的。再者，不但可以拿到 500 元的獎金，而且江蘇出版社還要給出單行本，另付稿酬。我估計，合計可以拿到 1000 元，相當於我 20 個月的工資。這在當年應該說是相當可觀的了。我想，這既可以解決眼前生活的艱窘，又可以為今後拚命大幹打下基礎。

　　這年夏天，我作為特邀代表，到南京參加了江蘇省戲曲觀摩大會。一到南京，我就發覺情況有些不妙。先是，報紙上批判「中間人物論」的文章越來越多。繼之，大會組織與會者，看陽翰笙的《北國江南》，指實這就是毒草。幾天後，又聽到傳言，說田漢在華東戲曲會演大會上挨了批。他已經到了南京，受到冷遇，原來要讓他講話的安排也被取消了。再有，就是要批判「三名三高」，而所謂「三高」，就是高工資、高稿酬、高獎金。這種種跡象，我的直覺告訴我，對我這個只有兩萬多字的小劇本《清明時節》，都是不利的。

　　果然，省劇協的領導找我談話了。他說，此次評獎不設一等獎了，只設二、三兩等，《清明時節》改為二等獎。他又說，現在反對「三名三高」，所以獎金也不能像原來規定的那樣高。他還說本來打算要在全體大會上發獎的，現在也不能這樣做了，想舉行個少數人參加的小型儀式，這件事就算了結了，希望你能想通。他的最後一句話是：「唉，這怎麼能取信於民呢？」原來，他自己還沒有想通，我也就無須再說什麼了。後來，在原總統府的一個會議室裏，舉行了一個發獎會，我領到了 150 元獎金。

　　戲曲觀摩大會結束後，大家都走了。我們幾個得獎作者，卻被留下來修改各自的劇

本，以求其符合「時代精神」。反反復復地集體討論，搞得人頭昏腦脹。改來改去，劇本原有的一點生活氣息，一點創造精神，一點文學美感，總之是所有在評選過程中受到贊許的優點，一概剪除，活潑潑的靈魂變成了硬梆梆的木偶。劇本改完，我已是興味索然，意趣全無了。

臨近中秋節時，我要離開南京了。江蘇出版社的編輯茅先生對我說，修改後的劇本思想性提高了，從文學的角度來看，不如原來的好，但是已經發排，爭取在元旦前印出單行本。我聽了，一則以喜，一則以憂。喜的是作品終於能夠面世，憂的是這樣的東西怎麼能夠見人？但我也意識到，事到如今，有關這個劇本的事，個人已無權過問了。

可是，事情並沒有了結。回到邳縣不久，省裏來了兩位同志，說是專門來看望我的。他們溫和而委婉的談話，使我費了好大的勁，才弄懂了其中的含義。原來，我那小小的劇本，即內部印出來的非正式出版本，早已被送到北京審閱。中央文化部的同志認為，這個作品寫的是「中間人物」，已經追究到省。省裏有關同志，向上面作了說明，指出作者是個小青年，第一次寫劇本，既沒有政治背景，也沒有理論體系，這才使我解脫了出來。但出版社印好的單行本，儘管是修改稿，也不能公開發行，已被封存。因此，領導讓他們來做我的思想工作，希望我不要洩氣，也不要有精神負擔，應該繼續努力，寫出更多更好的作品。云云。

我真是哭笑不得。只因那逢場作戲的最初一念，無意間變成了巨大而豔麗的彩球，最後終於破滅，留下了一曲酸溜溜的歌。那時，我正值血氣方剛，面對這小小的挫折，幾乎感覺不到有什麼不好。相反地，我卻意識到了，精神產品所具有的波及力量確實是巨大的。大概正是由於這一點，吸引了一代又一代的文人，不論有多少前車之鑒，筆桿兒仍然搖個不停。

從此，我把業餘時間都用在寫劇本上了。1965 年至 1966 年春，我連續寫了三個劇本，先後寄給了三家雜誌。他們都發來了錄用通知，有的還寄來了清樣。這回，我只是暗自高興，一點兒也不敢聲張，唯恐又是一場貓咬尿泡瞎歡喜。然而，命運往往是，總想不如所料，卻恰恰正如所料，浩劫忽然來臨，雜誌停刊，三個劇本一概嗚呼哀哉！

我還沒有來得及苦惱，文革的大火已經燒到了我的頭上，被工作組打成了反革命，批鬥了兩個多月。罪狀有三：一是隱瞞家庭成分，二是我說過「毛主席也有缺點」，三是走白專道路，搞個人奮鬥，名利思想嚴重，這都是真實的。其餘滿校園的大字報，全是捕風捉影，歪曲捏造。至於我寫的三十多篇詩、文、劇本，則無人置喙，因為那時我是真誠的「歌德派」，不然，怎麼可能發表？古人有「悔其少作」的話，我不悔，也不想執行自我批判，誰人不曾幼稚過？

感謝潤之先生，儘管我說過他「有缺點」。他卻說，派工作組是劉少奇的資產階級

反動路線，是鎮壓革命師生。一夜之間，我又成了最時髦的革命者，也參加到了一派之中。後來，奪權派和反奪權派之間，爆發了武鬥，打得熱火朝天，死了許多人。我對妻子說：「咱不想打人，也不想被別人打，還是離開這裏吧。」於是，我們帶著三歲的女兒，出關逃到黑龍江岳父家中去了。過了兩個月，關內戰火稍息，我把妻兒留在岳父家，又隻身回到了邳縣。

　　1968 年初，我跟本派的人到山區去打游擊，既未游，也未擊，就被另一派打散了，有限的幾支槍也丟光了。逃到徐州，支左的解放軍，要辦學習班，搞兩派聯合，我也是其中的一名學員，班長是著名的張銍秀將軍。三個月，毫無結果。接著，中央來了命令，要徐海地區兩市八縣的造反派的代表，去北京繼續辦學習班。每個縣三十人，一派十五個。我們的頭頭對我說：「你會寫文章，也得去，好造輿論。」到了北京，據說班長是林彪，政委是周恩來。但，他們從未露過面。我在北京，十分糾結的過了一年。最後，兩派終於簽了聯合協議，毛、林、周等，在人民大會堂接見了大家。我因有事回了邳縣，竟未躬逢其盛。我回到北京，聽說此事，真是遺憾極了。在大家離開北京的時候，我坐在火車上，暗暗對天發誓，從此永遠不再和政治沾邊。

　　回到邳縣，別人都去當了官。我回到學校，便讓妻兒從黑龍江回來，埋頭讀書，萬事不再關心了。可是，到了 1970 年的中秋節前，我門前的一棵杏樹突然開花，恰似一團雲錦。我是個唯心主義者，就對妻說：「我又要出事了！」果然，來了兩位解放軍，非常嚴厲的把我帶進了縣「五·一六」學習班。那是個地主大院，一進門，我看到滿院子都是打倒我的大幅標語，我的名字之前，冠以「五·一六分子」。我冷笑。我聽到這個詞，才不過幾天，怎麼可能和我有關係？炮火連天鬥了我六七天，我才明白是怎麼回事。原來，江蘇省文化界的一夥人，在 1968 年成立了一個「工農兵文學藝術聯合會」。徐州的一位小說家，當了徐州分會的會長，他要我當副會長，我堅決不同意，以後就完全忘記了。幾年過去，說「聯合會」是「五·一六」組織，我的名字被寫在了某個本子上，我只好啞口無言，聽天由命，任人炮轟、火燒、油炸了。不料，兩個月後，忽然煙息火滅，被放了出來，我至今不知道是什麼原因。

　　先當「反革命」，後當「五·一六」，最大的收穫，是使我看到了形形色色的靈魂。有的使我悲哀，有的給我希望。對於傷害過我的人，我從未存過報復的念頭，我只想讀書和作文。

　　打倒四人幫後，我又頭腦發熱，寫了一個名為《過江記》的劇本，寄給了北京剛復刊的《劇本》雜誌，很快就接到了錄用通知，但很快陳永貴就倒台了，《過江記》頃刻斃命，因為我寫的是「農業學大寨」。

　　在漫長的歲月裏，我頑強地做著要當劇作家的夢，經過三次沉重的打擊，最後終於

徹底破滅了。回顧這段人生的路，我發現它只是由兩塊石頭鋪成的：希望和失望。多年的光陰和心血，白白地付諸東流，只怪自己想跟風，可你根本不知道風向哪個方向吹。

　　此後，我沉靜了下來，用了一年多時間，反反復復地思考著一個問題：今後應該怎麼辦？總不能讓多餘的時間和精力都浪費掉吧！我至少為自己設計了 20 個努力目標，但總是不敢作果斷的抉擇，畢竟已經 40 歲了，唯恐再走錯了路。

　　這段時間，我只做了兩件事。一是批評了楊朔散文的虛假性，這是國內第一次，從而扭轉了一味讚揚的傾向。二是查清了「五四」作家王思玷的家世生平，發表在北京的《新文學史料》上。近時，我讀王鼎鈞先生的自傳，方知王思玷是鼎公的老師。

　　一天，我在圖書館裏讀到了朱星先生在《社會科學戰線》上發表的〈金瓶梅三考〉，埋藏在我記憶深處的蘭陵笑笑生猛地跳了出來，靈感瞬間降臨，這不正是我要做的題目嗎？於是，我像寫劇本一樣，如醉如癡地研究起《金瓶梅》來。

　　搞考證是一件迷人的工作，因為它可以滿足人的好奇心理和探索欲望。同樣，它也是一項艱辛而勞累的工作，與其說是腦力勞動，不如說是體力勞動。短短的幾年間，我利用假期和出差的機會，跑遍了徐州、南京、上海、棗莊、泰安、煙臺、青島、濟南、北京等地的大圖書館，又騎著自行車在嶧縣周圍農村奔波了十幾次。所到之處，吃最簡單的伙食，饅頭、麵條、大碗茶；住最廉價的旅舍，大通鋪、防空洞、候車室。那時，我和妻子的工資合起來不到 100 元，上有父母，下有三個女兒，生活窮困到了難以維持的地步。所以，一分錢也不敢多花，一分鐘也不敢浪費。南跑北奔，經寒歷暑，忍饑耐渴，頭暈目眩，一次所得的資料，也無非是三五句，甚至空手而歸，徒喚奈何！好在精神是昂奮的，心情是愉快的。每當發現一條新資料，個人的激動和喜悅，是難以形容的。

　　在農村查訪地方資料，困難最大。人，越是愚昧，那想像力越是無邊無際。有一次在嶧縣，我跑了十幾個村子，才查出《賈氏族譜》藏在一個賈姓農民手裏。在不到一年的時間裏，我四次去找他。第一次，他說借出去了。第二次，他躲在村外的大樹下睡覺，拒不見面。第三次，他說要有市里的介紹信。第四次，我真的帶去了介紹信，他卻一個字也不認識，反問我這是哪個單位開出的。逼到這個分上，他才說出真實的思想：「老實給你說吧，你要是不能把俺全家轉為城市戶口，不能讓俺兩口子當工人，你就別想看！」事已如此，我也只好坦率地對他說：「除去我之外，不會再有第二個人要看這部書，而我以後也絕不會再來了。」我起身要走，他善良的天性又占了上風，對我說：「你跑了這麼多趟，也不容易，咱們又是鄉親，就讓你看看這書是什麼樣的吧！」他端著煤油燈走進稍間，小心翼翼地拿了出來，我的心抖抖的，接過來攤開就看。他低沉地吼道：「這是俺祖宗的書，你怎麼放在凳子上呢！」匹手奪過去，恭敬地移到矮矮的飯桌上。我惶恐地湊著如豆的燈光，翻了 20 多分鐘。他說：「行了！」我急忙整理好，表示了真誠的

感謝，走出那破舊而狹窄的農家小院。四野裏大雨滂沱，漆黑如墨。我扛著自行車，走迷了路，在泥濘中跌跌爬爬，雞鳴時分才回到我父母身邊。實際上，兩個村子相距只有二十幾里。此後，又查訪了半年時間，幾經周折，我才在徐州市一位賈老師手中，借到同版本的另一部《賈氏族譜》。

〈賈三近墓誌銘〉是埋在賈三近的墳墓中的。我到賈三近墓地去考察，群眾說在文化大革命中，這座墓被農民紅衛兵挖開了，〈墓誌銘〉隨之出土，但無人要它。幾天後的夜間，被賈氏後人偷偷用車拉走了。我將這一情況告訴了當地文管部門，希望借文物普查的機會，將這〈墓誌銘〉找到。後來，果然找到了。但是，我一次兩次給那位同志寫信，希望他能將拓片寄我一份，卻再也收不到回音了。一個大雪天，我到嶧縣文化館查閱資料，無意間向管理員提到這塊〈墓誌銘〉，她隨口答曰：「市里派人從一個社員家挖來了，就擺在這樓後，你看去就是了。」一時，我緊張得喘不過氣來，跑去一看半點也不假。我向那位管理員借了兩張方凳，一臥一立，可坐可寫。在半尺深的雪地裏，我逐字辨認抄錄，兩個多小時下來，全身如冰，心中如火。抄好後，回到邳縣，我立即寫信告知文管處的那位同志，此為偶然得之，希望他儘快地根據這塊〈墓誌銘〉把能寫的文章都寫出來。在他沒有利用完這一資料之前，我保證絕不發表一個字。等了他整整一年，未見動靜，我才通知他我要寫文章了。總之，要想得到一點資料是很不容易的，諸如此類，述不勝述。

在研究過程中，各方師友給了我許多真誠的關心和支持，令我刻骨銘心，沒齒難忘。我母校的老師鄭雲波教授，首先將他珍藏的《金瓶梅》借我用了好幾年。我的班主任陳友根教授，主持《徐州師院學報》筆政，許多文章都是由他推薦發表的。中國社會科學院吳世昌教授，文化部賀敬之部長等，看到我的文章，就來信給我以熱情的指教和鼓勵。山東大學袁世碩先生的著作，我讀過許多，但並不相識，也無任何聯繫。袁先生對我，只是讀了我的文章，其他什麼情況也不了解。他卻親自跑到齊魯書社，提出建議將我的文章合集出版。此事，還是齊魯書社的周晶先生告訴我的。後來，我曾幾次見到袁先生，他隻字未提。人間自有真情在，它給我溫暖，也給我力量。

美國霍普金斯大學的碩士導師趙韞慧先生，她的一部分學生專攻《金瓶梅》。1983年，趙先生到美國駐華大使館工作，來到了北京。她四處發信，決意要把我找到。趙先生來信問我，在研究中需要什麼資料。我說，想得到一部未經刪節的《金瓶梅詞話》。她立即給臺灣的魏子雲先生去信，托魏先生在香港給我寄來一部。我懷著忐忑的心情，跑到北京秀水街的外交公寓見到了趙先生，把書取了回來。此後，魏先生又陸續給我寄來他的許多著作和有關資料，使我得益匪淺。俄亥俄大學的李田意教授，到北京大學講學，也從勺園給我來信。回到美國，他還托人捎來了他校點的《拍案驚奇》。臺灣著名

作家王鼎鈞先生，著名學者馬森先生，分別撰文對拙作《金瓶梅新證》作出評論。這幾位先生的一封封來信，一篇篇文章，字裏行間，洋溢著殷殷親情，拳拳厚意。我懂得了，炎黃子孫，無論相隔多麼遙遠，那感情的絲縷，是永遠也割不斷的。

日本漢學家池本義男先生，心宅仁厚，對中國古代文化，懷有特別深厚的情感。他在長達半個多世紀的時間裏，在幾個領域展開研究，成果累累。僅《金瓶梅詞話文獻研究叢書》十五編，就超過一千萬字。此外，還有《中國婦女奴隸史稿》《中國近代秘密結社考》《茶厄言》《試釋茶董補稿》《中國茶書茶關係語彙》《中國之花書》等等。池本先生曾四次到徐州來訪，贈我許多珍貴的資料，我是永遠也不會忘記的。

我的《金瓶梅》研究工作，只進行了三四年的時間，情況就發生了始料所不及的變化。1982 年，我調入徐州教育學院工作。不久，做系主任，後來又當了副院長和院長。繁瑣的行政事務，占去了我主要的精力和時間。無法讀書，也不能寫文章，我內心的痛苦是十分沉重的。我祈盼著仍然回到我破舊的書桌旁，對賈三近作更加廣泛和深入的論證。

退休後，我得到了徹底的解放。先是悉心研究《金瓶梅》的語言，如書中所載。其間，又應友人之約，與秦含章先生共同編纂了《中國大酒典》，二百五十萬字，由北京紅旗出版社出版。其中，我還考證出了，中國白酒在元代才開始生產。這使那些標榜秦漢唐宋的酒廣告，因之收斂。

眼前，孩子們都已成家立業，他們都十分孝順，家中只有我和老伴。老伴料理一切家務，我每天在書房裏，讀聖賢之書，看網上世界，敲胸中文章。門前小園，植有黃梅、綠竹、桃樹、杏樹、棗樹、柿子樹、石榴樹等。外孫子、外孫女們，總是準時來看花，摘果，滿園的歡聲笑語。

常有知心老友光臨寒舍，或飲酒賞雪，或品茗聽雨，笑談人世，閒話古今，其樂無窮。一介書生，但能如此，夫復何求！

最後，我要特別感謝我的祖父和父親。祖父說：「只能做好事，千萬不要做壞事，不要傷天害理。」父親說：「別人的東西，一根草棒咱也不拿。」正因為我堅守著這兩句話，從未傷害過任何一個人，也從未貪過不義之財，因之，雖屢經沉浮，但都平安地走了過來。

國家圖書館出版品預行編目資料

張遠芬《金瓶梅》研究精選集

張遠芬著. — 初版. — 臺北市：臺灣學生，2015.06
面；公分（金學叢書第2輯；第7冊）

ISBN 978-957-15-1656-1 (精裝)

1. 金瓶梅 2. 研究考訂

857.48   104008046

張遠芬《金瓶梅》研究精選集

著　作　者：張　　　遠　　　芬
主　　　編：吳敢、胡衍南、霍現俊
出　版　者：臺 灣 學 生 書 局 有 限 公 司
發　行　人：楊　　　雲　　　龍
發　行　所：臺 灣 學 生 書 局 有 限 公 司
　　　　　　臺北市和平東路一段七十五巷十一號
　　　　　　郵 政 劃 撥 帳 號：00024668
　　　　　　電　話：（02）23928185
　　　　　　傳　眞：（02）23928105
　　　　　　E-mail：student.book@msa.hinet.net
　　　　　　http://www.studentbook.com.tw

定價：精裝 30 冊不分售
　　　新臺幣 45000 元

二 ○ 一 五 年 六 月 初 版

金學叢書 第二輯